民调局异闻录

最终篇章 第一卷

6 谜海归墟

耳东水寿 著

华龄出版社
HUALING PRESS

责任编辑：李梦娇

责任印制：李未圻

图书在版编目（CIP）数据

谜海归墟 / 耳东水寿著 . -- 北京 : 华龄出版社 , 2021.8

ISBN 978-7-5169-2038-1

Ⅰ . ①谜… Ⅱ . ①耳… Ⅲ . ①长篇小说 - 中国 - 当代 Ⅳ . ① I247.5

中国版本图书馆 CIP 数据核字（2021）第 148776 号

书　　名：谜海归墟

作　　者：耳东水寿

出版发行：华龄出版社

地　　址：北京市东城区安定门外大街甲 57 号　　**邮　　编**：100011

电　　话：（010）58122255　　**传　　真**：（010）84049572

网　　址：http://www.hualingpress.com

印　　刷：三河市金泰源印务有限公司

版　　次：2021 年 11 月第 1 版　　2021 年 11 月第 1 次印刷

开　　本：710mm × 1000mm　1/16　　**印　　张**：17

字　　数：242 千字

定　　价：39.80 元

目录

目录

目录

第一章　电弧人

“还有捷径，小胖子没有说实话啊。”归不归笑了一下，对脸色惨白的手下说道，“孙德胜是怎么和你说的？”

手下回答道：“他让我们看住这三条逃生通道。老人家，我们赶紧回去帮忙吧。”

归不归摇了摇头，说道：“你还是不明白，逃生通道谁修的？孙德胜吧？那其中的捷径呢？那个小胖子不说，你以为那些鬼物能找到？还是按照你们约定好的，我们看住逃生通道就好，冲进民调局的鬼物与我们无关。”

手下还是担心，忍不住说道：“老人家，万一那些鬼物伤到了吴先生怎么办？”

听了他的话，归不归忍不住哈哈大笑起来。笑声过后，归不归说道：“你太不了解吴勉了，我认识他两千四百多年了。比眼前凶险的场面见得多了，从没见过他吃亏。说句实在话你就明白了，我们都属于那种不怎么要脸的人，有时候他比老人家我不要脸得多。”

跟手下说完，归不归冲身后的神秘男人挤了挤眼，说道：“怀步，我说的没错吧？”

与此同时，鬼王魏金带着鬼将、大阴司等无数鬼兵鬼将顺着捷径冲进了民调局的地下二层。他没想到事情竟然如此顺利，自己的运气那么好，竟然莫名其妙地发现了一条捷径，然后一路冲进了民调局。

他们顺着楼梯往上冲的时候，冲在最前面的十几个鬼兵突然连连惨叫。数十道灵蛇一样的电弧从头顶上打了下来，直接将前面的鬼兵打得魂飞魄散。

"是不是以为走这条路走对了？"上面一层楼梯上，坐着一个白头发的半大小子。他盯着下面的鬼兵鬼将，有些不屑地说道，"忘了和你们说了，这条路也叫魂飞魄散路！你们既然进来了，那就别想走了，一齐魂飞魄散吧！"

"车前子！你是吴勉的儿子！"鬼王魏金认出了这个半大小子，他对身后的手下喊道，"他就是吴勉的儿子！抓住他，把吴勉逼出来。"

车前子通过楼梯缝隙看到了魏金，皱了皱眉头，说道："那你还等什么？等我把自己绑起来？"

魏金大吼一声，带着手下不管不顾地冲了上来。他一边冲一边喊道："死活不论，留着他的魂魄就好，只要把吴勉逼出来，我们就是头功一件……"

魏金的话还没说完，坐在楼梯上面的车前子突然消失。随后一个电弧幻化成的人影出现在众鬼兵鬼将之中，人形电弧没有多余的动作，直接向鬼兵鬼将最多的地方扑了过去。但凡和他接触上的鬼物，瞬间化成一道青烟，直接烟消云散了。

魏金看得有些蒙了，这是什么样的术法？这样的手段他闻所未闻，化身为电弧人，这得消耗多少术法？就是海外大方师徐福亲至，也经不起这么消耗吧。

只是骂句街的工夫，跟着魏金冲进民调局的鬼兵鬼将便损失了一小半。剩下的鬼物害怕至极，疯狂躲避电弧人的时候，相互冲撞、踩踏又造成不小的伤亡。

看着手下一片一片地魂飞魄散，魏金也有点慌了。不过他心里也明白，即便他自己冲上去，也不是电弧人的对手。无奈之下，他只能带着剩下的手下，向民调局楼上跑去。电弧人在下面横冲直撞了一阵子，见没了魏金的身影，又转身从后面追了上来。

逃到了民调局一楼，魏金有些迟疑，不知道是应该顺着大门口逃出去呢，还是想办法继续和车前子纠缠，直到耗光车前子的术法为止。这样特别消耗术法的电弧形态，估计车前子也支撑不了多久。

想着自己鬼王的身份，被车前子这么个半大小子从民调局里撵了出去，实在太丢脸了。魏金一咬牙，又顺着楼梯向二楼跑了上去。

他向楼上跑去的时候，头顶突然响起了一道熟悉的声音："你们还不吸取教训吗？"声音响起来的同时，楼上某处向外面民调局院子里面打出一道电闪，几道想冲进来的人影瞬间烟消云散。

上面的声音也是车前子！那在后面追赶自己的那个人又是谁？难道说有两个车前子吗？

魏金正疑惑的时候，身后的电弧人已经追了上来。他好像猫捉老鼠一样，不紧不慢一路向前。瞅见空当便猛扑过去，所到之处，鬼物瞬间烟消云散。

这时候，头顶窗外又是一道电闪，又烟消云散了几个冲击民调局的人影。看到这道电闪，魏金终于明白过来。他向民调局外面大声吼道："你们都被戏耍了，这个不是车前子，他是屠黯假扮的。"

魏金喊话的时候，他后面的电弧人已经冲了上来，一掌击中了魏金的胸口。

被电弧人手掌击中的瞬间，魏金认为自己这次必死无疑了。他闭上眼睛等待烟消云散的时候，一股巨大的力量袭来，直接将他从一楼打到了二楼。落地的时候，他的身体又砸倒了一整面墙壁。

没有魂飞魄散！魏金有些不敢相信自己的眼睛，为什么自己没有烟消云散？难道车前子对自己手下留情了？

魏金从倒塌的废墟里爬起来的时候，见到他多名手下和他一样，只是被打飞了出去，却没有烟消云散。向电弧人那边看去，就见他身上的电弧已经开始衰竭，身上刺眼的光芒也快速暗淡。慢慢地，重新变回了车前子的模样。

“他的术法用光了！大家动手抓住他！杀了也无所谓。”见到车前子的术法衰竭，魏金长出一口气，随后向车前子反冲了上去。

车前子这时心里也满是懊恼，刚才在孙胖子的办公室，他趁乱和屠黯换了身份，老屠假扮成他让外面的鬼物看到，小道士则在孙胖子的安排之下，到楼下等着冲进来的鬼物。车前子也想测试一下手里的金色贝壳到底有多大的储量，便直接使用了无比消耗种子力量的手段，没想到玩砸了。

看着鬼物们向自己扑过来，车前子收了身上的电弧，朝鬼物最多的地方搓了搓手指头，搓出了一道巨大的电弧，向冲过来的鬼物打了过去。

电弧打在鬼物们身上的一瞬间，又直接将它们魂飞魄散了。其他冲过来的鬼物看到之后，纷纷再次躲闪，生怕车前子再搓出电弧烟消云散了它们。

片刻之后，等到魏金反应过来的时候，民调局大厅里只剩下他们这些鬼物，车前子竟然趁乱消失得无影无踪了。

“吴勉的孽子呢？”魏金冲了下来，对这些鬼物们说道，“他哪儿去了？你们谁看到了？”

鬼物们刚刚死里逃生，一个个面面相觑，纷纷摇了摇头。魏金抓过来一名手下，说道：“你出去向新君报信，就说车前子马上就要被我抓住了。让他不要理会上面的假车前子，大军冲进来吧。”

看着手下冲出了民调局，魏金指着它们刚刚冲进来的地下通道的入口，说道：“车前子趁乱逃下去了，追！”

这些鬼物准备去追车前子的时候，电梯门突然“叮！”的一声打开，一个手握绣春刀的白发男人从里面走了出来。见到大厅里的鬼物，他二话不说，举起手里的长刀便冲进了鬼物中间，大砍大杀了起来。

来人正是一直假扮沈辣的杨军，因为要保护还在医院的沈辣，他受孙胖子嘱托，假扮成沈辣回到了民调局。中午一顿大酒将沈家人都灌倒之后，正赶上地府冲击民调局。他也没和孙胖子商量，恢复了自己原本的相貌，冲进鬼物堆里砍杀了起来。

杨军仗着自己多年来修习的功夫，加上后来从吴仁荻那里学到的术法，好像虎入羊群一般，将众鬼物杀得连连后退。他是长生不老的身体，只要不是致命伤都会快速复原。

原本魏金已经到了楼梯口，杨军突然出现，打了他一个措手不及。当下，魏金分出一队人马继续追杀车前子，他自己则留了下来，挥舞着妖刀迎着杨军扑了过去。

这一人一鬼王顿时战到了一起，两把刀互相对砍，发出一阵阵震耳欲聋的声响。除了魏金和杨军之外，周围的鬼物都被震得跪到了地上，身体不停地打着哆嗦。

杨军吃亏在他手里的绣春刀不如魏金手里的妖刀，双刀互砍一阵之后，他手里的绣春刀便断成了两截。大杨也接连后退了七八步，直到身体靠在墙上，这才止住了退势。魏金看出了便宜，继续挥舞着妖刀向杨军劈了过去。

这时候，杨军头顶的天花板突然破了一个大窟窿，白头发的杨枭从上面跳了下来。他跳下的同时，手里连珠炮似的对着魏金射出去四五根铜钉。

魏金用手里的妖刀拨开铜钉，没想到铜钉在射出来的一瞬间突然爆炸。每一根铜钉里面都向四面八方射出数十枚铜针，魏金将妖刀立起来，用刀身当作盾牌挡住了这些铜针。不过他身旁的鬼兵鬼将和大阴司们就没有他的本事了。数十名鬼兵被铜针当场射中，发出一阵阵惨叫声之后，这些鬼兵都化成了一摊摊血水。同时还有两名鬼将和一名大阴司也被铜针射中，他们知道铜针上淬了针对魂魄的毒液，趁毒素还没有扩散开，纷纷选择断臂求生，一咬牙，斩断了被铜针射中的手脚，算是勉强保住了魂魄。

躲过了铜钉之后，鬼王魏金再次挥舞起妖刀，正要去砍杀二杨的时候，才发现这么一眨眼的工夫，这两个人竟然顺着头顶上的窟窿逃走了。

换作平时，以魏金的脾气，这时候肯定会对二杨紧追不舍，不过眼下车前子比二杨重要得多。魏金留下两名鬼将殿后，他自己再次顺着楼梯，去追赶逃下去的车前子去了。

原本魏金也不敢肯定车前子肯定逃下来了，毕竟刚才谁也没有亲眼看到。不过冲下来的时候，见到楼梯下面又有不少鬼物魂飞魄散，他这才肯定车前子就在这里。魏金当即召集人马，在地下一层四处寻找车前子的踪迹。

“不要怕！他身上的力量见底了。”魏金见到从逃生通道新涌进来的鬼物们有些畏首畏尾，知道它们是听说了刚才发生的事情。当下继续喊道：“不要活的！抓到就杀！我们只要魂魄。成事之后，我给你们在新君面前争一个头功！”

地下一层原本是民调局的停车场，不过孙胖子清场之后，这里也没几辆车了。现在几乎都被鬼物们填满了，却连车前子的影子都没有见到。

魏金带着人马在地下一层四处转了一圈，没有发现车前子的踪迹。随后，他又带着鬼物向地下二层冲了下去。

再说车前子，他现在用贝壳里仅存的一点点力量隐去了身形。这还是当初被孔大龙分离出来的魂魄（另一个车前子）研究出来的，魂魄合二为一之后，这点本事都便宜新生的车前子了。将种子的力量薄薄展开，好像一层薄膜一样覆盖在身体上，便可以起到隐身的效果。

现在车前子可不像刚才那么财大气粗了，这点种子的力量随时都可能消失。他必须在种子的力量耗尽之前，赶到民调局的地下三层，赶到他父亲吴仁荻的那一亩三分地。

车前子拼尽了全力，终于冲到地下三层入口处的时候，发现这里也有几名鬼物看守，其中一个正靠在通往地下三层的暗门上，和同伴说笑道：“你说这次咱们立了大功，等到新君继位之后，咱们怎么也要连升三级吧？到时候我就是阴司了，咱们兄弟这次托了魏金大人的福……”

这时候，车前子已经感觉到种子的力量已然枯竭。当下已来不及想对策了，就在种子力量耗尽的一瞬间，他飞快地冲到了几名鬼物面前，对准靠在暗门上的鬼物裆部就是一脚，趁这名鬼物吃痛倒地，其他鬼物反应过来之前，他飞快地按下了暗门机关。大门开启的一瞬间，车前子已经冲了进去，随后暗门立即关上。除了倒在地上抽搐的鬼物之外，好像什么事情都没有发生。

等到暗门重新关好，这几名鬼物才反应过来，纷纷退后指着暗门说道：“刚才是不是有人进去了？你们看清是谁了吗？”

“一个白头发的，是不是吴勉？”

“这里是民调局，白头发扎堆的地方——现在吴勉不是在衰弱期吗？不会是他。你们说会不会是车前子？不是说他也成白头发了吗？”

裆部受伤的鬼物被同伴搀扶起来，他哆哆嗦嗦地说道：“别管是谁了，赶紧、赶紧报告鬼王殿下！”

他的话还没说完，墙壁上的暗门再次打开。就见端着一支自动步枪的车前子出现在了门口。小道士在里面找到了这个，随后立即跑回来灭口。没等几名鬼物明白过来，他手里的自动步枪已经开火，随着一阵枪响，这几名鬼物中枪之后，化成了一缕缕青烟，消散在空气中。

将这几名鬼物魂飞魄散之后，车前子这才松了口气。随后重新关上了暗门，看着手里的家伙，自言自语地说道：“没想到老吴还有这玩意儿，他也是看着兰博长大的？”

没过多久，在地下一层一无所获的魏金带着手下赶到了这里。他也没有发现什么可疑的地方，正准备带着人马去别处寻找车前子的时候，听到身后有人说道：“魏金大人，你不觉得这里有点可疑吗？”

顺着声音发出来的方向看去，就见那个小孩子模样的无涯从鬼物当中走了出来。见魏金没听明白，他笑了一声，随后走到了角落里，捡起地上的弹头和子弹壳，说道：“弹头还是热的，刚刚有人开过枪。魏金大人，您猜猜看，是谁开的枪？”

魏金这才反应过来，也捡起几颗子弹壳和弹头，感受到了上面的温度之后，他皱了皱眉。站在刚刚车前子开枪的位置，随后猛地一转身，盯着面前的墙壁，抬起手敲了敲墙壁。

虽然感觉不到有暗门、暗道的存在，不过魏金还是不敢大意。他看了无涯一眼之后，对自己的手下说道：“把这面墙砸开，看看墙后面是什么。”

第二章 人参娃娃

魏金一声令下，身后的鬼将开始组织人马想砸开这面墙壁。没想到的是，这些鬼物用尽了各种办法，也无法将墙壁砸开。魏金忍不住用他的妖刀猛砍了一阵，结果墙上竟然连个刀痕都没有留下来。

“这是什么鬼东西？世上怎么会有这么坚固的墙！”魏金停下了动作，转头对无涯说道，“这里面就是通往地下三层的通道了吧？这条路看起来走不通，还有其他的路吗？”

“原本电梯也可以下去的，不过现在孙德胜将电梯停掉了。他和吴勉一定会在电梯那设下机关、阵法，所以电梯那条路也走不通。”说到这里，无涯冲魏金笑了一下，随后轻轻地剁了剁脚，说道，“魏金大人，我们脚下不就是地下三层吗？既然吴勉把路都封死了，那我们就自己开一条路出来。”

这句话点醒了魏金，他跟着狞笑了一声，说道：“小东西你说得对，我还不走他的路了！来啊，就在我的脚下开洞，打出一条下去的通道。”

这些鬼物开始动手的时候，车前子正漫无目的地在地下三层走着。一边走一边时不时喊上一嗓子：“老吴、爸爸！你在这里吗？王八蛋已经到了家门口。你要是真到了衰弱期，我就陪你出去躲躲。打不过就避一避，这不丢人。”

喊了几遍没人答应，车前子也没心思继续喊了。看样子吴仁荻要么找地方藏起来了，要么就是一个圈套，就等着地府主力杀进来，他最后出来大翻盘。

车前子走到了吴勉放收藏品的仓库里，想从里面找找他能用得上的家伙。要是那种金贝壳再来三五十个，那不用他爸爸出山，他一个人就能把那些冲进来的鬼物们全部干掉。

想到金贝壳，车前子就有些不甘心。要是老吴一早就告诉他那玩意儿的存量，他也不会搞出这么大的乌龙。早知道的话，省着点用不浪费，也够他把外面那些鬼物都解决掉了。

车前子之前到过外面的密室，吴仁荻曾经说过这仓库里面的东西早晚都是他的。不过亲自进来，这还是第一次。进来之后，小道士便被眼前的景象惊呆了。除了一些法器之外，里面竟然还有一整副龙骨架——正儿八经的龙！

“真的假的？”车前子伸手摸了摸龙骨，竟然还发现龙骨上面有牙印。这条龙是被人吃掉了？

就算是饿死，也不能吃这玩意儿吧？小道士叹了口气，随后又在成堆的藏品里面扒拉起来。想要找到宝刀宝剑之类的神兵利器，但找了半天，除了发现几柄短剑之外，再也没发现其他称心的武器。

不管怎么说，短剑也算是家伙。要是地府的“人”下来，自己还能甩过去当暗器用。

当车前子准备放弃这个仓库，再去其他地方的时候，突然听到空气中传来了一个小孩子的声音：“你别拿那几把破铜烂铁啊，看见立在墙角的长条匣子了吗？那里面有好东西。”

“谁！”冷不丁出现了一个小孩子的声音，车前子吓得一哆嗦。他双手握着两柄短剑，面向小孩子声音传来的方向说道，“你是地府的小鬼吗？你出来，我保准不把你怎么样。这一大堆宝贝，你看中什么了都拿走。”

“要不是看在你是吴勉儿子的份上，就凭你说的这两句话，我们人参做长辈的就该教育教育你了。”话音刚落，一个粉白的小男孩从地下冒了出来。

没等车前子反应过来，小男孩直接窜到了那一堆宝贝上面。坐在一口大箱子上面，指着刚才他说的那口长条匣子，说道：“大侄儿，那里面是当年火山用的法器。他输在你爹手里，丢了法器跑了。传说里面的法器是他师爷徐福炼制的，这可是好宝贝。”

看到小男孩的样子，车前子脑海中浮现出了一个人物。之前孙胖子和他聊过老吴当年的事情，提到过吴仁荻身边有两个左膀右臂。一个老得不能再老的归不归，另外一个人参娃娃小任叁。当时还以为孙胖子是胡说八道。归不归倒还罢了，还人参娃娃，怎么不说还有葫芦娃？

车前子试探地问道：“你是人参娃娃小任叁？”

“呸！人参娃娃还小——任叁，我比你爸爸都大，我哪小了？臭小子你把话说清楚！”听了车前子的话，小家伙脾气上来，指着小道士继续说道，“你就是有个好爸爸，要不是看在吴勉的份上，我们人参早就大耳刮子抽你了。”

“你真是任叁！”车前子没搭理小家伙闹脾气，他过去一把将这个粉白的小男孩抓在了手里，将这个小家伙从箱子上提了下来。

“哎，给你脸了是吧？你敢这么拽我们人参，你爸爸都不敢。老早的时候，你爸爸都要叫我三哥，不过我们人参不稀罕！”小男孩扯着嗓门大喊大叫的时候，车前子突然开口问道：“就你自己来了吗？归不归呢？我听胖子说你们爷儿俩在海外很有势力。我听他给归不归打电话了，你们带了多少人过来？你真是人参娃娃吗？吃一口就长生不老了？别怕，你看我的白头发，我早就长生不老了。”

“吴勉那么不爱说话的人，怎么养出来一个碎嘴子！”小任叁瞥了车前子一眼，随后从口袋里摸出一个金色的小贝壳，交到了小道士手上，继续说道，“我们人参不跟你一般见识，这个你拿着。这是老不死的给你爸爸改造的储金，里面存着你爸爸的力量，老不死的说你有本事用到——你有了啊？

怎么不早说？”

小男孩说话的时候，车前子已经拿出了被他用光力量的金色贝壳。这时候他才知道这个小贝壳叫作储金。

看着车前子接过储金，小任叁说道：“你和你爸爸真不一样。大侄儿，按理说咱俩是一个辈分，让你管我叫大哥，估计你也叫不出口，还当我占你便宜呢——你爸爸呢？带我去见见他。动静闹得这么大，这不是他的风格啊。我们人参得问问他，这是什么意思？还衰弱期，真的假的？”

车前子将储金收好之后，说道：“参儿，我这不也在找他吗？要是假的，你帮着我劝劝他别折腾了。民调局都要塌了。”

“你管谁叫参儿？你爸爸都不敢那么叫我。”小任叁瞪起了眼睛，继续说道，“当年我和你爸爸出生入死的时候，你还不知道在谁的肚子里待着，这么说都算说得客气了——哎！你干什么？这是我给你的储金，你拿里面的力量弄我们人参！”

听着小任叁哇哇大叫，车前子觉得聒噪，借了储金里的种子力量，分出来一条种子丝线，将这个小家伙捆绑了起来。随后拽着丝线的一端，将这个人参娃娃提到了半空中。

被车前子制住，小任叁大喊大叫了起来。小道士听着心烦，当下提起种子丝线，将小任叁甩到了半空中。随后好像摇风车一样，将他快速地抡了起来。

小任叁原本有点本事的，不过在车前子操纵的种子力量面前，他完全没有抵抗的能力，只能在半空中大喊大叫起来。

又被小道士甩了一阵子，小任叁叫喊的动静越来越小。看着这个小家伙不喊叫了，车前子这才停了手，将这个人参娃娃扔在了地上。

被扔在地上之后，小任叁“哇”的一口吐了出来。他想爬起来，试了几次之后，最后还是没能爬起来。

“下次知道怎么和我说话了吧？”车前子掏出来纸巾，给小家伙擦了擦嘴角的白沫，说道，“你和老吴是你们俩的关系，咱们哥俩单论。参儿！”

车前子说话的时候，小任叁已经恢复了一点。他眯缝着眼睛盯着车前子，见车前子有所松懈之后，突然跳了起来，对着车前子的左脸就是一巴掌。落地的时候，冲还没有反应过来的车前子吼了一声“小兔崽子！”话音未落，小家伙已经一个猛子扎进了地下。

看到这个小东西钻进了地里，车前子说道：“原来动画片里说的是真的——这个小东西真会遁地！”

说话的时候，车前子扯着手里的种子丝线，好像钓鱼一样，一点一点地将已经钻进地下的小任叁拽了出来。

看着一脸生无可恋的人参娃娃，车前子笑了一下，说道：“好玩吧？参儿，咱们哥俩又见面了。”

最近四五百年，小任叁还没有遇到过这种情况。又气又急再加上无可奈何，小任叁嘴一咧，“哇”的一声，大哭了起来：“吴勉啊，你不出来管管吗？你儿子欺负我们人参啊！说打就打，说骂就骂的，你当年都没敢动我们人参一手指头，你这倒霉儿子怎么教的，该打你就得打，该骂你就得骂啊！”

“好好的你哭什么？还说是活了两三千年的人参娃娃，这么多年你是哭出来的？”知道这个小家伙和老吴有交情，车前子也没敢太过分。将小家伙抱到面前一口大箱子上，随后对他说道：“我问两句话，问完就走。参儿，你和归不归都到了吗？是来救我们老吴的？”

小任叁擦了一把眼泪，又擤了一把鼻涕，这才说道：“说好了，就两句话啊。你问完就放我们人参走——是，那个老不死的也到了。不过孙胖子让我们过来是看守几条逃生通道的，没说让我们进来。老不死的怕你吃亏，让我进来给你送储金——你就用我给的储金揍我。吴勉啊，你儿子……”

“再号丧我就再把你抡起来。”吓住了小任叁之后，车前子继续说道，“你们来了多少人？能守住民调局吗？要是守不住的话，安排了逃走的路线吗？”

被车前子吓住，小任叁停住了哭腔，说道：“时间太赶了，我们也来不及准备。就叫上了暗夜的人，暗夜上一任老大林错带了几十个人来，剩下就是老不死的那些徒弟了。”

说到这里，小任叁偷眼看了小道士一眼，随后说道：“我们人参和你说句实话，这次地府是倾巢而出。正经能打的还没出手呢，我们这边的人手太少。之前几次对付地府，也是妖山、方士一起动手。现在就这点儿人，要是地府来真的，最多也就能守住几个小时吧。”

说到这里，小任叁叹了口气，随后继续说道：“这次我进来，一是给你送个储金，二就是进来探探，要是吴勉的衰弱期是假的，那就什么事情都没有。一旦他真的黑头发了，那还是赶紧找地方躲起来吧。就一天的工夫，等他恢复过来之后，咱们叫上帮手，再去地府要说法去。”

听到小任叁这么说，车前子并不意外。他伸手扯断了种子丝线，随后对小家伙说道：“这样的话，你还是回去和归不归说一下，我们老吴十有八九是来真的。估计是想趁此机会，联络一下我们父子之间的感情。这不是没事闲的嘛！”

见车前子扯断了他身上的丝线，小任叁再看车前子也不是那么讨厌了。小家伙没有立即逃走，而是点头附和着说道：“可不是嘛！你爸爸太要面子了。不过我得替他说句话，也就是你是他儿子，换个人试试？换成老不死的，死在他面前，你爸爸也不会想什么感情不感情的。”

小道士说道：“行了，参儿你回去吧，和归不归说一下。对了，最后一个问题。看见那边的龙骨了吗？这也是我们老吴吃的？他吃过龙肉？”

小任叁回答道：“这个你误会你爸爸了，我们人参给他作证。那是饕餮吃的。”

小家伙的话刚说完，他们头顶上突然发出一阵“轰隆轰隆”的声音，随后，顺着天花板不停有灰尘落了下来。

车前子将小任叁所说的匣子里的长剑取了出来，握着长剑，盯着头顶的位置，对小家伙说道：“参儿，回去和归不归说吧，我在里面找老吴，你们在外面找，找到他就跑。”

小道士的话刚说完，远处天花板的位置又传来一阵响动。车前子见状，直接将小任叁按进了地里，说道：“要是这一关我们都过去的话，参儿，回去你和我讲讲老吴年轻时候的事。”

小任叁遁地之后，车前子这才向发出声音的位置走了过去。

上面的鬼物又折腾了个把小时，这才挖通了地下二层的地板，露出来一个拳头大小的窟窿。一名鬼将趴在地上，透过窟窿往下面张望。

就在鬼将向下张望的同时，下面突然飞过来一柄短剑。短剑直接爆掉了这名鬼将的脑袋，剩下的无头尸体直接倒在窟窿上面，随后慢慢气化，最后消散在了空气中。

费了九牛二虎之力，窟窿终于挖出来了。魏金原本以为他们很快就可以冲下去了，下面不止有车前子，也许还能找到吴仁荻藏身的地方，那样的话，这次的大事就算是成了。

没成想，这边刚刚开出来一个拳头大小的窟窿，自己这边就损失了一员大将。同时，魏金心里还有更深一层的担心。车前子刚刚被打回原形了，这一下很可能不是他干的。那就只剩下吴仁荻了，难道他这个所谓的衰弱期真是假的？

就在魏金犹豫的时候，小孩子无涯看出了他的顾忌。无涯突然开了口：“魏金大人，这不是吴勉干的！如果真是他出手的话，现在你我也都躺下了，哪能像现在毫发无损的——下面应该是吴勉设的机关。”

说到这里，无涯从怀里摸出来一个什么东西，顺着窟窿扔了下去。

第三章　破空

无涯掏出来的是一把粉末，顺着窟窿扔下去的一瞬间，一股绿色的火柱从拳头大小的窟窿里面冒了出来。要不是无涯躲得及时，这一下都能将他自己烧到。即便如此，他身上的衣服还是被燎到，闪出来一连串火星子。

“这是无生鬼火，不管下面有什么，现在都完了。”无涯直接脱掉了外衣扔掉，随后冲魏金笑了一下，继续说道，“魏金大人，现在头功就在眼前了，您不会想让出去吧？”

“我不是什么大人，我是鬼王，你要尊称我殿下！”魏金看了无涯一眼，转身对身后的鬼物说道，“下面就是吴勉的藏身之处了，我让出头功。你们谁或抓或杀了吴勉父子，头功归你们。我只要吴勉收藏的东西，谁抓住了吴勉父子谁就是头功，或许有机会和我平起平坐也不一定。”

魏金这句话说出来，跟他前来的鬼物都激动了起来。鬼王的名额就那么几个，亿万鬼物之中，难得有一两个鬼物能脱颖而出。如果真做了鬼王的话，在地府便是阎君之下，亿万鬼物之上的存在了。当下，在鬼将、大阴司的带领下，鬼物们继续对脚下的窟窿下手，只要打出通往下一层的通道，这么多鬼物一拥而上，即便吴勉的实力尚在，也够他喝一壶的。

窟窿下面，车前子也是侥幸才躲过了一劫。刚刚他看着不对，立即将种子的力量覆盖全身，随后飞快地向后退去。就在小道士后退的时候，头顶上冒出来一大团绿色的火球。火球出现之后瞬间爆开，几乎将下面百米之内的所有物品都烧得干干净净。

车前子躲过了火球之后，心中大怒。他重新回到了窟窿下方，再次拔出一柄短剑，将种子的力量灌注进去之后，第二次将短剑对着窟窿甩了上去。

短剑直接飞出了窟窿，穿过一名鬼物的身体之后，飞到了半空中，随后突然爆开。“啪！”的一声，短剑碎裂成无数的碎片，携带着种子的力量向四面八方射了出去。

但凡被短剑碎片击中的鬼物瞬间化成了青烟，这样还不算完，碎片射穿了鬼物之后势头不减，继续向前飞射。窟窿上面的鬼兵鬼将很是密集，一块碎片射穿五六名鬼物都算少的。就这一下，几乎把窟窿附近的鬼物都清空了。

魏金的运气不错，短剑飞出来的时候，他正将无涯拉到一边，想从他嘴里探听一下曹正还有没有后手，没想到这一下反倒救了他一命。虽然他是鬼王，但也消受不起种子的力量。当他看到窟窿周围的鬼物几乎全部烟消云散，他身上的衣服瞬间便被冷汗浸透了。

就在这时候，窟窿下面传来了车前子的声音：“孙子，是刚才拿着大刀片子追着我砍的那孙子吗？你死没死？说句话！没死的话，站在原地等着我，你爷爷我充好电了，这就上去弄死你。”

“车前子，你到底是吴勉的儿子，有点手段！”魏金不敢靠近窟窿，一边后退一边加大了声音喊道，“我就在这里等着你，要么你现在上来将我魂飞魄散了，要么一会儿我带着大军下去，要了你父子俩的性命。吴勉的衰弱期才刚刚开始，我们有的是时间。”

车前子拍了几下巴掌，说道：“好，我就喜欢你这样嘴硬的孙子，在原地等着我啊，千万别走开，别你爷爷上去了，孙子你吓跑了，我还得到处找你。”小道士的声音越说越远，看样子真是去找通道，准备上去跟魏金火拼了。

听了小道士的话，幸存的几名鬼将连忙安排手下在暗门那边设置陷阱，等着车前子出来。

魏金摇了摇头，想要阻止的时候，却听无涯说道："各位大人，你们不会真信了这小子的话吧？他分明就是在拖延时间。"

"无涯说的没错，这小子滑头得很。跟他爸爸吴勉的风格一点也不像。"魏金跟着说了一句，心有余悸地看了一眼窟窿那边，继续说道，"你们继续开通道，不过别在一棵树上吊死了。去，每隔百米左右就打出来一个通道，我看这小子有没有分身术！"

魏金、无涯安排鬼物重新开凿通道的时候，民调局五室办公室里，孙胖子在孔大龙的陪同下，看到了地下二层发生的一切。孙胖子不敢在地下三层安装摄像头，不过地下二层还是孙局长说了算。看着一大群鬼物被除掉，他拍了拍巴掌，对孔大龙说道："爷们儿，我真是越来越喜欢我们家老三了。辣子好是好，可惜被我惯坏了，这几年办事不怎么走脑子。还是老三好！"

说到这里，孙胖子顿了一下。随后话锋一转，对小老头继续说道："不过老三哪儿来的这本事？之前吴主任借给他的力量不是都用完了吗？怎么下去一趟，就充满电了？不是我说，到底是自己的儿子——我们辣子当年干什么都不对，一口一个韭菜的被他嫌弃。"

"小胖子，你在我面前还装糊涂，这就没意思了。"孔大龙笑嘻嘻地看着孙胖子，随后说道，"本来下面是有三路大军的，可是现在只有这一路。其他两路哪去了？谁把那两路堵在民调局外面了？再说得深一点，又是谁把这一路放进来的？小胖子，咱们俩是一样的人，用不着这么试探我。"

孙胖子嘿嘿一笑，正要说话的时候，口袋里的手机突然响了。他看了一眼，是个陌生号码，当下冲孔大龙做了个鬼脸，随后打开了免提，说道："谁啊你是？这都几点了你给我打电话？不是我说，还让不让人睡觉了？"

"再晚一点的话，局面或许就无法收拾了。"电话里面传来了曹正的声音，停顿了一下之后，他继续说道，"我给你们半小时的时间，退到地下三层去。半个小时之后，我会亲率地府精锐大军冲进来。就凭着屠黯、杨枭和杨军，你们是守不住的。”

“老曹啊，也就是你了，第二个人这时候给哥们儿打电话的话，我已经开始骂街了。”孙胖子嘿嘿一笑，继续说道，“对了，退回去的鬼王、鬼将没跟你说吗？我们吴主任的几个老朋友到了。归不归、任叁先到了，妖王百无求带的人多，还得再耽误个把小时……”

“归不归、任叁和暗夜林错到了，百无求不会来的，林尊也不会来。”曹正有些疲倦地缓了口气，继续说道，“就是因为他们到了，我才看清了这次吴勉的衰弱期是真的。我不打算再浪费时间了，孙德胜，这次的压力你顶不住。出来看看吧，看一眼什么都明白了。”

说到这里，曹正直接挂了电话。孙胖子眨了眨眼睛，也顾不上孔大龙了，直接站起来向窗口的位置走去。

到了窗前往外一看，只见民调局对面出现了无数模模糊糊的人影。这些人影无边无际，完全看不到尽头，在人影当中，是脸色惨白的曹正。他坐在一张躺椅上，身上盖着一件黑色的皮草。此时的他，也正看向孙胖子这边。

两个人四目相对，曹正慢慢地从躺椅上站了起来。随后他朝孙胖子招了招手，又指了指民调局大门口，示意他们俩就去大门口那边说话。随后，这位地府左判没等孙胖子做出回应，他跟身边的鬼物交代了几句之后，自己一个人向民调局大门口走去。

看到曹正向民调局这边走过来，孔大龙也凑了过来。小老头看了一眼孙德胜，说道：“小胖子，你不能犯险。这样，我代表你下去，看看他还有什么好说的。”

“爷们儿，你管姓曹的想干吗？”孙胖子嘿嘿一笑，掏出了另外一部手机，打了一个电话出去。对方接通了电话之后，他开口说道：“老人家，我这边有点事情要麻烦您。您来一趟大厅，到时候听我的号令。弄不好咱们这次不用麻烦了，擒贼先擒王！”

三两分钟之后，孙胖子在孔大龙的陪同下，来到了一楼大厅。原本这里还有不少鬼王魏金的手下，不过这个时候，他们已被赶走，只有曹正一个人站在大厅当中。

看到了孙胖子和孔大龙下来，曹正微微一笑，先是看了小老头一眼，随后对孙胖子说道："有些话在电话里不好说，我们还是当面说的好。孙局长，我知道吴勉是你们民调局的靠山，失去了他，你们民调局也很麻烦。这样，我可以代表地府和你们民调局结盟。只要你把吴勉父子交出来，以后遇到为难的事情，地府替你们解决。"

说到这里，曹正顿了一下。随后继续说道："我看过你们民调局每年的卷宗，处理的事件十有七八都与地府有关。只要我们结盟，这些事情地府替你解决。"

"那敢情好啊，左判你说少了，何止十有七八,百分之九十五的事件都与地府有关。"孙胖子嘿嘿一笑，掏出香烟递给了曹正。也不管他抽不抽，直接塞进了他手里。随后笑着掏出打火机给曹正点上了火，这才说道："这样，哥们儿我和上面商量一下，民调局算是咱们阴阳两界合作的。给你一个工会主席的头衔，爷们儿，这样合适吧？"

孙胖子最后一句话是对身边的孔大龙说的，小老头呵呵一笑，说道："合适不合适的，也和我没什么关系了。你以为曹左判能放过我？我也不装了，摊牌了——阎君许诺我做他的继承人，不好意思啊，下一任阎君是我孔大龙。小胖子，唯一能代表地府和你结盟的，应该是我，或者阎君。"

小老头说这个的时候，曹正只是微微笑了一下，并没有什么多余的表情。他的目光停在了孔大龙的脸上，说道："不止孔大龙你，还有另外一个人。说得明白一点，你是我的后备，还有人是你的后备。二桃杀三士的手段而已。"

说着，曹正将手里一口没抽的香烟扔了出去。随后看着孙胖子说道："孙局长，你考虑一下。或许天亮之后，就没有民调局了。"

"没有民调局了？那挺好啊，我老人家正打算回来做这个买卖。"这时候，老得不像样的归不归带着那个神秘的年轻人，顺着楼梯走了上来。看到了站在大门口的几个人，老家伙笑了一下说道，“要不这样，小判官你动手毁了民调局。然后明天开始，我老人家再开个这样的买卖，小胖子你做首席执行官。”

曹正很久很久之前曾见过归不归一次，见到这个老家伙出现，他的笑容便僵在了脸上。

看到归不归出现，孙胖子松了口气。他笑嘻嘻地看了一眼曹正，随后对老家伙说道：“老人家您来得正好，咱们是不是可以留住左判大人了？不是我说，可惜外面那一眼望不到尽头的鬼物了。大老远的来一趟，结果……”

“孙德胜，你以为我会没有准备吗？”曹正微微一笑，转身向他的人马招了招手。随后就听到那些鬼物们大喊了一声，鬼物的数量太多，异口同声喊出来，孙胖子反而听不清说的是什么。

“没听清？那我替他们说一遍。”曹正深吸一口气之后，说道，“新君不归，民调局杀无赦！还有，这次我带出来了百万鬼兵鬼将，你们看到的只是一部分。如果失去了我的控制，这里可是首都！”

说到这里，曹正顿了一下，目光在这几个人脸上扫了一圈之后，继续说道：“不要妄想逼我说什么退兵的话，我进来之前，已经将指挥权交到了鬼王海虎，以及七名鬼将、大阴司手里。除非我回去，否则无论我在这里说什么，他们都不会听从。我还不是阎君，他们等着新的左判出现就好。”

“曹左判，有你的！”孙胖子知道曹正所言不虚，想到煮熟的鸭子就要飞走了，自己亲眼看着却无能为力。当下，有些无奈地看了归不归和孔大龙一眼。

没等这两个老头开口，曹正继续说道：“孙德胜，我没打算空手回去。要么把吴勉父子交出来，要么把蔡诡交出来。我总要带个人回去！”

“蔡诡？蔡老三不在民调局啊，他昨天早上就走了。”孙胖子嘿嘿一笑，继续说道，“我让他去接应妖王百无求了，也是，我那个爸爸怎么还不来？老曹，你陪着我们在这里等会儿，百无求带着他的百万妖兵一会儿就到。”

听到百无求的名字，曹正的表情便有些不太自然。妖族克制鬼物，百万妖兵那是胡说八道。现在妖族凋零，想凑起来一万妖兵都难。不过曹正并不想把事情闹大，他带来的鬼物平常人并看不到，可是妖兵就不一样了。真闹出来一场动乱的话，兴许阎君会以这个为借口，废掉他继承人的资格。

当年吴勉带着归不归、任叁和百无求一起闯荡的，现在归不归、任叁都到了，百无求没有理由不来。

犹豫了片刻，曹正对孙胖子说道："半个小时，现在你们只有十分钟了。十分钟之后，不管我在什么地方，对面的鬼物们都会杀过来。"

"小娃儿，老人家我给你看点好东西。"归不归说话的时候，突然转身面对门外那些鬼物的方向，猛地抬起双臂，随后快速拉开了手臂。一股排山倒海的力量从他双手之间爆发出来，随后咆哮着向对面的鬼物冲击过去。

只是一眨眼的工夫，正对着民调局的无数鬼物一下子消失了。谁也说不清它们哪儿去了？是被打飞了，还是化为虚无了，曹正都说不清楚。只是这一瞬间，他身上的冷汗已经浸透了全身。

"老了，当年老人家我施展破空的时候，曾经一次平过一座山峰的。"归不归笑嘻嘻地看了远处一眼，见正面的鬼物已经消失，他这才继续说道，"多少年不施展这一手了，生疏了。才打出去五六里，还轻飘飘的。"

见归不归吓住了曹正，一旁的孔大龙突然对曹正说道："左判大人，归不归老人家法外施恩点化你，你还不回去悔过吗？"

第四章　梯口

曹正愣了一下，随后他立即明白了过来。转身向民调局外面走去，孙胖子想要阻拦的时候，却被归不归一把拉住。孙胖子看得明白，老家伙的两条腿已经开始颤抖起来。

“别管他，赶紧扶着我老人家。”归不归在孙胖子耳边说了一句之后，又对孔大龙说道，“还是你反应得快！我老人家口袋里有瓶子，打开。”

孔大龙过去，好像和归不归说悄悄话一样，偷偷将他口袋里的瓷瓶拿了出来。打开瓶盖，见到里面一整瓶丹药，开口问道：“老师叔，您来几颗？”

“还几颗？一口闷吧！”归不归颤颤巍巍地接过了瓷瓶，一张嘴将一整瓶丹药都倒进了嘴里。这些丹药都封着蜡皮，不过这时候他也顾不上了。张嘴直接咬碎了丹药，随后生生将它们咽了下去。

归不归吞下整瓶丹药的时候，站在他身后的年轻人看着曹正的背影，说道：“这个距离，我可以解决他。”

归不归摆了摆手，终于咽下了最后一口丹药，脸上恢复了一点血色。对年轻人说道：“留着他。还不到解决他的时候，吴勉还指望着他来增进他们的父子关系。我们别打乱了吴勉的计划——刚才好悬，没让姓曹的看出来吧？”

这时候，孙胖子开口说道：“老人家，真不是我说您。不至于吧，刚才那一手就能使一次？看起来也没有多么惊天动地啊。还以为您能留着点术法的。”

归不归苦笑了一声，说道：“原本老人家我可以打出去四五个破空的。不过那种破空我老人家控制不住威力，看到远处那些亮着灯的房子了吗？老人家要全力控制住刚才那一下破空的威力，这样耗费的力量就更大了，结果就成这个样子了。”

看到归不归的身体还在颤抖，孙胖子又问道：“您就没有留点什么恢复术法的宝贝吗？就像我兄弟手里的金贝壳，这可不像是您老人家做事的风格。”

“车前子手里两块储金都是老人家我改造出来的。”归不归叹了口气，继续说道，“两三个月前，吴勉就托人找到我，要老人家我将以前的储金改造一下，改成可以储存种子的力量。吴勉真是高看我了，结果好几块储金都炼废了，才炼制出来那么两块。那种储金只能储存种子的力量，不能储存术法。但凡再有一枚正常的储金，我老人家也不会是现在这副样子。”

说话的时候，归不归已经恢复了一点。他看了远处的曹正一眼，随后说道：“不过刚才那一下子，也算是吓着他了。估计这小子不敢轻易下手——诶？你们帮老人家我看一眼，那边的队形怎么变了？”

孔大龙抬眼望去，就见鬼王海龙带着鬼物迎上来将曹正搀扶了回去。刚才原本被破空扫平的地方，这时候又密密麻麻地站满了鬼物。如果不是亲眼看到，还会以为归不归刚才那一下打偏了。

“这个曹正处变不惊，是个人物。”归不归说话的时候叹了口气，随后对孙胖子说道，“你给我找个地方坐坐。老人家我要见吴勉一面，赶紧的，你去安排一下。”

听到归不归要见吴勉，孙胖子和孔大龙二人对视了一眼。随后小老头背上了老家伙，带着神秘男人一起，回到了楼上五室。

到了五室坐下之后，孙胖子对归不归说道："老人家，吴主任那边早就联系不上了。不过您放心，我估计吴主任在他儿子身边。一会儿咱们下去找找我兄弟，找到他就找到吴主任了……"

孙胖子的话还没说完，五室的大门突然被人撞开，随后屠黯从外面走进来，看到了归不归，老屠愣了一下，这时候他也来不及客气了，直接说道："外面的鬼物们蠢蠢欲动，杨军让我来告诉你们一声，对面列好了队形，随时准备攻打过来。"

"不可能！曹正眼瞎了吗？"孙胖子跑到了窗前，就见果然和屠黯说的一样，对面无数的鬼物已经形成了攻击队形。曹正身边多了一个人，那个本应该和鬼王魏金一起冲进地下三层的小孩子无涯。

此时的曹正正对无涯说道："我也知道破空的破绽，不过归不归是成名多年的人物，怎么可能没有后手？可以恢复术法的手段不止一两种。"

见曹正被打蒙了，无涯嘿嘿一笑，说道："新君你是身在此山中，不管怎么样也要试一下——如果还有第二个破空出现的话，那我们也没有留在这里的必要了。再说了，马上就到半小时了，我们说过的话也不能不算数。"

曹正深深地吸了口气，对身边几位指挥鬼物的鬼将说道："冲吧，抓住吴勉父子和孔大龙的鬼物，我给大大的封赏。"

曹正一声令下，数不清的鬼物潮水般向民调局这边扑了过来。一路上他们没有遇到任何抵抗，片刻间便冲进了民调局大门。

进了民调局之后，依然什么都没有发现，鬼物们顺着楼梯冲了上去。不一会儿，整座民调局大楼，楼上所有的地方，都挤满了鬼物，却没有发现孙胖子他们的踪迹。

与此同时，鬼物们要找的这些人，乘坐一部隐藏的电梯，已经到达了民调局地下三层。进了这个神秘的区域之后，跟着归不归的神秘男人开口说道："这里就是民调局最神秘的地下三层吗？吴仁荻主任就住在这里？"

孙胖子说道："小矬子，这才是开始，还有更神秘的地方。不过这里是我们凡人能到达最深的地方了。车前子——兄弟你在哪儿呢？家里来客了……你出来看看啊。”

无论孙胖子怎么呼喊，都没有听到吴勉父子的回应。好在杨枭曾经替吴仁荻打理过这一层，他知道地下三层的路线。当下，在老杨的带领下，一行人开始了民调局地下三层的“观光之旅”。

“这里一共分为六个区域，都是用来存放吴主任私人物品的。”说到这里的时候，杨枭指着远处一个满是货架的地方说道，“如果有什么东西要存进来，一般都会先存放在那里。什么时候吴主任想起来，我再下来将它们归置在其他的区域。”

杨枭一边解说一边带着这些人往里走，归不归想通知他手下的人退出民调局逃生通道，结果却发现这下面没有信号。即便他带来的是卫星电话，这时候也成了摆设。

归不归担心他的手下，急忙向杨枭问道：“吴勉在什么地方？赶紧去找他。”

这个老家伙，杨枭也招惹不起。他急忙解释道：“吴主任应该在地下四层，那里我从来没有进去过。”

扶着归不归的年轻人正是暗夜曾经的领导人林怀步，他皱了皱眉头，对孙胖子说道：“大圣，我知道你们民调局有地下三层，不过没想到还有个地下四层。”

孙胖子嘿嘿一笑，说道：“何止地下四层！老民调局的时候就有地下五层，后来哥们儿重建民调局的时候，也没有改动过这里，还是按着老样子来的。不过三四五层都是吴主任的地盘，三层我们几个偶尔还能下来转转，但四层五层除了吴主任之外，谁也没进去过。”

孙胖子说话的时候，从头顶的窟窿上面传出一阵脚步声，看样子是曹正带人追进来了。他们这些人听到声音，也加快了脚步，跟着杨枭继续往前走。每隔百十米远，头顶天花板上面就被凿出来一个窟窿。不知道为什么，每个窟窿都是拳头大小，便不再继续开凿了。

地下三层远比林怀步想象的要大，众人跟着杨枭走了差不多二十分钟，终于走到了尽头。在他们面前，出现了一条狭长的向下的楼梯。

站在楼梯口向下看去，下面黑洞洞的什么都看不到。虽然没有什么阻挡，不过众人还是停下了脚步，站在楼梯口谁也不敢轻易往下走。所有人的目光，都看向了有些尴尬的杨枭。

杨枭苦笑了一声，说道："我也没下去过，第一次跟吴主任下来三层的时候，他老人家特意嘱咐过：什么时候活够了，可以顺着这楼梯往下走几个台阶——我可不敢当这是玩笑，楼梯是带着机关阵法的，当年老民调局出事之后，吴主任在这楼梯上面花了不少工夫的。只要走错一步，还能保住魂魄的话，那就算运气不错了。"

杨枭说完之后，众人的目光又转到了归不归的脸上。老家伙也苦笑了一声，说道："要是老人家我现在术法还在，就走一趟给你们这些小辈打个样。不过现在这副样子，估计撑不到楼梯拐弯的地方——任叁那小东西不知道哪儿疯去了，老人家我让他去找车前子送个见面礼，他早就应该回来了。"

归不归说到这里的时候，远处的天花板突然发出来一声巨响。"轰！"的一声，随后又是一阵重物坠地的声音传了过来。

"追过来了！"孙胖子回头看了一眼爆炸的位置，随后深深地吸了口气，冲身边的人笑了一下，说道，"看样子得我走一趟了，各位，要是我孙德胜运气不好，哪一步把自己走没了，和我兄弟沈辣、车前子说一声，我老婆、孩子就靠他们哥俩照顾了。"

众人都知道这个胖子运气好得出奇，民调局前任局长高亮当年之所以选中他接班，除了占祖占卜的结果，再就是他的七窍玲珑心和逆天的好运气了。多少次命悬一线的时候，他都是靠着逆天的运气才过关的。

话是这么说的，不过孙胖子却没有马上下去的意思。他时不时回头看一眼远处发出巨响的位置，看样子除非到了生死攸关的时刻，孙胖子也不敢轻易下去。谁知道老天爷会不会临时打个瞌睡什么的？万一没照顾到他这一次，说不得他的老婆、孩子就真要靠别人照顾了。

旁边的人也不好意思催他，只是远处的巨响一声接着一声，每声巨响之后，都会有重物落地的声音传过来。

孙胖子站在楼梯口不停地喘着粗气，正当他准备豁出去的时候，楼梯下面传来了一阵脚步声，随后一个熟悉的声音传了上来："上面的是孙胖子吗？我等你们老半天了，怎么还不下来？"

这是车前子的声音，孙胖子听到之后长出了一口气。自己这三兄弟就在下面，说明楼梯没有什么危险了。当下他直接顺着楼梯跑了下去，果然在楼梯下面发现了车前子。

"哥哥我的亲兄弟哎！"孙胖子一把抓住了车前子，见他没事之后，笑嘻嘻地说道，"咱爸爸呢？是他关了楼梯的机关吧？不是我说，除非刀架在脖子上，要不哥哥我也不敢走这道鬼门关。你是不知道，当年高老大出事那次，就是这个楼梯，弄死了一大半闯进民调局的王八蛋。"

见孙胖子误会了，车前子急忙解释道："我没看到你们吴主任，我在下面转悠了一会儿。看到这个楼梯就下来了，什么事儿都没有。要是早听胖子你说这个，我也不敢走这个楼梯了。估计是老吴怕伤到我，提前把机关关了吧？"

孙胖子苦笑一声，说道："要不说你是亲生的呢，我们当女婿的还是得托你们当儿子的福。"

这时候，后面的人也纷纷从楼梯上走下来。孙胖子正准备给车前子引荐归不归和林怀步的时候，远处又爆发出一声巨响。这次震得楼梯都不停地颤抖，随后远处传来了一阵嘈杂的声音，看来曹正的"人"已经打开了通道，冲下来了。

原本这楼梯是可以阻挡那些鬼物的，不过现在吴仁荻把机关关了，这样众人再度陷入了危机之中。屠黯站了出来，冲二杨使了个眼色之后，说道："我们三个上去，看看能不能把那些鬼物引开，你们自己小心一点。"

"你们还是在下面待着吧，我上去。"林怀步看了车前子一眼，随后笑着说道，"上去之前先自我介绍一下，我叫林怀步，曾经受过你父亲的恩惠。"

车前子说道："我听胖子说起过你，说你弄死过不少大活人。有机会咱们喝几杯。"

"有机会的。"林怀步笑了一下，转身顺着原路回到了地下三层。他上去之后，原本越来越嘈杂的楼梯口，瞬间变得安静了下来。

第五章　弱点

林怀步上了楼梯之后，除了孙胖子以外，民调局几个人都变得紧张起来。他们当中只有杨枭和林怀步打过交道，不过老杨心里也没什么底气。他向孙胖子问道：“大圣，林错能行吗？在国外那一亩三分地他算是有本事的。但他现在对上的，可是整个地府！”

“估计没啥大事，老杨你可不能小看小矬子。”孙胖子嘿嘿一笑，继续说道，“不是我说，当年你回国回得早，不知道后面的事情。现在的小矬子可是今非昔比了。”

说到这里，孙胖子抬头张望了一下，见林怀步不在楼梯口，这才低声说道：“咱们都是自己人，哪说哪了。小矬子可不一般，我听说他和他爸爸林尊找到了家里的族谱，他们原本不是姓林的，他们家老祖宗姓徐！”

见这几个人没听明白，孙胖子又加了一句：“徐福的徐。”

除了归不归和孔大龙，剩下的人都是一脸不可置信的惊讶表情。屠黯的脑门上都流出了冷汗，他深深地吸了口气，说道：“大圣，真的假的？这小——林先生是大方师的后代？”

“这可是老屠你自己猜的，哥们儿我可什么都没说。”孙胖子做了个噤声的手势，随后继续说道，“是不是你猜的那样，我是不敢说死。不过我知道林家爷儿俩前些日子去了东海——林尊什么能力，老屠你应该听说过吧？”

“去了东海，那就是认祖归宗去了，八九不离十。”说到这里，屠黯立即变了副表情，一挽袖子冲上了楼梯，说道，“林先生你不要担心，我屠黯来帮你了——我叫屠黯，屠夫的屠，黯然的黯。”

看着屠黯腆着脸上了楼梯，孙胖子一脸不以为然的表情。对归不归说道：“屠黯也是个俗人啊，说起来我就服老人家您，只有您富贵不能淫、威武不能屈的，听说当年您和徐福大方师对着骂街来着。”

“别客气，听说林家是徐福那个老东西的后代，我老人家当天就给了林怀步的儿子一个亿的压岁钱。”归不归笑了一下，随后说道，“有时间老人家我还得把自由人俱乐部的股份也转给他，虽然我和徐福是儿时一起扒门偷看小寡妇洗澡的交情。不过人家毕竟是老人家我名义上的过气师父，这样说起来，老人家我也算是林家半个长辈。”

听归不归这么大方，孔大龙和车前子对视了一眼。小道士心领神会地点了点头，随后走到了老家伙面前，说道：“老归，按理说你这么大的岁数，我应该叫你一声好听的。不过听胖子说过你和老吴的交情，他说咱们俩是平辈。我要是叫你一声叔叔、大爷的话，怕闪着你。”

“你和我老人家一个辈分？孙德胜说的？”说话的时候，归不归表情古怪地看了一眼孙胖子。看得孙胖子冷汗当场就流了下来，赶紧赔着笑脸回答道：“是百无求说的，他管吴主任叫爷叔。您又是他的非亲生父亲——这样排下来的话，可不是和车前子一个辈分了嘛。”

归不归怪笑了一声，说道：“那按这么排的话，你和车前子拜了把子，那我们俩是不是也一个辈分？孙大哥？”

“那我哪敢！还是等吴主任出来，让他老人家出面排排辈分吧。”孙胖子擦了一把冷汗，对正在看热闹的车前子说道，“兄——那什么，这里我也是第一次进来，算起来你也是半个地主了，带我们到处转转吧。”

“这有什么，一眼就看到头了。”车前子指了指四周，这下面就是个一百多平方米的房间。里面都是存放物品的架子，只是现在架子空了，不知道之前放在上面的宝贝都哪儿去了。

孙胖子怕归不归再找他麻烦，故意不给老家伙问话的机会，车前子还没说完，他就没话找话地说："不是我说，这里是吴主任后来改造过的。我虽然没进来过，不过听说下面一层就是当年吴主任囚禁广仁大方师的地方了。广仁大方师在里面被囚禁了几十年，火山费了老大的劲，终于找到机会，趁民调局被围攻的时候，把广仁大方师救走的。"

孙胖子一顿胡说，想把话题移开，却还是没能躲开归不归，老家伙打断了他的话，说道："小胖子，刚才你说到百无求了，这次你和那个傻小子说好了没有？他怎么还不出来？还是说你小子还有后招，把我那个傻儿子打发到什么地方去了？"

听到归不归不是冲自己来的，孙胖子这才松了口气。他抓了抓头发，说道："老人家您误会我了，我和百无求说好的，他昨晚就应该到的。可不知道什么原因，到现在都没出现。不过老人家您也别担心，这世上能把妖王怎么样的人，除了这里的，剩下的就只有上善老佛爷和在海里钓鱼那位了。"

"这傻小子，估计又记错日期了！"归不归苦笑一声，说道，"上次我回来就是，说好了三月六号，我等了他一个礼拜，结果这个傻子愣是记成了六月三号了——真不知道妖山在他管理下，会变成什么样子。"

归不归说话的时候，楼梯上面还是静悄悄的，别说打斗的声音，连句骂街的声音都听不到。

杨枭心里没底，想上去看看情况，却被孙胖子拦住了。孙胖子说道："老杨，把心放回肚子里。小矬子加上老屠，那就跟铜墙铁壁一样。能破他们的，全世界也就那么三——四个人。"

说三四个人的时候，孙胖子还不忘冲归不归笑了一下。老家伙说道："三个人就行了，不用算上老人家我。他们俩联手的话，估计我老人家用破空也白给。咱们就在这里等着，等到了大年初一，吴勉的衰弱期也就过去了。"

说到这里的时候，归不归从怀里摸出来一把普普通通的钥匙，扔给了车前子，说道："不管怎么说，第一次见面什么都不给的话也说不过去——这是我在这里办公室的钥匙，办公室和里面的东西都归你了。日子过得真快，我认识你爸爸的时候，他差不多也就你这个年纪——归、还是不归。"

回忆起当年他和吴仁荻见面的情景，归不归忍不住摸了摸脸颊，随后装作想到了什么，回头向楼梯上面的林怀步、屠黯喊道："你们俩帮老人家我留意一下人参娃娃，那个小家伙去哪儿疯去了。"

车前子正和孔大龙研究手里的钥匙，听归不归提到了人参娃娃，他愣了一下，说道："那个小豆畜子？你们不是让他出去报信了吗？我早就打发他回去了啊。"

就在这个时候，楼梯上面突然响起了屠黯的声音："归师兄、孙德胜你们出来一下，他们又要谈判了。"

"都谈好几次了！曹正谈判上瘾了吗？"孙胖子回头看了这几个人一眼，随后一招手，说道，"也别我们爷儿俩上去了，大家伙一起吧。有什么事情也能出出主意，他们要动手的话，打起来人多也能顶一阵。"

有了孙胖子的话，地下四层这几个人不再客气，二杨在前，其他人跟在后面走上了楼梯。

上来之后，车前子看到林怀步和屠黯两个人就站在楼梯口。对面满满当当的站着无数的鬼物，正当中是地府左判曹正，看他们双方心平气和的样子，实在想不出来刚才这里有没有发生什么事情——难不成这位暗夜大佬一直陪曹正打嘴仗来着？

见孙胖子、归不归到了，林怀步朝他们点了点头，随后对曹正说道："你要见的人到了，现在可以说说地府撤兵的条件了。"

林怀步的话还没说完，曹正身边一名鬼将突然拉弓搭箭，向孔大龙射出一箭。它的动作飞快，电光火石之间，这边民调局众人还没有反应过来，这一箭已经到了孔大龙面前。

随着"嘭！"的一声闷响，箭矢在小老头面前突然停住。随后无力地掉到了地上。

林怀步看着曹正，说道："这就是你让我叫他们上来的意思吗？看起来刚才魂飞魄散的鬼物还不够多，你们还想再拼一下，对吧？"

"这不是我的意思。"看到这一箭没射中孔大龙，曹正脸上没有一丝多余的表情。随后他转头对射箭的鬼将说道，"韦一方，你自作主张……自己了结吧。"

这名鬼将早已做好了事败身亡的准备。听到曹正的话，他一声不吭，从箭壶里抽出一支长箭，箭尖对准了自己的咽喉。紧接着一使劲，长箭刺穿了他的咽喉，随后当场毙命，倒在了地上，魂魄化成了一缕青烟。青烟升起来时，被曹正一口气吹散。

手下的鬼将自我了断之后，曹正才开口说道："外面的天已经亮了，我也不打算这样耗下去了。归不归，你我立一个契约，今天的事情当作没有发生过。日后不管我是否继位阎君，民调局都不可以找地府的麻烦。"

听到曹正说了软话，没等孙胖子说话，车前子先开了口，说道："等一下，是我听错了呢？还是你真就这么不要脸？你们闹出来这么大的动静，还对我们爷儿俩喊打喊杀的，现在看见天亮了，你们鬼物白天不占优势就打算算了？怎么算也没有这么便宜的事吧？"

曹正盯着车前子，见孙胖子没有阻拦他说话的意思。他冷笑了一声，说道："那你又是什么意思？说出来，说不定我能办到。"

"你太能办到了。"小道士一点没给曹正台阶的意思，学着他爸爸的样子，翻了个白眼之后，说道，"你自己先魂飞魄散，这件事是因你而起，还带着手下围困我们民调局。最起码也要以死谢个罪吧？就用刚刚你手下捅脖子的那支箭，学着他刚才的样子，箭尖从后脑勺里出来。"

听到车前子要自己魂飞魄散，曹正的脸色阴沉了下来。他深深地吸了口气，转脸看着孙胖子说道："孙局长你也是这个意思吗？那我们就真的不死不休了。"

"我能是这个意思吗？"孙胖子嘿嘿一笑，随后看着曹正说道，"不过昨晚的事情闹得这么大，现在总不能就这么白不提黑不提地过去了吧？你说明儿早上我们吴主任缓过劲来，要去地府找你们拼命，可不是一张契约就能拽回来的。老曹你好好想想，现在青天白日的，你们鬼物不适合大白天出动。真到了晚上，我们也不过就是再耗几个小时，等到十二点过去了……”

曹正深吸了口气，说道：“看来你们真想要我魂飞魄散，那就不用继续往下说了。我们继续往前冲，林错，你也不是完全没有弱点。”

这时候，孙胖子嘿嘿一笑，说道：“哥们儿我可没那么说。老曹，这样说吧，你也连累不少鬼物魂飞魄散了，总要承担一下责任吧？实话实说，你已经不合适做阎君了。你是阎君，我们吴主任百分之百就是你们地府最大的隐患。听我一句劝，你去投胎，阎君让给孔大龙吧？最多孔阎王给你发个誓，不追究你的责任。”

曹正犹豫了一下，说道：“我不做阎君，你们便不找地府的麻烦？”

“那还有啥好说的？”孙胖子嘿嘿一笑，说道，“别说地府了，就是你下一辈子也妥妥当当的。哥们儿我和孔大龙商量一下，让你带着自己的生死簿投胎。”

“好，我答应了。”曹正深吸一口气，继续说道，“阎君不用让，孔大龙本来就是阎君心目中最合适的接班人。我现在就将大军一齐撤走，今晚我就去投胎——三军听我号令！撤兵回地府了，今天的事情与你们无关，我会给你们求情的。”

说完，曹正转身带着全部的地府人马开始后撤，它们后队变前队，很快便从这里撤走了。看着无数鬼物的背影，所有人都不敢相信事情就这么完了。

车前子冲着鬼物的背影啐了一口，随后对孙胖子说道：“胖子，咱们打个赌吧。赌姓曹的什么时候会杀回来——我赌两个小时之内。”

孙胖子嘿嘿一笑，说道：“那哥哥我赌久一点，下午一点之后吧。不过前提是咱们都不出去，曹正他们铺开了一张大网，就等着我们从这里出去呢。”

说话的时候，孙胖子看了一眼手表，随后笑嘻嘻地继续说道："时间说快也快，现在都七点半了。小矬子，你给哥们儿我透个底，要是曹正他们再过来的话，你还能坚持到明天早上吗？"

听到孙胖子的话，林怀步脸上露出怪异的表情。他轻轻地摇了摇头，说道："大圣，你不要装糊涂了。曹正他们被我打了个冷不防，现在出去是要找我的弱点。你知道的，我的异能是有弱点的。"

孙胖子眨巴眨巴眼睛，凑到了林怀步身边，低声说道："不能那么快吧？你的弱点没个三五天，他想不到那么远吧。"

林怀步无奈地笑了一下，说道："如果一直这么僵持着的话，那我还有些把握。但现在的话，我也不知道了。"

与此同时，曹正带着他的人马回到了刚才他们跳下来的地方，正准备回地面的时候，冷不防小孩子无涯从上面跳了起来。见到了曹正，无涯龇牙一笑，说道："新君，打听到了。跟归不归一起来的是林错，他的弱点是海外死神。那些傻大个们可以抵消掉林错的本事。"

小孩子无涯说话的时候，头顶的通道上面，被扔下来一个被五花大绑的人参娃娃。

看了一眼已经陷入昏迷的小任叁，无涯有些恼怒地对上面的鬼物说道："混蛋！谁让你们真动手打他的？我要问的话都问清楚了，你们还敢滥用私刑！"

"好了，不要在意这样的小事。"曹正叫住了无涯，随后说道，"准备一下吧，等他们自己出来。"

第六章　赫尔王

无涯对任叁被打的事情非常愤怒，只是曹正开了口，他不好再发作。即便如此，无涯还是记住了对人参娃娃动用私刑的鬼物相貌，今天的大事结束之后，他一定要把这口气发作出来。

曹正安排人去请海外死神之王赫尔的时候，海虎、魏金两名鬼王凑到了一起，背着曹正的“人”开始嘀嘀咕咕起来。不止它们俩，在场的鬼物当中，相熟的鬼将、大阴司也分成了多个小团体，暗地里商量起来退路。

它们之所以跟随曹正，很大一部分原因是曹正阎君继承人的身份。眼看老阎君就要去轮回转世，都想在新阎君即位之前，和新阎君结下良好的私人关系。只是没想到事情会到了这种程度，现在连吴勉还没有见到，地府带来的精锐已经出现了大面积伤亡。传回地府还不知道阎君会如何处置，毕竟还有两个月时间阎君才会让位。谁也不知道会不会因为这件事，阎君再改了主意，重新挑选新的继位之人。

如果曹正出局的话，那继位之人便要在他们这些地府大佬当中挑选了。后面不能由着曹正的性子去冲杀了，要保存好自己的实力。谁知道阎君会不会看中自己呢？

无涯看出这些大人物开始动摇，他不动声色地笑了一下。看到曹正安排好了去请海外死神的事情之后，走过来说道："新君，赫尔王过来还要一段时间。我们不能给那些人喘息的时间，放任他们也去找人帮忙，毕竟上善和尚就在附近……"

曹正马上明白了无涯话里的意思，他摇了摇头，说道："我刚刚与孙德胜说好退出的，现在回去说不过去吧？"

"和孙德胜说好的是新君，不是我等地府官员。"无涯轻轻笑了一下，回头看着逐渐围拢过来的地府大佬们说道，"主忧臣辱，主辱臣死！现在到了我们给新君分忧的时候了。请各位大人带领本部人马轮番去骚扰孙德胜等人，不能给他们留有出去找帮手的机会。"

"这个不合适吧？我们鬼物也是要脸的。"海虎冷冷地看了无涯一眼，随后说道，"之前已经几次三番毁约了，我是没脸再去了。再说了，现在只是林错加上屠黯，三军便无法前进一步。我们分兵前去和送人头又有什么区别？新君，我不是冲你，不过就算要回头也应该是你带着我们一起，这才名正言顺。"

海虎说完，他属下的鬼将、大阴司也纷纷表示赞同。魏金那一派虽然没有表态，不过看情形也是偏向海虎的。

"海虎说的有道理。"曹正叹了口气，转头对无涯说道，"那今天就到这里吧，也不用去请赫尔王了。大家各回各处，我回去向阎君陛下谢罪，辞去左判之位。就像孙德胜说的那样去轮回，地府就仰仗各位了。"

曹正这两句话说出来，海虎等人不敢说话了。这明显不是曹正心里的意思，而是在对海虎、魏金等人表达不满了。

这时候，令狐尤从后面走了出来。他厉声说道："新君！你去谢的什么罪？吴勉本来就是我们地府最大的祸端，你在阎君陛下转世之前，要铲除这个祸端有什么错？只要吴勉身亡，我们做什么都是对的！我爹死在了他手里，你去谢罪，那我爹就白白魂飞魄散了吗？"

说到这里，令狐尤的目光在其他鬼王、鬼将脸上扫了一圈，随后说道：

"我们原本就是跟着新君来立功的，为了替地府消除隐患。往大了说是为阎君分忧，说实际点也是为了新君继位之后，捞点资本好处。现在阎君即将转世，再重新更换继位人也来不及了。诸位现在就和新君离心离德，等到新君继位之后，该如何与诸位共处？"

在场的"人"谁也没有注意到，令狐尤出现之后，小孩子无涯躲到了一个高大鬼物身后，嘴巴一张一合的，却没有发出一点声音。不过若是会读唇语的西门链看到，会惊奇地发现无涯"说"的话，和令狐尤说的一模一样。

谁也没想到令狐尤会说得这么直白、露骨，他说的也不是没有道理。只剩下两个月的时间，阎君很难再更换继位之人。而且曹正做了左判之后，几乎控制了地府三分之二的势力。阎君若想替换他，也不得不考虑这一点。

如果曹正真的请来海外死神，一举消灭了吴勉及民调局众人。那他的功劳便算是地府开府以来最大的了，就是阎君也撼动不了曹正的位置了。重新盘算一番之后，鬼王魏金开了口："这次地府大举出动，本来就不是新君您个人的事情。刚才只是缓兵之计，不应该当真的——在赫尔王到达前，我愿率领本部去骚扰林错、屠黯，不给他们喘息之机。"

"我也去！"海虎也改了口，"还是那句话，大家都是为了地府。新君，刚才属下不是冲您。有什么言语不恭敬的地方，您不要和我一个大老粗一般见识。"

曹正笑了一下，说道："那怎么会呢？拿你的话说，大家都是为了地府好。"

借着无涯一番话，曹正将一场内讧消灭在了萌芽之中。看到海虎、魏金和令狐尤开始重新布置军队，曹正冲无涯点了点头，随后将这个小孩子带到了附近的仓库里。将里面的鬼物都撵出去之后，曹正疲倦地坐在了一口箱子上，随后有气无力地对无涯说道："还撑得下去吗？"

"能撑到新君继位。"无涯淡淡地说了一句，随后他走到曹正面前，继续说道，"现在这样的情形不是最坏的，起码可以证明吴勉确实是在衰弱期。否则以他的脾气，早就冲出来了。新君，这是上天给你最好的机会。"

“如果他们还有什么底牌没有亮出来，怎么办？”曹正两眼无力地望着天花板，顿了一下，继续说道，“现在是白天，于地府不利。万一他们趁这个时候，将吴勉送出去……或者，吴勉压根儿就不在民调局。他熬过了衰弱期，我们怎么办？”

“新君做了该做的，剩下的就交给老天爷吧。”无涯说到这里的时候，岔开了话题，“现在魅夫人去请赫尔王了，当年他们俩是有交情的。等那些傻大个到了，先解决林错，剩下的那些人会被地府大军踏平的。”

曹正看了一眼面前的小孩子，沉默了片刻，说道：“我给你准备了后路，你不要在这里辅佐我了。如果今晚子时我没有找你，你就去投胎转世吧！你的生死簿我已经重新写好了，不会有地府阴司找你的麻烦。”

无涯摇了摇头，说道：“新君，我还等着你登基之后，许我做继位之人——现在胜面还在我们这边。”

虽然已经到了下午时分，不过民调局上空阴云密布，宛如黑夜一般。无数的鬼物继续待在民调局周围，鬼物当中，两个披着斗篷的鬼物正在窃窃私语。披着黑色斗篷的鬼物对身边的同伴低声说道：“陛下，这么干的话太冒险了吧？现在连个皮囊都没有，一旦出事的话，后果不堪想象……”

黑斗篷身边的竟然是阎君，他身上套着一件灰色的斗篷，正笑眯眯地看着对面。见到鬼将正将一队一队的鬼物赶进民调局的地下室，却不见有一个鬼物从里面走出来。

“啰唆！”阎君有些不满地看了黑斗篷一眼，随后说道，“南棠，你还真是煞风景……阎君的护卫都在这里了，会出什么事？当初我还是小阴司的时候，你教我遇大事不可轻信人言。还有比现在更大的事情吗？”

黑斗篷里面正是地府右部判官南棠，他心里正在嘀咕：“阎君这次明明没有套那一身精神病的皮囊，怎么行事还是这么疯癫？”

南棠苦笑了一声，回答道：“陛下，我还说过君子不立危墙之下。现在阴阳两界当中，还有比这里更危险的地方吗？还请陛下回銮吧。”

阎君好像没有听到右判的话一样，眼睛盯着民调局的方向，说道："老南棠，你说世上还有比这里更有趣的所在吗？两边不管谁输谁赢，我都不吃亏。"

右判见劝不动阎君，当下只能顺着他的话说道："那如果曹正、吴勉两方联手，要逼迫陛下您提早退位。那还有趣吗？"

原本以为阎君会有所担心，没想到这才是他亲自赶过来的目的："是啊，所以我才要亲自过来看着。狗急了跳墙，更何况曹正……"

说到这里的时候，远处的鬼物们突然骚动了起来。随后就见几位鬼将开启了法阵，几十个身穿黑衣、手握镰刀的鬼物在曹正心腹魅夫人的带领之下，从法阵当中走了出来。

南棠看得清楚，当下凑在阎君耳边说道："是海外死神，没想到曹正和他们联手了。陛下，我们还是早点回地府去，以防他们联手对陛下不利。"

阎君盯着远处的海外死神和法阵，突然看到了一个熟悉的身影，说道："那个不是赫尔吗？海外的死神之王，曹正也穿了精神病的皮囊了吗？他真是比我都疯癫了，竟然和这些海外死神勾结在了一起。"

就在老南棠苦劝阎君的时候，魅夫人已经带着一众海外死神到了地下三层。曹正带着鬼将、大阴司已经在这里等候他们多时了。

见到只是地府的左部判官带着人迎接自己，死神之王赫尔皱了皱眉头。随后对魅夫人说道："我亲爱的魅，看来我们之间有点误会。如果你早说只是判官先生要与我合作的话，我是不会亲自赶来的。请原谅我的无礼，不过判官先生与我的身份是不对等的。"

听到赫尔这样傲慢的话，曹正的部下脸色都难看了起来。在他们看来，海外死神之王不过就是个鬼王级别的存在，判官亲自带着他们迎接，已经算纡尊降贵了，没想到这个赫尔竟然还挑理！

不过曹正脸上却没有什么异样的表情，他微微一笑，主动说道："原本阎君陛下是要来迎接赫尔王的，不过地府出了点事情，陛下要亲自回去处理，于是由我代为迎接……在下地府左部判官曹正，代阎君陛下向赫尔王问好。”

这时候，魅夫人也在赫尔王耳边介绍曹正。得知眼前这个名叫曹正的判官，再过两个月就要继位阎君之后，赫尔的脸色才算好了一点，他微微点头，对曹正说道：“既然你是阎君的继承人，那就勉强可以匹配我的身份了。魅夫人请我过来的时候，话说得有些急，没说清楚是怎么回事。你们谁来告诉我，到底发生了什么事情？”

既然赫尔以为和他身份匹配的只有曹正，那就只能是曹正亲自解释了：“不算什么大事，有一个叫作林错的人，包庇地府的犯人。听说赫尔王可以压制此人，阎君陛下才下了法旨，请您过来帮忙。”

“林错，暗夜的林错吗？”赫尔皱了皱眉头，随后说道，“这个就不大好办了，他曾经和我签订过契约的。我帮你们克制林错，违背我们神圣的契约精神。很抱歉，尊敬的判官先生，这件事我无法帮助你们。”

“契约是吗？”曹正清楚林错和死神之王赫尔的渊源，他微微一笑，说道，“说来也是巧了，我这里有一件可以抵消契约的法器——拿过来请赫尔王观赏观赏。”

曹正话音刚落，远处便有鬼物推着一辆装有一整副龙骨的推车走了过来。见到了龙骨，赫尔的眼神都有些不够用了。他急忙上前，用手轻轻地反复摸着龙骨，嘴里不停地念叨：“真是汉龙的骨架，无价之宝……这么完整的龙骨我还是第一次见到，看看这头骨，真是奇观！”

这副龙骨正是吴勉的收藏，被曹正拿了出来。见到赫尔两眼放光，曹正这才说道：“传说汉龙是死神的克星，现在这条龙已经屈服于您的脚下了。想必是可以抵消契约的。”

“这自然是可以的。”赫尔擦了擦口水，随后转头对曹正说道，“立约的人死了，契约自然就失效了。左判大人，我尊贵的朋友，我可以完成你的心愿，帮助你们解决掉林错。说实话，我早就看他不顺眼了。”

曹正微笑着点了点头，说道：“请稍候，先请赫尔王您稍作休息，我让人安排一下，最好可以一举抓住我们地府的犯人。”

随后，曹正叫过来了小孩子无涯，让他去准备。无涯去准备的时候，曹正继续讨好赫尔，说道："赫尔王，我们阎君还给您准备了礼物，您回去海外的时候，可以一并带回。"

"请代我表达最真诚的感谢！"原本一句客气话就完了的事情，看到阎君不在这里，这位死神之王突然兴致上来，他看了一眼曹正，继续说道，"虽然我很感谢阎君陛下的慷慨，不过这并不代表我认同你们地府所有的事情……

"请恕我直言，你们地府管的事情有点太多了，灵魂既然已经脱离了肉体，那就不要干涉他们。想留在人世间留下就好了嘛，为什么一定要抓他们去你们的地府呢？这样是很不公平的，你们应该尊重他们的选择……"

听到这位死神之王胡说八道，鬼王海虎忍不住了。他抢在曹正之前，厉声说道："这不是胡闹吗？不带他们到地府轮回转世，留在人世间的话，岂不要天下大乱了吗？到时候人世间到处都是魂魄，地府反而空了，六道轮回停止了怎么办？"

赫尔看了海虎一眼，说道："这位鬼王先生，请恕我直言，这是灵魂自己的选择。他们想要留在人世间，那就应该留在人世间。你看看我们那，灵魂想干吗就干吗，想留在什么地方就留在什么地方，从来不会有人干涉他们。"

第七章　撕毁契约

魏金和其他鬼将、大阴司也听不下去了，几十个鬼物一齐站了起来，正要上去和赫尔理论的时候，曹正咳嗽了一声，说道："无涯已经安排好了，赫尔王，请吧！"

赫尔已经感受到了众鬼物的压力，他装作满不在乎的样子，从众鬼物中间穿过。在曹正引领下，来到了通往地下四层的楼梯口，见到了刚刚送走一波鬼物的林怀步和屠黯二人。

"林，我的朋友，没想到我们会在这异国他乡见面。"原本赫尔用不着对林错这么客气，不过赫尔有他自己的小心思——如果他表现出来与林错解除契约，对他来说是十分艰难的选择，最后再装出一副被逼无奈的样子，忍痛杀掉自己的挚友。这样一来，或许能从曹正那拿到更多的好处，说到底还是曹正送礼的手笔惊到他了，谁能想到刚见面就送了他一整副龙骨，地府实在太阔气了！

林怀步看着赫尔，沉默了片刻，说道："赫尔王，你是被曹正请来，对付我的吗？请不要忘了，我们是有契约的。"

"很抱歉，契约失效了。"赫尔一脸生无可恋的样子，重重地叹了口气，继续说道，“我是与萨巴赫签订的契约，你的契约只是从他那儿继承的。在未经我允许的情况下，你们私自更改了契约，请原谅，这是不合法的。”

说到这里，赫尔又叹了口气，随后说道：“看在死去的萨巴赫的份上，我可以带你离开这个危险的地方，不过只能是你一个人。”

听了赫尔的话，林怀步摇了摇头，说道：“契约里承认我是萨巴赫继承人的，赫尔王，你这么做是对契约精神的亵渎。”

“不要再说了！”见说不动林怀步，赫尔沉下了脸，说道，“很抱歉，弱者是不配和死神签订契约的。林，我是想保住你的性命的。不过现在看来，是我自作多情了。”

说到这里，赫尔突然化身成了一团烟雾，冲向了林怀步。瞬间将他笼罩在了烟雾之中，旁边的屠黯好像被吓傻了一样，站在原地没敢过去帮忙。

站在后面的曹正见林怀步被制住，立即对身后的鬼王、鬼将们说道：“林错被制住了，大家一鼓作气，把……”

曹正的话还没说完，赫尔那边突然有了新的状况。他化身的烟雾里面突然发出来一阵一阵惨叫的声音，一开始还以为是林怀步发出的惨叫。不过仔细一听，竟然是死神之王赫尔的惨叫声！

情急之下，赫尔已经喊岔了音。谁也听不清他喊叫的是什么，地府众鬼物纷纷停下了动作。只有跟着赫尔一起来的几十个死神，举着镰刀向烟雾冲了过去。

众死神冲到赫尔身边的时候，烟雾当中冲出来一道人影。这人手里举着一柄大宝剑，对着众死神劈砍了过去。冲在最前面的几个死神，瞬间便被砍倒在地，随后化成一团黑烟。

这时候，后面的众鬼物才看清，从烟雾里面冲出来的，竟然是吴勉的儿子车前子。可是刚才明明是林怀步被笼罩在烟雾里的，这个小道士什么时候跑进去的？这么多的鬼物，竟然谁也没有看到。

第一个明白过来的是曹正，他大声喊道：“假的！林错是车前子假扮的！旁边的屠黯才是真林错！赫尔王！”

曹正喊话的时候，赫尔化身的烟雾已经瘫倒在地上，重新变回了疲惫不堪的赫尔。赫尔也算是有本事的了，被车前子这一顿折腾，竟然还没有烟消云散。这时候对赫尔来说，什么龙骨、礼物都是浮云了，保住自己的命才是最重要的。

赫尔根本没有理会曹正，他冲越来越少的死神喊出了一句外国话。随后当着地府众多鬼物的面，这些死神用镰刀在地上划出一个六芒星来。几声咒语吟唱之后，赫尔一个猛子扎了进去，随后其他死神也纷纷钻进了这个法阵。

所有的死神都离开之后，屠黯也变回了林怀步的样子。这是车前子施展种子力量变化的手段，就是刚才的死神之王赫尔都没有发现其中的破绽。

林怀步和车前子距离很近，与赫尔交手之前，看似是小道士变化的“林怀步”将进犯的鬼物们打退的，其实是旁边假扮成屠黯的林怀步干的。左右就这两个人，就连曹正倚仗的智囊小孩子无涯都没有看出来。

赫尔遁走之后，曹正这边的鬼物都愣住了。谁能想到花了大心思请来的海外死神之王，竟然连屁用都没有。

车前子举着大宝剑，向对面的曹正说道：“你想做的事情，我想到你前面去了——曹正，你真是阎君选定的继承人吗？选你的时候，他的眼睛瞎了吗？”

曹正沉默了片刻，正要说话的时候，他面前的地上突然出现了六道火柱。随后就见刚刚遁走的死神之王赫尔，从火柱当中窜了出来。这次她和刚才判若两人，之前她为了办事方便化作了男身，现在变回了女死神的本体。身上穿着一件黑色的战甲，手里多了一柄黑色的三叉戟，浑身上下散发出一丝丝的黑色死气。

之前她被车前子一剑戳到了眼睛上，现在看东西还有些重影的感觉。迷迷糊糊地向曹正喊道：“愚蠢的人啊！这就是你渎神的代价！我要收割你的灵魂，让你的灵魂化成一道烟雾，彻底从这个世界消失！”

原本曹正被赫尔的出场方式震撼到了，不过看到赫尔将自己错认成了车前子。他苦笑一声，指着赫尔身后，说道："愚蠢的人在你身后。"

赫尔听到了曹正的话，场面一时间尴尬了起来。她装作什么事情都没有发生，转身对车前子再次说道："愚蠢的人啊！这就是你渎神的代价……"

车前子用他父亲吴仁荻标准的眼神看着赫尔，翻了翻白眼，说道："你喝多了？吐完又回来了？什么狗屁死神之王，这是你的名字吧？你爹复姓死神？"

赫尔大怒，举着三叉戟向车前子扑了过去。小道士手里的大宝剑直接脱手，对着女死神甩了过去。

之前赫尔因为烟雾化，这才侥幸没被宝剑所伤。她知道宝剑的厉害，没敢硬接，闪身避了过去。就在赫尔躲避的时候，车前子竟然凭空出现在她躲避的位置，对着赫尔的咽喉就是一拳，随后一脚冲着她的裤裆踹了过去。

这一脚踹上的时候，车前子才反应过来，这个死神之王是个娘们儿。

好在之前那一拳起了作用，车前子将种子的力量灌输到拳头上，一拳将赫尔直接打飞，向曹正那边飞了过去。

"赫尔王，你找错对象了，你的对手不是他，应该是林错！"曹正都快被气晕了，不过他还是耐着性子接住了赫尔，随后指着向后退的林怀步，继续说道，"你对付林错，我们替你挡住车前子！"

这时赫尔终于反应了过来，她抄起三叉戟，向林怀步的方向扑了过去，与此同时，曹正身后的鬼物也向车前子冲了过去。

眼看双方又是一场恶战，车前子和林怀步二人同时向楼梯下面退去。他们两人冲下楼梯的时候，后面数不清的鬼物也咆哮着追了过来。

这些鬼物冲下楼梯的一瞬间，突然化成了一阵阵青烟，消散在了空气中。跟在后面的鬼物见势不妙，急忙停住脚步。不过冲过来的鬼物实在太多，那些好不容易在楼梯口停住脚步的鬼物，又被身后的同伴们挤了下去。紧接着，又是一阵惨叫声响起，又有七八个鬼物丧命，化成了几道青烟。

"都别动！后面的不要往前冲了。"一名鬼将拼命抓住楼梯口的扶手，大声喊道，"我们中计了！不要再往前挤了，楼梯上面有陷阱。"

已经冲到楼下的车前子、林怀步二人连同孙胖子、归不归他们也是一脸的惊讶。原本他们计划好的，如果上面顶不住的话，归不归便在下面摆下一个针对鬼物的阵法。引诱鬼物们冲下来之后，在下面进行最后的断杀。可是谁也没有想到，车前子他们冲下来没事，后面冲下来的鬼兵鬼将却烟消云散了。

这只有一种解释，吴仁荻在楼梯上设下了专门针对鬼物的阵法，一旦鬼物追下来，便会被阵法打得魂飞魄散。

站在楼梯口的鬼将已经能清楚地看到楼梯下民调局众人的身影，但他却不敢下楼梯。听到身后曹正的声音越来越近，为了在新君面前表现一下，他突然大吼了一声，随后将手里的白骨剑朝楼梯下民调局众人甩了过去。

没想到的是，白骨剑脱手的一瞬间，突然在半空中炸开。爆炸的碎片向鬼将的脑袋射了过去，他条件反射地伸手格挡，这样一来，鬼将的手离开了扶手，身子滚下了楼梯。

随着一阵惨叫声，这名鬼将也化作青烟升在了半空中，吓得后面其他鬼兵鬼将再也不敢轻举妄动。

看到即将大功告成，却再次功亏一篑。曹正的脸色难看到了极点，这时候，死神之王赫尔推开了身前的鬼兵鬼将，也来到了楼梯口。

刚才发生的事情，她也亲眼看到了。就算身为死神之王，赫尔也不敢轻易走下楼梯。东方的术法太过诡秘，一着不慎满盘皆输，说不定连她也会陷入万劫不复之地。虽然不敢下楼梯，但是让她放弃到了嘴边的肥肉，赫尔又舍不得。

这时候，曹正走到了赫尔身边，说道："所有的阵法都是可以破解的，给我一点时间。"

赫尔看了曹正一眼，说道："亲爱的，那就抓紧时间吧！我要亲口告诉下面的人，神灵是不可以被亵渎的。"说完，赫尔不再理会曹正，转身向跟随她而来的其他死神方向走去。

鬼王魏金有些不满地说道："她管谁叫亲爱的？不知尊卑高低，满口污言秽语！”

站在魏金身边的是海虎，他没有理会赫尔。分开众鬼物走到了站在楼梯口的曹正面前，压低了声音说道：“新君，我们没有时间破解这么复杂的阵法。刚才我看过楼梯周围了，墙上面也被摆了阵法。现在再想开辟新的通道，时间上也来不及了……我们应该想想退路了。”

曹正沉默了片刻，随后盯着海虎说道：“这样的阵法都是有固定负荷的，鬼王，你帮我运算一下，需要消耗多少鬼物，才可以消耗掉这样的阵法。”

海虎有些不敢相信自己的耳朵，他瞪大了眼睛，对曹正说道：“你说什么？用鬼物来消耗阵法——曹正你知道自己在说什么吗？这些鬼物都是你以后的子民！你竟然要拿他们来填窟窿？”

听到海虎语气不善，连尊称都没有了，曹正冷冷地看着他，回答道：“那鬼王你有什么更好的办法吗？”

海虎心中恼怒，当他打算和曹正翻脸，率领本部人马撤回地府的时候。突然听到远处那个小孩子无涯大喊了一声：“哎呦！吴勉在后面！大家准备动手啊！”

所有鬼物的注意力都被无涯吸引过去的时候，曹正突然一把拽住了海虎，脚下一绊，竟然直接将他推下了楼梯。曹正这个动作，除了身边的亲信之外，再没有其他鬼物瞧见……

“吴勉在这里！海虎，小心……”看到鬼王海虎化成了青烟，曹正这才大叫了一声。等众鬼物的注意力重新转回来的时候，海虎已经彻底地烟消云散了。

海虎的部将挤了上来，听到海虎烟消云散的消息，都跪在楼梯口号啕大哭起来。曹正见时机成熟，这才开口说道：“海虎是我地府不可或缺的鬼王，我还曾想过在继位之后，选他做我之后阎君的继位人。没想到大事未成，海虎却魂飞魄散了！今日我曹正在此立誓，不报此仇，我永世不得超生！来人，速去无边冥界将鬼囚抽调过来，用他们的魂魄来耗光这个阵法！”

这时候，无涯赶了过来，与海虎的部将一起哭了一阵之后，起身对曹正说道："新君，从无边冥界抽调鬼囚来不及了，我有一个提议，各军中本就有戴罪的鬼囚兵，他们都是生前犯下大罪之人，阎君网开一面，才允许他们到各军中效力，将功赎罪。"

曹正听到之后，连连摇头道："不行，无涯你不要信口开河，他们怎么能和无边冥界的鬼囚相提并论，怎么可以……"

"怎么不可以！"海虎的大哥鬼将海龙冲了出来，他红着眼睛说道，"那些鬼囚兵原本就不是什么好东西，就算是他们为我弟弟陪葬了！去！调我军中的鬼囚兵过来，让他们给我弟弟陪葬。只要破了这个阵法，我给他们立亡魂碑——吴勉！我要抽你的筋、剥你的皮，来祭奠我弟弟！"

曹正不咸不淡地"劝"了几句，随后便默认了海龙的做法，甚至还将海虎本部的指挥权交给了海龙。并许诺回到地府之后，会奏请阎君，让海龙继承他弟弟海虎的鬼王之位。

民调局外面，鬼物们开始骚动起来，一队一队的鬼囚兵被赶到了民调局地下三层。这里面就包括了阎君、南棠等鬼物，他们原本是为了不引起曹正的注意，才藏身到鬼囚兵序列里面的。没想到形势突变，曹正突然打起了鬼囚兵的主意。

周围有监军盯着，阎君他们无法从里面逃脱出来。当下，只能硬着头皮和大部队一起向民调局里面走。这些鬼囚兵不知道发生了什么事情，一边走一边议论纷纷。

曹正身边有阎君安插的内应，很快，阎君便知道了曹正是要用这些鬼囚兵去消耗吴仁荻摆设的阵法。这一下子，老南棠吓得脸色都白了，拼命劝说阎君赶紧离开，不要以身犯险。

"老南棠，我都不在乎，你怕什么？"阎君冲南棠笑了一下，随后说道，"正好我也在发愁，怎样才能亲眼看到里面发生的事情，现在好了——鬼囚兵的数量是最多的，放心吧，轮不到我们犯险的。不过用鬼物来消耗阵法，曹正这次真有些过分了。"

第八章　童年车前子

就算是用鬼囚兵来消耗阵法，也足足用了几个小时。监军将无数的鬼囚兵往楼下赶，前面的鬼囚兵刚刚化作了青烟，后面的鬼囚兵又被赶了下去。

外面的天色渐渐暗了下来，楼梯上损耗的鬼囚兵已经超过了五万，可依旧看不到阵法有任何要消失的迹象。曹正的脸色越来越难看，如果让吴勉平安过了今晚，不用等吴勉来寻仇，阎君那边他也无法交代。一天损失了数万鬼物，孙德胜那边还一个人都没有折损，说起来算得上是地府千万年以来最丢人的一次了。

不止是曹正，连那位海外死神之王赫尔也坐不住了。她走过来对曹正说道："亲爱的，看起来这里很难攻破了。请原谅我的无礼，耽误的时间太久了，我想回去了……感谢阎君送给我的礼物，请代我向他致谢，那架龙骨我真是很喜欢。"

看到赫尔也要离开，曹正急忙挽留，说道："赫尔王，请务必再等几个小时。阎君陛下还有其他更贵重的礼物要送给您，那可是比龙骨还要珍贵的礼物，绝对值得您再等几个小时的。"

那句"比龙骨还要珍贵的礼物"打动了死神之王，她犹豫了一下，勉强答应再等一阵，不过午夜零点之前，如果还没有进展的话，那她就算不要礼物，也要离开了。

这时候，阎君所在的那队鬼囚兵也被赶了进来。阎君和南棠被一众属下围在当中，外面的鬼兵鬼将没有发现他们。不过照这个速度，最多再过半个小时，也要轮到他们去填阵法了。

随着鬼囚兵大队被赶着向前，老南棠也开始慌了。他压低了声音说道："阎君，一会儿我带着属下去吸引曹正的注意，您趁乱逃走吧！千万不能让他在这里发现您，否则……"

"别急，现在距楼梯还有一段距离，什么事情都有可能发生。"阎君倒是无所谓的样子，他微微一笑，继续自言自语道，"如果我真在这里魂飞魄散了，那也没什么好说的。时也命也，只是可惜那副皮囊了，最后的时刻不能披上它魂飞魄散，也是一大遗憾了。南棠，我投胎转世之后，那副皮囊我送给你，那可是好东西。"

都到这时候了，阎君还有心思开玩笑，南棠无奈地苦笑一声。只能通知身边的护卫，让他们做好先下手为强的准备，等到他们被赶到楼梯口的时候，突然对曹正发难。只要制住了曹正，阎君还是可以控制局面的。

曹正这边，他越来越心焦。这时候小孩子无涯给小任叁治伤回来了，他示意曹正蹲下身子，他有话要和曹正说。

曹正对无涯十分信任，当即蹲了下来。无涯凑到他耳边，压低了声音说道："新君，我在鬼囚兵当中，发现了阎君陛下的几位大护卫——中军李彪和右军唐战鳌。"

无涯这句话一说出来，曹正的眼睛立即眯缝了起来。他并没有转头向鬼囚兵那边张望，反而好像什么事情都没有发生一样，对无涯低声说道："能确定吗？海龙他们发现了没有？"

"确定，李彪瞎了一只眼，唐战鳌是一脸红胡子。他们俩虽然化妆掩盖了，不过还是被我一眼认出来了。这里的鬼囚兵众多，谁也不会特意注意他们的。"说到这里，无涯顿了一下，随后说道，"两位大护卫同时出现，阎君一定混在鬼囚兵当中。新君，这可是老天爷赏下的好机会。”

“你让我弑君？”曹正起身看着快速行进的队伍，没等无涯回答，他自己给出了答案，“那就弑君吧——等下你叫上魅夫人，去民调局外面制造些混乱，就说吴勉想逃出民调局。把海龙和魏金那些人调开，这边我亲自来……”

曹正的话还没有说完，楼梯那边突然传来了一声惊呼：“阵法！阵法消失了，可以冲下去了！”

没想到这时候，阵法终于失效了。看着大批鬼兵鬼将冲了下去，曹正和无涯对视了一眼，两人的眼睛里都流露出心有不甘的神情。看到鬼囚兵也冲了下去，曹正也跟着冲到了楼梯口。

楼梯上的阵法虽然消失了，不过楼梯下面还有一个电弧一样的人。车前子再次将自己变成了电弧形态，在地下四层横冲直撞，所有被他触碰到的鬼物都化成了青烟。

刚才楼梯上的阵法耗尽之前，归不归已经感觉出来了。地下四层是守不住了，好在还有地下五层。老头子打开了通往地下五层的暗门，带领这些人都退到了地下五层。车前子自告奋勇留下来断后，见到楼梯上窜下来的鬼物，他急忙关上了暗门，随后将自己变成了电弧人，与冲下来的鬼兵鬼将打在了一起。

电弧人的手段虽然霸道，不过也太耗费种子力量了。与之前和魏金交手的时候相比，这次的鬼物更多更密集，种子力量的消耗就更快了——虽然有小任叁送来的第二块储金，冲杀了一阵之后，感觉也快要见底了。

眼看种子的力量就要耗尽，车前子面对着屋子里的鬼物，两只手同时搓了一下手指头。他身上的电弧顿时化成了一条银光闪闪的巨龙，咆哮着向那些鬼物们扑了过去，瞬间便魂飞魄散了地下四层所有的鬼物。随后，电弧巨龙又向楼梯上面扑了过去。

听到楼梯上面一阵惨叫声，车前子急忙冲到了暗门门口，打开暗门之后直接钻了进去。

暗门里面是一条狭长的甬道，小道士来不及多想，硬着头皮向前跑去。好在甬道并不长，三两分钟之后，他便冲到了民调局最下面的地下五层。

冲进来以后，车前子被眼前的一幕惊呆了。地下五层是一个篮球场大小的所在，之前下来的那几个人都在里面，也终于看到了他的父亲吴仁荻。已经变成黑头发的吴主任坐在一张小餐桌前面，餐桌对面是一个五六岁的孩子——这孩子怎么这么眼熟？

餐桌上摆满了各种美味的佳肴，以及小孩子爱吃的零食。黑头发的吴仁荻正在给小孩子夹菜，说道："不能一直吃零食，多吃饭菜才对。来，吃块红烧肉。"

说话的同时，吴仁荻做出了一个匪夷所思的举动。他竟然用筷子夹起一块肉，送到了小孩子嘴边。小孩子嘴里满是薯片、虾条之类的零食，有些艰难地张开了嘴巴，咬下筷子上的红烧肉，和着嘴里的食物用力咀嚼起来。接着又灌了一口可乐，才将嘴里的食物咽了下去。

吴仁荻一直藏在这里，敢情就是为了这个小崽子？这什么意思？自己的二兄弟？不对，这孩子看起来很面熟，而且身上的衣服也不是现在这个年代的。看他这样子——我操！这不就是我自己吗？五六岁时候的车前子！

就在车前子目瞪口呆的时候，小孩子开了口，说道："别扯那些没用的，你是拐小孩的不？你一看就是拐小孩的。小白脸子，你就等着被枪毙吧……说好的汉堡包呢？我都让人拐了，怎么还不给我汉堡包？"

孙胖子、归不归和孔大龙这些人就站在吴仁荻和小孩子的对面，那一大一小两个人却好像看不到他们一样。看到车前子出现了，孔大龙急忙转身向他招了招手，说道："老儿子，就等你了。归不归还说那孩子是老二，让他看看是不是你小时候。"

站在孔大龙身边的林怀步皱了皱眉头，他的本事和其他人不一路。他不明白为什么对面的两个人看不到他们，归不归正在向他解释："这里面加了一层屏障的阵法，这是以前方士修炼的时候，怕被人打搅而设的阵法，没想到吴勉用到这上面了。"

说到这里的时候，归不归古怪地看了林怀步一眼，随后说道：“如果说这孩子真是车前子小时候的话……不是你干的吧？”

林怀步苦笑了一声，回答道：“老人家，这世上不止我一个姓林的。不过我不知道林尊什么时候和吴勉搭上关系的。”

林怀步的话刚刚说完，吴仁荻和童年车前子的身边突然凭空出现了一个三十来岁的男人。看他的相貌和林怀步有几分相像，八成就是他口中另外一个姓林的男人了。

男人出现的时候，手里捧着三个纸袋子。将里面的东西一股脑儿地倒在了桌子上，有各式各样的汉堡、薯条、炸鸡以及其他美式快餐食品。

“这是我能找到的所有垃圾食品了，肯德基、麦当劳和汉堡王。”男人似乎也看不到车前子他们的存在，看了一眼抓起汉堡就往嘴里送的小孩子，他回头对吴仁荻说道，“你不能任他这么吃下去，这样很不健康。”

“不健康一次而已。”吴仁荻纠正了一下男人的话，看着正对炸鸡、薯条发起冲锋的小孩子说道，“慢慢吃，这些都是你的。没人和你抢——你以前从来没吃过这些吗？”

“吃过他奶奶个头。”小孩子骂了一句之后说道，“以前光看电视里有这个，屯子里李狗剩子跟他爹进城的时候，他吃过一次。回来就跟我白话怎么怎么好吃，还说吃薯条要蘸着洋柿子酱。我看电视里面的酱通红，还以为是辣的。”

说到这里的时候，小孩子已经吃撑了，但他舍不得桌子上的食物，继续往嘴里塞的同时，开始将桌子上的食物偷偷放进自己的口袋里。嘴里模糊不清地说道：“说起来屯子里的小孩也就是我没有吃过了，真好吃啊，能吃这么一顿，现在嘎巴过去也值了。”

听到小孩子这么说话，孔大龙的嘴巴动了动，还是没有说出话来，只是有些歉意地看了一眼身边的车前子。

小孩子最后这句话说出来，吴仁荻也有些动容。他抬头对带来食物的男人说道：“可以让他带这些东西回去吗？”

“尽量别带，倒不是担心时空错乱，现在这孩子另外一条时间线打开了。”男人摇了摇头，继续说道，“毕竟这些东西不属于那个时代，传过去对这个孩子没好处。”

吴仁荻沉默了片刻，亲手给童年车前子倒了一杯可乐。看着他喝下去之后，才说道：“这个你也没喝过？”

“喝过假的。”小孩子打了个饱嗝，说道，“去年过生日的时候，老登儿不知道从哪捡了个可乐瓶子，用兑水的酱油糊弄我。我还真以为可乐就那个味道，以后便再也不喝了，后来屯子里的张寡妇给我喝了一口，回去我就把老登儿的祖宗都骂化了。”

听到童年车前子的话，几个人都将目光转到了孔大龙和小道士身上。小老头眨了眨眼睛，说道：“老儿子，有这回事吗？那么不地道的事情，我能干出来？”

“能。”车前子肯定地回答了一个字，继续说道，“你还干过更不要脸的事情，张寡妇给了我一瓶可乐，结果我刚喝了一口，剩下的就被你抢走了。”

这时候，原本不应该看到车前子他们的吴仁荻突然转过头，目光看向的位置竟然正是孔大龙的脸，看得小老头不由自主地哆嗦了一下。

这时候，童年车前子继续说道：“不过我也不怪他。家里穷没办法，但凡家里还有一个鸡蛋，最后他也要留给我吃的——拐小孩的，我和你商量个事吧。你把卖我的钱，分一点给老登儿吧。他养我这么多年，也算是见到回头钱了。”

“我不是人贩子。”吴仁荻轻轻地叹了口气，随后从袖子里摸出一根金条来。看了一眼身边的男人，见他点了点头，这才将金条递给了小孩子，说道，“这个你拿着，回去卖了钱，让老登儿请你吃点好的。够你吃饱喝足了，林尊，送他回去吧。”

男人正是林怀步的父亲林尊，车前子还是想不明白，他是怎么把五六岁的自己带来的。

林尊抱上孩子，瞬间消失在了众人面前。一旁的林怀步见到之后，冷哼了一声，自言自语道："净抱别人的孩子去了，自己的儿子从来没见你这么抱过。"

看着林尊抱着孩子消失，吴仁荻按了一下身边的茶盘。这时候，车前子突然感觉面前的空气颤抖了一下。看样子，是吴仁荻把屏障阵法给撤掉了。

孙胖子见状，急忙走到吴仁荻身边，赔着笑脸说道："吴主任您老人家在这里躲清静呢？不是我说，上面都打成热窑了。地下四层已经失守了，我们才退到这里来的。"

孙胖子说话的时候，见对面躺着几个人。抽空瞥了一眼，竟然是沈辣的家人，沈辣的爷爷、三叔两口子和亲爹——在他们旁边孤零零躺着的是蔡诡蔡老三。

孙胖子这才松了口气，说道："吴主任您把他们都带下来了，我说撤下来的时候，怎么找不到人了。"

"还能指望你？"吴仁荻的话刚刚说到这里，地下五层暗门的方向突然传来一阵巨响，随后就见数不清的鬼物冲了进来。

鬼物们冲上来，将他们这些人都围了起来，片刻之后，从后面走出来几个"人"，为首的正是地府左判曹正。

折腾了快一天，终于见到了黑头发的吴仁荻。他身上也没有修士的气息，看起来和平常老百姓也没有什么区别。

曹正长长地出了口气，随后满面笑容地对吴仁荻说道："好久不见了，吴主任。明天就要过年了，我来给您拜个早年。对了，我给您介绍一位海外的朋友。赫尔——海外的死神之王，赫尔王，不知道您有没有听说过，这位黑头发的先生就是吴勉吴仁荻了。"

听到曹正炫耀式的介绍，死神之王赫尔脸上的表情却变得紧张了起来。她看了一眼吴仁荻，说道："我见过你……你就是那个时候白头发的男人。"

赫尔说话的时候，后面几个鬼物走出来，他们几个扛着一根棍子，上面五花大绑被捆在棍子上的，竟然是失踪了有些时候的小任叁。

第九章　待宰的羔羊

看到小任叁被五花大绑了，归不归的脸色变了。原本一直挂在脸上的笑容瞬间消失得无影无踪，老家伙将手伸进了衣服兜里，不过看了一眼黑色头发的吴仁荻和车前子之后，他苦笑了一声，又将手收了回来。

“任老三，你这是怎么搞的？在地底下还能被人抓住？”归不归冲小任叁笑了一下，随后说道，“多少年没看见你被人抓住了，在海外逞强惯了，回来你那点本事就不够用了吧！”

“老不死的，你以为天底下就我一根人参吗？我给人家欺负了，你还在那里看笑话，你做个人吧！”说着，小任叁扯开了嗓子，开始痛哭了起来。哭到一半被自己的眼泪、鼻涕呛到，小家伙又开始咳嗽起来。

这时候，吴仁荻站了起来。他盯着和小任叁差不多大小的无涯，说道：“你也是人参娃娃……这么说起来，任叁是你抓到的，是吧？”

无涯死死盯着吴仁荻的黑色头发，他没有回答吴仁荻的问题，转身对自己的手下说道：“还记得我是怎么和你说的吗？”

无涯身后一百多名鬼物同时举起手里的弓弩，直接向这些人射出了弩箭。其中一半的箭矢是冲着吴仁荻去的，其他人自顾不暇，根本来不及去救已经到了衰弱期的吴仁荻。

漫天的箭雨眼看就要射中吴仁荻的时候，一个白发人影冲到了吴仁荻身前，用自己的身体挡住了几十支箭矢。

这个白发人影竟然是杨枭，老杨也不理会身上的箭矢，用亲儿子一样的表情谄媚地对吴仁荻说道："吴主任，您没事吧？您没事就好，不用管我——我也不知道怎么了，看到对面的箭射过来，就不由自主地冲过来了。"

杨枭这番举动是他百货商场那次对车前子下狠手的后遗症，杨枭一直担心吴仁荻会找机会报复他。该使的劲儿都使了，可吴仁荻一直不冷不热的。见到可以给吴仁荻挡枪的机会，他自然不会错过，反正他也是长生不老的身体，也不在乎这点箭矢的伤害。

就算吴仁荻今天真是衰弱期，这时候也八九点钟了。只要他们这些人再撑几个小时，过了午夜十二点，吴仁荻的头发变回来之后，对面那些鬼物就只有逃命的份儿了。

吴仁荻似乎并不怎么领情，他冲杨枭翻了翻眼皮，说道："挡着我的视线了。"杨枭干笑了一声，急忙闪开。

看到无涯试探吴仁荻的手段，被杨枭挡住，曹正皱了皱眉头，转身对那位死神之王说道："尊敬的赫尔王，现在林错就在对面。我们分别……"

"很抱歉，亲爱的，我又改主意了。"赫尔摇了摇头，随后假惺惺地说道，"我并不知道你们要对付的人是吴，我也不想因为你们，影响我和吴之间的友谊。很抱歉，请代我向阎君陛下问好，我们这就回去了。"

没想到吴勉竟然和死神之王还有交情，虽然一个林怀步已经影响不了大局了，不过毕竟还有几个小时，就要过零点了。一旦吴勉恢复了他的能力，那自己带来再多的鬼兵鬼将也没有必胜的把握了。

犹豫了一下之后，曹正走到赫尔身边，低声对她说道："如果我用一个长生不老的人来献祭呢？再说得明白一点，只要你帮我拖住林错，抓到了吴勉之后，我会把他的性命献祭给您，伟大的死神之王……"

这句话打动了赫尔，接受献祭者能力也是海外神明获得神力的一种手段。多年前，赫尔是亲眼见过吴勉那恐怖力量的，如果这种力量能为她所有，那她这个死神之王便是首屈一指的神明了。

赫尔犹豫了一下之后，还是点了点头，说道："亲爱的曹，我接受你的邀请。如果到时候你食言的话，我会让你遭受死神之王的诅咒。"

两人谈好了条件之后，死神之王赫尔重新回到了吴仁荻面前。她微微一笑，对面前黑头发的男人说道："吴，请你相信我，我从来没有把你当作过敌人。只是我和林有一点事情没有解决，我没有针对你的意思……林，请你出来一下，我们重新签订我们的契约……"

"等一下，哥们儿我有话要说。"这时候，孙胖子终于站了出来，他走到吴仁荻的身后，对面前的众鬼物说道，"兄弟我是民调局的局长，我，孙德胜才是这里的主人。不是我说，就是要谈条件，也是和我谈吧？从昨天下午开始，你们毁了我民调局多少东西。还有王法吗？"

"孙德胜，不要拖延时间了。还有四个小时，大家去请吴勉先生过来吧。"这时候，小孩子无涯开口说道。下来的时候，在曹正的授意下，已经有无数的重甲鬼兵围到了他身边，将无涯保护了起来。防止对面民调局的人有样学样，突然发难对无涯不利。由此也能知道，曹正对无涯多么看重。

无涯代表曹正，他一句话说出来，无数的鬼兵鬼将便好似潮水一样向这边涌了过来。

林怀步见大事不好，想要施展出冻结时间的能力，无奈死神之王赫尔就在他面前，这样的能力他根本施展不出来。

好在还有屠黯和二杨，他们三个人的实力都不弱，他们守在了吴勉身边，施展各自的本事将冲过来的鬼兵鬼将打得魂飞魄散。

本事最弱的是孙胖子，他躲到了车前子和孔大龙身边，几枪就把手枪的子弹打完，随后举着短剑和冲过来的鬼物拼命。不管怎么说，孙胖子也是民调局的局长，当年也是调查员出身。虽然身体肥胖，不过身手还是有一点的。加上还剩下一点点种子力量的车前子，以及连沈辣都头疼的孔大龙保护，勉强还能坚持得住。

这样一来，民调局这边，实力最弱的反而是耗光了术法的归不归。

看着自己的鬼兵鬼将占了上风，这两天的苦总算没有白吃。胜利就在眼前，曹正不停地调兵遣将，想在十几分钟内结束这场战斗。

眼看吴仁荻等人退到了尽头，曹正好像胜局已定的时候，就见吴仁荻身边突然有人大吼了一声："任老三你喊一声，让我老人家知道你在哪！"

小任叁和归不归做伴两千多年，一句话就知道这个老不死的要干什么。当下他扯着嗓子喊道："老不死的我在这里，你别打偏了！"

听到了任叁的回答，从民调局众人身后突然闪过来一道剧烈的白光。随后一股排山倒海的力量向众鬼物席卷而来，所有被白光波及的鬼物们，瞬间便化为了烟雾。只是这一下子，一半的鬼物便烟消云散了。

一半的鬼物消失，归不归随即也站了出来。就见老家伙将手里一个空了的金贝壳扔掉，随后扯开了外衣，就见衣服两侧，满满当当挂着几十枚几乎一模一样的金贝壳——储金。

曹正没想到归不归竟然存了这么多储金，当下他大声吼道："魅夫人，调鬼将下来——越多越好。"

"魅夫人没有了。"无涯窜了过来，刚才白光是贴着他脑门打过去的，吓得这小家伙现在还一身的冷汗。他对曹正说道："左判，我现在去调兵遣将了。你说得对，我们可以用数量……"

他的话还没说完，对面又是一道白光打了过来。

又是一股排山倒海一样的力量袭来，曹正手疾眼快地躲开，旁边的无涯直接趴在了地上。这股力量贴着他后背打了过去，他们俩虽然侥幸活命，不过周围的鬼物就没有那么好运了，刚才侥幸逃过一劫的鬼兵鬼将，被第二下破空几乎团灭了。

只有和屠黯等人纠缠在一起的鬼王魏金、海龙等鬼物保住了魂魄。看他们交战的情势，魏金、海龙等鬼物接连败退，主动权又回到了民调局这边，这几个鬼物都自身难保了。

不过民调局这边的人也被归不归接连两下破空影响到了，放慢了出手的速度。魏金、海龙等鬼物趁机退出交战，护送着曹正从地下五层逃了出去。他们回到地下四层的时候，就见死亡之神赫尔和她手下的死神已经提早一步退上来了。

混乱之中，归不归将小任叁抢了回来。孙胖子跑到他身边说道："老人家，可不能就这么算了。您得支棱起来，赶紧追出去轰丫的。我就知道老人家您有后手，好家伙，这可比火箭炮带劲多了！"

见到曹正等鬼物没有杀回来，归不归脸上的虚汗便冒出来了。他好像犯了低血糖一样，身体开始哆嗦起来。他一只手搂住了孙德胜的脖子，身体靠在了孙胖子身上，突然扯着嗓子喊道："你们都放心！老人家我早就准备好了。身上带着五十枚储金，这就出去轰死这些小鬼蛋。"

说话的时候，归不归突然怪异地看了孙胖子一眼。人精一样的孙胖子立即明白了老家伙的意思，他也跟着大声喊道："老人家您等一下！小心中了他们调虎离山之计，您先守着我们吴主任，等他的衰弱期过去，咱们一起去找阎君评理。"

归不归朝孙胖子竖起了大拇指，擦了一把冷汗，说道："孙胖子你说的在理，行吧，等着吴勉恢复的。这件事不算完，就算他们逃到了天涯海角，也得算算这笔账。"

听着暗门那边没有什么声音之后，孙胖子才搀扶着归不归回到了吴仁荻身边。吴仁荻认识归不归两千多年了，一下便知道发生了什么事情："身上的储金是假的吧。"

"两个是真的。"归不归嘿嘿一笑，坐在了墙边，靠着墙壁喘了口粗气之后，说道，"这几年我老人家在徐福那里又弄到了几枚储金，不过为了改造储存种子力量，毁了一个，我手边就剩这俩了。说实话，要不是担心外面无辜的人受牵连，放开手的话，两下破空老人家我能解决它们八成的鬼物。要不是为了控制破空的破坏范围，我老人家也不至于损耗这么多的术法。"

看着归不归被冷汗浸透的样子，车前子过来说道："这么说的话，你身上其他的贝壳都是假的了？是不是还留了一个存放种子力量的，你忘记给我了？”

归不归苦笑一声，说道：“说实话，我老人家一直以为这是你爸爸的苦肉计，是为了把曹正他们勾引出来，还有……”

说到一半的时候，老家伙突然岔开了话题：“老人家我想差了，早知道这样的话，这次我也带着法器过来了。这些年我在海外找到了一点好东西，实实在在地炼制了几件正经的好东西。下次，下次你衰弱期的时候，我老人家带给你看看。”

“你们非得现在拉家常吗？不能先管管我们人参吗？救命啊！”归不归的话还没说完，便听到小任叁的哭喊声。众人这才想起来这个人参娃娃还被绑着，杨枭急忙过去，将小任叁抱了过来。

就在老杨给他松绑的时候，小任叁放声大哭道：“我们人参被欺负苦了……他们真打啊，吴勉都舍不得打我……他们还用烙铁烙我们人参，差一点啊！差一点我们人参就变成人参干了。你们可不能看笑话，得给我们人参报仇啊。动手的鬼物我们人参都记得，老不死的、吴勉，你们不能看笑话啊！”

任叁提到的两个人现在正自身难保，归不归苦笑了一声，先让屠黯守着暗门入口那边，然后对小任叁说道：“你慢点哭，先说说到底怎么回事。老三你多少年都没被人抓住了。一开始我老人家根本就没想过你会被人抓住，一入地你比泥鳅都滑溜。”

“我们人参也没想到。”小任叁终于停止了抽泣，看了归不归一眼，继续说道，“对面姓曹的身边那小孩，你们看见没有？也是个人参娃娃。之前还以为世上就我们人参和曹石头两个人参娃娃，没想到这里还有一个。那小子比我大，在地下的手段也比我强。几个回合我们人参就被打晕了，醒来的时候就被捆上了。”

“他真是个人参娃娃？”归不归眯缝起眼睛，随后说道，“人参娃娃难道丢人吗？这个叫无涯的为什么要隐藏人参的气息？第一次见到他的时候，老人家我还以为他是个鬼娃娃。”

老家伙说话的时候，看了一眼自己的手表。见自己耗光了两枚储金，也不过才撑了半个小时，现在离零点还有三个半小时。这时候地府鬼兵鬼将再打回来的话，自己立马就露馅了。

归不归看表的时候，吴仁荻正在看他。吴仁荻突然对老家伙来了一句："你只会破空了吗？其他的术法都还给徐福了？老家伙，你还存着什么心思吗？"

听到吴仁荻的话，老家伙笑了一下，说道："这不是怕你出事吗？你说到时候我老人家打出来雷鸣闪电的，再连累你，还不如破空实在，这不是两下就解决问题了吗？"

这时候，林怀步说了一句："归老先生是怕抢了吴勉先生您的风头。"

"胡说，吴勉哪有什么风头？都衰弱期还风头？"归不归急忙叫住了林怀步，随后冲吴仁荻笑了一下，继续说道，"你别听这孩子瞎说。对了，刚才看到你儿子对付那些鬼物了——还真不错，你说白头发这几个人里面，也就你儿女双全了。我老人家可是听说了，广仁气得眼睛都绿了。火山会错了意，还以为他师尊也要想办法生个儿子。结果……"

"原来无涯那个小家伙说的没错，归先生你真的耗光了力量。"没等归不归说完，空气中突然出现了一道阴冷的声音。随后，在众人对面凭空出现了一团黑雾，紧接着就见手握三叉戟的死神之王赫尔从黑雾之中走了出来。

众人都没想到暗门明明有人守着，怎么还会有人闯了进来。当下几个人的神经都紧绷了起来，杨枭、杨军赶紧护住了吴勉，防备着赫尔突然发难。

"是耳环。"吴仁荻开了口，说出来的话众人却没有听懂。随后就听吴仁荻说道，"刚才你故意把耳环留在这里，其实它是一件法器，你可以瞬间出现在有耳环的任何地方，是吧？"

赫尔咯咯笑了一声，举起手里的三叉戟，对吴仁荻说道："吴，没想到你真的失去了力量。原来那么骄傲、那么不可一世的你，现在却成了我待宰的羔羊。"

第十章　三记头槌

说话的时候，赫尔手里多了一枚黄金耳环，她将耳环重新戴好。随后举着三叉戟说道："很抱歉，诸位。我，死神之王赫尔——要收割你们的生命了。"

林怀步站了出来，对赫尔说道："赫尔王，我们是签订了契约的，希望你可以遵守契约精神。"

"亲爱的林，契约是用来制约实力相近的两方人马的，很明显我们并不是。"赫尔冲林怀步笑了一下，随后说道，"不过看在萨巴赫的份上，我可以放你离开这里，这样也不算违背契约精神了。"

"我不会离开的。"林怀步盯着面前的赫尔，深吸了一口气，继续说道，"这些人是我的前辈和朋友，我们没有背叛朋友的习惯。赫尔王，很抱歉，我要与你为敌了。"

"愚蠢的人！"赫尔轻蔑地摇了摇头，随后不再理会林怀步，举着三叉戟向吴仁荻扑了过去。

在她动手的同时，林怀步也有了动作。这个暗夜曾经的领导人还是有真本事的，他的手掌一翻，一柄水晶短剑出现在了手里。随后他的身体向赫尔一蹿，人已到了赫尔的身后。举着手里的水晶短剑，对着赫尔的后心猛刺了过去。

就在短剑剑尖刺中赫尔后心的一瞬间，死神之王赫尔突然化成了一团烟雾，烟雾向后一飘，将林怀步包裹在了里面。随后烟雾顺着林怀步的七窍，以及他全身上下的毛孔，快速地渗进了林怀步的体内。

原本车前子也冲了过去，想帮助这个新认识的朋友，一起对付死神之王赫尔。不过比起林怀步，他的动作慢了一拍。正因为慢了一拍，这才逃过了一劫，要不然的话，现在被黑烟灌体的就是小道士了。

林怀步没想到赫尔还有这种本事，等他反应过来的时候已经晚了。片刻之后，林怀步就被赫尔化身的烟雾控制住了身体，好像变了个人似的，手里的水晶短剑向车前子的前心刺了过去。

眼看小道士就要被刺中的时候，一个人影以迅雷不及掩耳之势冲到了车前子身前，替车前子挡下了这一剑，短剑刺进了这个人的胸膛。这时候，车前子才看清，替他挡下这一剑的人竟然是自己的师父孔大龙。

这两天，小老头一直不显山不露水的，存在感低到了极点。没想到这一下突然窜了出来，替他挡下了这要命的一剑。孔大龙胸口被水晶短剑刺中的位置，鲜血汩汩地冒了出来。

就是这样，孔大龙也没有一点退缩的意思。他忍着剧疼一把抓住了“林怀步”，随后大声喊道：“你们赶紧把死神从林错身体里分离出来！快，我抓住他了，再晚就无法逆转了。”

赫尔可不是一般的死神，她是死神之王，不能按照一般的冲体来处理。杨枭纵然是纵神弄鬼的高手，可是也不敢冒险动这个手。所以老杨虽然已经冲了过来，但还是没敢下手。

这时候，林怀步一张嘴，却发出了赫尔的声音：“我已经很久没有进入凡人的身体了，你们这样的凡人身体不配我这样的神明使用……吴，这一切都是因为你！”

说话的时候，“林怀步”另外一只手里出现了那柄三叉戟，随后他一手水晶短剑，一手三叉戟，将孔大龙甩开之后，向吴勉的位置扑了过去，一点都不在意身边还有一个车前子。

他不在乎车前子，小道士却不想放过这位死神之王。“林怀步”向吴勉扑过去的时候，车前子已经到了他身后。小道士已经顾不得那么多了，用自己的身体向“林怀步”撞了过去。

“嘭！”的一声闷响，车前子撞在了“林怀步”身上，被撞的人什么事都没有，小道士却被反弹飞了出去。一下子飞出去四五米远，才摔到了地上。

撞开了车前子，“林怀步”已经到了吴仁荻面前。手里的三叉戟对着吴仁荻的脑门砸了下去，别说现在的吴仁荻正处于衰弱期，就是平时的吴仁荻挨上这一下，也不大受得了。

就在这个时候，原本坐在地上的小任叁，不知道什么时候出现在了“林怀步”脚下。人参娃娃死死抓住“林怀步”的脚脖子，双手使劲向下一拉。

“林怀步”没料到还有这一手，当下脚下不稳，被晃了一个趔趄。要不是他反应快，这时候已经摔倒在地上了。

不等他站稳，归不归突然出现在了“林怀步”身后。这个刚刚还在脱力边缘的老家伙一下打掉了“林怀步”手里的水晶短剑，接着手一挥，一巴掌打到了“林怀步”的脸上，直接将他打翻在地。

归不归准备乘胜追击的时候，倒地的“林怀步”瞬间从地板上弹了起来。他重新站起来的同时，手里的三叉戟已经向归不归的脑袋砸了下去。

眼看老家伙就要吃亏的时候，吴仁荻神不知鬼不觉地掏出一支小小的白色弓弩。趁“林怀步”的注意力都在归不归身上，对着他的胸口扣动了扳机，将一支白色的箭矢射了出去。

吴仁荻本身距离“林怀步”就很近，再加上箭矢不带风声和气息，“林怀步”根本没有发现，等到最后发现的时候，箭矢已经钉在了他的胸口。

“林怀步”疼得五官都扭曲了起来，随后之前灌进他体内的黑烟从原路冒了出来，最后集结变成了死神之王的模样。

“你们疯了吗？林是你们的同伴，对同伴都要下杀手吗？”变回本体之后，赫尔想再去杀了吴仁荻，无奈吴仁荻手里的弩箭令她十分忌惮，不敢轻易冲上去。

“你冲体进入他身体的时候，林错便不是我们的同伴了。”归不归喘了口粗气，继续说道，“赫尔，原本老人家我应该放你出去的。不过你看到了吴勉的样子，那就不好意思了，留下来吧！”

“我没打算离开，就算是要走，也要收割完你们所有人的生命之后。”赫尔冷笑了一声，她看出面前这几个人都已是强弩之末。当下挥舞着三叉戟，对面前的人说道，“我，死亡之神赫尔，以渎神的罪名收割你们所有人的生命。”

为了预防再被人偷袭，这次赫尔跳到了半空中，自上而下，举着三叉戟向吴仁荻的脑袋砸了下去。

赫尔跳起来之后，突然感觉有什么东西贴在了她后背上。她心头一惊，再次放过了吴仁荻，落地之后拼命地转身想要抓住贴在她身后的那个人。没想到的是，无论赫尔怎么转身，都甩不掉贴在她身后之人。

自己可是死神之王，这样的事情，应该是她收割生命时候的恶趣味才对，怎么会发生在自己身上？

赫尔拼命转身的时候，吴仁荻身后另一处暗门打开，随后另外一个白头发的男人从里面走了出来。

见到吴仁荻这些人都在这里，来人有些错愕地看了他们一眼，随后对孙胖子说道：“大圣，我昏迷这段时间，发生什么事情了？楼上一团糟，幸亏我还记得有这条暗道……”

谁也没想到，这个时候沈辣会出现。孙胖子还特意看了一眼杨军，确定了一下这个沈辣不是大杨假扮的。

这时候的赫尔早已顾不上这里又多了个人，她还在不停地转圈，想要抓住贴在她身后的人。无奈这个人好像幽灵一样，紧紧贴在赫尔背后——死神之王被“幽灵”骚扰，不是亲眼看到，又有谁能相信？

而吴仁荻等人却看得清楚，这个一直贴着赫尔的人正是车前子。他不是耗光了种子力量了吗？怎么还有这样的本事？

没过多久，赫尔就像疯了一样，歇斯底里地大声吼叫了起来。随后，她的身体没动，脑袋却一个一百八十度转弯，转到了身后。眼睛瞪得像铜铃一般，死死盯着贴在她身后的车前子。冷不丁把小道士吓了一跳！

“是你！”看到小道士的时候，赫尔立即想起之前她和车前子缠斗的情景。那段经历实在不太愉快，毕竟那次挨揍的人是她。

赫尔来不及想为什么这个车前子又有了本事，新仇旧恨加在一起——赫尔后背上突然又伸出一只手，向车前子的心口抓了过去。

他们俩几乎是贴在一起的，距离太近，车前子完全没有躲避的空间。这一下如果被赫尔掏上，小道士胸口指定会被掏出来一个血窟窿。就在这时候，车前子脑袋后仰，随后迅速向前，好像一个大锤子一样，狠狠地砸在了赫尔的脑门上。

“嘭！”的一声闷响，赫尔眼前一黑，随后头痛欲裂。当下再也顾不上车前子，抱着脑袋在地上打起滚来。

车前子终于从赫尔身上离开，他站在旁边，冲着不明就里的沈辣做了个鬼脸，说道：“辣子你来得真是及时，电池容量小了点，不过也够用了。”

沈辣明白车前子又借了自己身上种子的力量，他冲自己的三弟点了点头，说道：“我的就是你的，需要什么直接拿去用。”

和车前子说完之后，沈辣转身规规矩矩地向吴仁荻鞠了一躬。苦笑了一声，说道：“吴主任，我不懂事，给您添麻烦了。”

吴仁荻用他特有的眼神看了看沈辣，说道：“明白过来了？”

沈辣回答道：“我昏迷的时候，脑袋里也在想这件事。现在想通了——有人冒充您杀了小赵，当时我在气头上，谁的话也听不进去。昏迷的时候反而明白过来了，我的事情在您眼里，连个闲事都算不上，您实在犯不着杀小赵的。想明白这个，便什么都想通了。”

“明白了就好啊。”看到沈辣出现的时候，孙胖子还有些提心吊胆的。现在听他说想通了，孙胖子悬着的心放下，过来一把抱住了沈辣，笑着说道："辣子，你可不知道哥们儿我这些日子这提心吊胆的，就怕你醒了，从医院出来找吴主任拼命——对了，还有件大事，咱爷爷、三叔他们都到了，在对面墙边睡觉呢。"

看着死神之王赫尔被车前子制住，还捂着脑袋在地上打滚。孙胖子这才将民调局最近发生的事情，三言两语简单跟沈辣说了。看到自己的家人平安无恙，沈辣也算放心了。

赫尔这边，她在地上翻滚了一阵之后，头疼的感觉稍微好了一点。她昏昏沉沉地站了起来，对车前子说道："愚蠢的人啊，你会因为渎神付出代价的。我会把你的皮剥下来，做成一顶帽子……"

赫尔的话还没说完，车前子又出现在了她面前，对着她的脑门又来了一下。这一次是西瓜被打碎的声音——"噗！"的一声，赫尔直接跪到了地上，随后一张嘴，开始哇哇大吐了起来。

堂堂的死神之王赫尔，竟然被车前子撞成了脑震荡。看她的样子，一时半会儿是起不来了。车前子趁机跑到了孔大龙身边，查看自己师父的伤势。

好在杨军、杨枭就在身边，两人身上都带着伤药。这时候已经将小老头的伤口包扎好了，看到车前子过来，老杨先开口道："孔师父没什么大碍，这一下也不知道怎么捅的，竟然避开了所有的脏器，贴着肠子缝隙进去的。说实话，真想造成这样的伤害都不容易，孔师父的命真是好！"

看到孔大龙这时还在冲他龇牙傻笑，车前子有些无奈地指了指自己满头的白发，说道："老登儿，看看这个长生不老的标志。你是不是又喝多了？你一个肉身凡胎的人，去替长生不老的挡刀。你不觉得自己有点过分吗？本来就没几个月了，还逞什么能啊！"

孔大龙笑了一下，说道："这不是脑袋一热吗，忘了老儿子你已经长生不老了，啧啧！看看这白头发，和你爹一个色儿。"

这时候，孙胖子走了过来，对车前子说道："兄弟，说句实话，刚才哥哥我要不是距离太远的话，我都想过来替你挡这一刀。别说我了，就说咱们吴主任，他也是……”

“孙德胜你闭嘴！”吴仁荻打断了孙德胜的话，随后对自己的儿子说道，“你以为事情这就完了？地上那一摊怎么说也算西方神祇，没那么容易死的。”

车前子抬头看了一眼刚停止呕吐的死神之王，他二话不说又到了赫尔身边。吓得赫尔连连摆手：“我们都是文明人，武力不能解决一切问题。可以了，我宽恕你一切的罪孽。不要把我当作神明，看在我也是个女人的份上，请不要……”

车前子一言不发，走到她身边，揪着她的衣领子，将赫尔提了起来。就在她还在不停哀求的时候，小道士仰起头来，结结实实给了赫尔第三次头槌。这一人一神的脑袋撞到一起的时候，整个地下五层都跟着颤抖了一下。

这一下，赫尔直接倒地翻起了白眼，好像螃蟹一样顺着嘴角吐出了白沫。车前子也蹲到地上，使劲晃了晃脑袋之后，才慢慢地站了起来。即便如此，他还是走不了直线，孙胖子急忙过来扶住了他，说道：“兄弟，你咋这么实诚？伤敌一千自损三百的！”

“我乐意，谁让她拿刀子捅我们家老登儿的。”车前子捂着脑袋，缓了一下之后，转头看了一眼沈辣下来的另外一个暗门。他眨了眨眼睛，对自己的父亲说道：“老吴，看在咱们俩是亲戚的份上，你交个底，到底今天是不是你衰弱期？”

看着亲生儿子捂着脑袋看向自己，吴仁荻没有说话，从身上抽出一柄短剑。剑尖在自己的手臂上轻轻划了一道，看着鲜血慢慢流出来——伤口却没有一丝一毫愈合的迹象。

车前子眨巴眨巴眼睛，学着自己父亲的样子，也在手臂上划了一道伤口。伤口刚刚出现，随后便有了愈合的迹象，以肉眼可见的速度快速愈合着。

这就是长生不老的能力！车前子看了一眼吴仁荻手臂上依旧没有愈合的伤口，说道：“下次你直接说就行，我大概听得懂。”

就在车前子准备去给吴勉包扎伤口的时候，远处暗门那边发出一声巨响，随后一道人影飞了过来，重重地摔在了地上。

第十一章　鬼武卒

被撞飞进来的是人竟然是守在暗门那边的屠黯，说起来老屠可是民调局里，除了吴仁荻以外的门面担当了。谁也没想到他会被不声不响地扔回来，凭老屠的实力，怎么也应该在门口守住一段时间，起码也应该有点动静吧！

这时候，暗门那边再次涌进来无数的鬼兵鬼将。他们簇拥着左判曹正，和一个身披灰色斗篷的鬼物走了进来。这些鬼物进来之后，看到那个披着斗篷的鬼物，竟然是当世的阎君。这次冲击民调局的行动，到底还是把他惊动了。

冲在最前面的上百名鬼物，和之前曹正的属下不一样。这些鬼物都穿着黑色的软甲，手里举着好像锤子一样的法器。

看到冲在最前面的百余名鬼物，归不归的脸色变了。在孙胖子的搀扶下，老家伙站了起来，朝阎君的方向说道："有点出格了！老人家我说句过头的话，阎君你怎么这样没轻没重的。这么大的事情你能掺和进来吗？现在性质变了，你把整个地府都牵扯进来了。"

"归不归老先生是吧？当年我做小阴司的时候，咱们见过一面的。不过那个时候，我还是一个无足轻重的小人物。"阎君算是归不归的一个小迷弟了，当初也是受了这个老家伙的一点影响，这才走上地府一把手的道路。只是没有想到，现在他会以这种方式和自己的偶像见面。

没等阎君说完，曹正的队伍当中，又窜出来几十个手握大镰刀的海外死神。他们呼啸着冲到了死神之王赫尔身边，看到还在喷白沫的赫尔，这些死神不知所措起来。纷纷举起来手里的大镰刀，冲车前子他们不停地咆哮着。

“你们大姐中暑晕倒了，你们号什么丧？”车前子没有冲过去动手，他看了身边的孙胖子一眼，随后说道，“你们大姐倒地之前说了，她是被曹正蒙骗来的。早知道她就不来了……对了，她让我给你们带句话，让你们和曹正翻脸。你们不信？孙胖子，这个老娘们儿倒地之前是不是说了，她这样都是被曹正害的？”

“可不是吗？赫尔王和我们化干戈为玉帛了。她和我们林错重新签订了契约，以后他们就是两口子了。”孙胖子刚刚开口，那些死神就全部站了起来，转身向他们这边看了过来。孙胖子见苗头不对，也没客气，改口说赫尔和林怀步好上了。

“孙局长你不要胡说了，林错还倒在地上，他身上的伤就是赫尔王留下来的。”曹正好像遇到了什么大喜事一样，满脸堆笑地看着孙胖子，指着这些死神继续说道，“海外死神认得出来什么伤口是赫尔王造成的，这个改变不了。”

说到这里，曹正拍了拍巴掌，对几十个满脸怒气的死神说道：“各位死神，赫尔王是被这些人打伤的，你们都是她忠实的信徒，现在应该替你们的神明报仇了！”

被曹正一挑唆，这些死神手握镰刀朝吴仁荻这边扑了过来。车前子和沈辣两个人见状，一齐迎了上去。

眼角的余光瞥见沈辣也跟着冲了出来，车前子急得大吼了一声：“辣子你退下——你要摆正自己的位置，你就是一块‘电池’，别把种子的力量糟蹋了。”

说话的时候，车前子已经冲进了死神堆里。凭着从沈辣身上借来的种子力量，他直接抢下了两把大镰刀。随后一手一把大镰刀，将种子的力量灌注到了镰刀当中。挥舞起来就跟杂耍一样，竟然和众死神对冲了起来。两边接触之后，不多时，小道士竟然干掉了一大半的死神。

旁边的沈辣也看傻了眼，他手里握着两柄短剑，却找不到交手的机会。这个小道士怎么这么厉害了？虽然他借的是自己的力量，不过平心而论，辣子可没有车前子这样操纵种子力量的本事。

对面的曹正也看得目瞪口呆，几十个死神的力量可不小了，没想到在这小子手上，竟然如此不堪一击！

这时候，阎君对曹正说道："左判，你不打算让我的鬼武卒试试吗？现在前后夹击，可是对付这个小家伙的好机会。"

阎君口中的鬼武卒就是那百八十个身穿软甲、手握锤子的鬼物。这些都是地府当中最精锐的武装力量，就是因为这些鬼武卒一直牢牢地掌握在他手里，阎君才敢放任曹正私下串联。如果曹正显露出一点点反叛的意图，哪怕他掌握了地府的兵权，这些鬼武卒也会在千军万马之中，将曹正烟消云散的。

阎君就是太信任这些鬼武卒的力量，才敢带着他们前来犯险。没想到他一个大意，之前地下五层的鬼物被归不归解决掉之后，地下三四层的鬼物紧张了起来。被曹正的溃兵冲击几下，阎君一个不小心落了单，成了曹正的阶下之囚。

曹正逼迫阎君，指挥鬼武卒趁屠黯走神的时候，发动偷袭将屠黯击飞。现在听到阎君要鬼武卒与死神联手，曹正也正好有此打算。不过他还没来得及做出动作，车前子那边大镰刀砍下去，最后一名死神被劈成两半倒在了地上，化成了一股黑烟。

可惜了，挺好的机会！曹正心里叹了口气，随后大声对民调局这边的人喊道："听我说几句！吴勉、归不归两位先生，孙德胜局长，现在主动权还在我手里。不过现在继续动手没有意义了，这一切都是我被人蛊惑，这才办了错事。好在你们几位没事，没有铸成大错。只要吴勉先生原谅了我们，以后不与我们为难，今天的事情就这么了结吧，就当作什么事情都没有发生过。只要你们同意，地府的人立马离开这里。”

他提到名字的几个人都明白曹正是什么意思，现在他已经制住了阎君。吴仁荻这些人对曹新君没有了威胁，曹正改变了主意，打算收手了。

这时候曹正心里也有点后悔，刚才他还以为死神之王得手了。他带着大队人马进来，是存了杀人灭口的心思。没想到即使归不归没有了术法，死神之王竟然还是失败了。早知道这样的话，他悄悄回去地府，安心等着登基就好，何苦还要再蹚这潭浑水。

本来以为民调局那边也已经七荤八素了，会答应自己的提议。毕竟地府损失了近十万鬼物，民调局这边可是一条人命都没伤到，已经算很给吴勉面子了。

没想到，没等吴仁荻、孙胖子这样做主的人开口，车前子先说道：“就这么了结？可以啊，姓曹的你走过来鞠个躬，承认自己的错误，然后当着我们爷几个的面自杀一个，那什么都解决了。”

听了小道士的话，孙胖子哈哈大笑了起来，说道：“说得好！我兄弟就是我兄弟……曹——不是，蔡疫，听到了没有，你先鞠躬道歉，然后再让哥们儿我一下子捅死你，这件事就算翻篇了。阎君，他要是不让你说话，就眨眨眼睛。”

曹正挟持住了阎君，原本只要带着阎君回到地府，等着他继位那一天到来，也就算大功告成了。不过现在孙德胜提到了蔡疫的名字，让曹正的心思又有了变化。看了一眼头发依然没有变回来的吴仁荻，以及术法被耗光的归不归。这么好的机会失去了，两三百年之内，未必再能遇到了。

现在让人头疼的只有车前子和沈辣两个，不过也就这两个人而已，自己现在已经是地府之主，地府千军万马加上阎君专属的鬼武卒，解决这两个人，并不是多麻烦的一件事情。

这时候，小孩子无涯坐在一个高大的鬼物肩头。他就在曹正身边，瞧见曹正脸上的表情阴晴不定，小家伙看出了曹正的心思，立即让他屁股下的鬼物走到了曹正身边。小家伙凑到曹正的耳边，说道："新君，不要画蛇添足。我们的目的已经达到了……"

没想到的是，阎君这时候也开了口，对曹正说道："左判啊，说心里话，我都开始羡慕你了。现在地府已经算是在你手里了，还有阎君专属的鬼武卒。偏偏还遇到了百年难得一遇的吴勉衰弱期，归不归的术法也耗干净了。咱们俩现在要是身份互换，我做梦都能笑醒了。一天之内，解决了地府几千年来都没有解决的问题。机会就摆在你面前……"

是啊，地府几千年来都没能摆平吴勉。解决掉吴勉，顺手再除掉蔡诡——这件事情做成的话，回报实在太诱人了！不仅可以杜绝身份泄露的隐患，自己还很可能成为地府的千古明君，同时还可以借用眼前民调局这些人的力量，削弱自己身边鬼王、鬼将和大阴司的力量。日后整个地府，都将牢牢掌控在自己手里。

在巨大利益的诱惑下，无涯的话他有些听不进去了。当下，曹正对身边的令狐尤和海龙说道："两位世兄，你们的大仇人就在眼前——我给你们两位做后盾，报仇去吧。杀了吴勉，你们两位便可以继承鬼王王爵。"

令狐尤和海龙原本就是奔着报仇来的，听到曹正的话之后，他们带领本部人马，潮水一般向吴勉的方向扑了过去。

就在这个时候，车前子、沈辣以及二杨、屠黯迎着这些鬼兵鬼将反扑了上来。别看他们人少，却个个都能以一当百。更别说里面还有个猛虎下山一般的车前子，挥舞着两把大镰刀迎着这些鬼物扑了过去。

车前子将从沈辣身上借出来的种子力量，灌输到了两把大镰刀上，刀刃闪闪发光，看起来就有些瘆人。冲到他身边的鬼物一个接一个地化成了青烟，转眼之间，整个地下五层都笼罩在一片烟雾之中。

虽然几个人一直都在冲杀，不过对面的鬼兵鬼将却一点都没有减少的意思。车前子他们几个一边杀，从暗门那边不停地有新的鬼物补充上来。车前子他们刚刚往前走了几步，便停在了原地——他们面前的鬼兵鬼将就好像怎么杀都杀不完一样。

就在这个时候，车前子突然感觉从沈辣那边借到的种子力量不是那么流畅了。这股力量开始有些迟滞，品质也开始下降。小道士手里两把大镰刀开始越来越重，挥舞的动作也开始越来越慢。

那边沈辣也在玩命地冲杀，他一个人身体里面种子的力量，无法同时满足两个人使用。更何况车前子是个败家子，一出手就是极耗费种子力量的手段。

车前子忘了自己是借人家的力量，当下对沈辣说道："辣子！你赶紧往后退！不能再往前了，把种子的力量给我，你回去陪着胖子和我们家老吴。"

沈辣心里有些不满意车前子盛气凌人的说话态度，明明是他借自己的东西，态度不能好点吗？于是沈辣没有理会车前子，继续施展自己的本事，向远处的曹正冲杀了过去。

车前子这边已是满头大汗，见到沈辣不搭理自己，当下只能咬着牙，扔掉了一把大镰刀，双手举着另外一把大镰刀，向冲过来的鬼物砍了下去。

"看到了吗？第一个倒下的可能是车前子。"阎君叹了口气，继续对曹正说道，"你需要一个人质。"

阎君一句话点醒了曹正，他准备派出鬼物去抓车前子的时候，阎君再次说道："看在你我君臣一场的份上，我再帮帮你。"

阎君说完之后，对被曹正的手下阻挡在外围的鬼武卒头目点了点头，说道："现在开始，你听从曹正的指挥。"

曹正见阎君真的把鬼武卒的指挥权给了自己，他不明白这是什么意思，难不成是主动向自己示好？阎君最多也就俩月的时间了，看样子他真是放弃了。

虽然有了鬼武卒，不过曹正却不舍得用他们。他还是继续指挥着鬼物继续进攻，很快，和阎君刚才说的一样，从沈辣身上借到的最后一点种子的力量用光后，小道士一翻白眼，直接晕倒在地上。

看到车前子倒地，原本稳坐着的吴仁荻和归不归两个人同时站了起来。这时，离车前子最近的屠黯冲了过去，将晕倒的车前子抱了起来，送到了吴仁荻身边。

看到自己儿子都战到了脱力晕倒，对面的鬼物还在朝这边厮杀，吴仁荻回头看了归不归一眼，说道："老家伙，你还要装到什么时候？"

归不归愣了一下，说道："你这说的什么话？我老人家这不是还要靠着你保护吗？"

"靠我保护？"吴仁荻看了老家伙一眼，随后说道，"你是拿不准我的衰弱期，去动手吧，要不下次就是你的衰弱期了。"

归不归眨巴眨巴眼睛，苦笑了一声，对吴仁荻说道："你是怎么看出来的？"

说话的时候，老家伙已经站了起来，猛地一转身，向鬼物那边冲了过去。

第十二章　我来帮你扛

归不归再次冲入鬼兵鬼将当中，好像变了个人似的。老家伙双手同时出现了一条好像飘带一样的光芒，随着他双手上下翻舞，飘带一样的光芒暴涨了数倍，向鬼兵鬼将们抽打过去。

和车前子、沈辣等人霸道的力量不同。“飘带”击中鬼物身上，并没有将他们烟消云散——但凡被“飘带”抽中的鬼兵鬼将就好像中了定身法术一样，瞬间僵直倒在了地上。转眼之间，便有百余个鬼物倒在了地上。

小孩子无涯马上看出了归不归的意图，他对曹正说道：“这个老东西想要堵住这里，大军在狭窄的地方发挥不出原本的战力，这样一来，又要大打折扣……新君，要速战速决了。”

曹正也看出了归不归的意图，无奈这个老东西真不是白给的。自己的大军冲上去立马就倒下，倒地的鬼兵鬼将越来越多，后续冲上来的鬼物行动不便，越来越施展不开。

看起来只能出动杀手锏了，他看了身边被自己制住的阎君一眼，说道：“陛下，曹正得罪了，我要借您的鬼武卒一用。”

阎君苦笑了一声，看着曹正说道：“别客气，刚刚你更得罪我的事情都做了。别说用我的鬼武卒了，现在你让我往前冲，我也不敢不从。”

“等到大功告成的时候，回到地府我再向阎君请罪。”说完，曹正指着面前的归不归等人，对鬼武卒的头目说道，“阎君法旨，将对面那几个人解决掉！”

鬼武卒的头目并没有马上动手，而是转头看了一眼被制住的阎君。见阎君无奈地点了点头之后，他才大吼一声，率领一百多名鬼武卒向归不归等人扑了过去。

看到鬼武卒冲了上来，屠黯突然大叫了一声：“小心！这些不是一般的鬼物，刚才我就是败在他们手里的。”

老屠说话的同时，冲在前面的鬼武卒已经到了归不归附近。这些鬼物的速度快到不可思议，没等老家伙用飘带一样的光芒抽打他们，他们已经举起了手里的锤子，向归不归虚劈了过去。这些鬼武卒做出来动作的同时，锤头便打出了拳头大小的黑色火球，向归不归射了过去。

老家伙用“飘带”拨打，没想到“飘带”接触到黑色火焰之后，竟然着了起来。好在归不归战斗经验丰富，当即掐断了“飘带”，随后直接抬手打飞了射过来的黑色火球。

归不归打飞黑色火球的同时，身子一闪已经到了那几个鬼武卒身边。老家伙这次没有留手，一巴掌直接打碎了一个鬼武卒的脑袋。随后抢过他手里的锤子，向远处的曹正甩了过去。

曹正知道这锤子的力量，急忙闪身躲避。锤子贴着他的胸口飞了过去，随后在鬼兵鬼将当中炸开，转眼间，曹正身后的鬼物大半都化成了烟雾。

归不归没想到这锤子的威力这么大，指定是某个死掉的炼器大师打造出来的。难怪这些年人间的炼器高手越来越少，看来都被地府扣住了，不允许他们私自投胎转世。

见识到了锤子的威力，归不归便开始抢夺其他鬼武卒手里的法器。而这时候，大队的鬼武卒已经冲到了老家伙身边。他们摆出了一个古怪的阵型，同时举起手里的锤子对着归不归虚劈了一下。

老家伙以为这次也会有黑色的火球打过来，当下施展术法在自己身前立起了一个屏障。没想到这次却并没有火球打过来，随着这些鬼武卒做出挥舞锤子的动作，一百多道巨大的力量合在了一起，排山倒海一样向归不归这边袭了过来。

归不归身前的屏障瞬间被击破，老家伙还没来得及闪避，这股力量已经打在了他身上，他和刚才的屠黯一样，被远远地打飞了出去。

杨军、杨枭看傻了眼，这可是归不归啊，徐福大方师座下术法最高的归不归！这样仅次于吴仁荻的大人物竟然被打飞了？

还没等他们反应过来，这些鬼武卒已经冲他们几个人来了。杨枭见大事不好，事态发展已经超出了他的预估。他急忙咬破了舌尖，含着一大口鲜血，就等着情势不可挽回的时候，一口血喷出来，借血遁先从这里逃掉再说。

这些鬼武卒正要对他们下手的时候，归不归已经爬了起来。这时，老家伙的发髻都被打散了，披头散发的，模样十分狼狈。归不归从地上爬起来之后，突然双脚一蹬地，将自己的身体当作雾气，好像一支离弦之箭一样，向这些鬼武卒飞撞了过去。

归不归这次是真不客气了，他直接撞散了鬼武卒的阵型。随后好像出笼的猛兽一样，接连打碎了四五个鬼武卒的脑袋。老家伙顺手抢下来两把锤子，准备对其他鬼武卒下手的时候，惊奇地发现，这些鬼武卒竟然没有丝毫的慌乱，就近找到身边的同伴，四五名鬼武卒一组，重新结成了新的阵型。

结成新阵型之后，这些鬼武卒又同时向归不归挥舞起锤子。

有了前次的经验，看到鬼武卒动手，老家伙立即闪避。不过他的动作好像被鬼武卒算到了一样，四五个阵列同时出手，封住了归不归的退路。

归不归成功躲避开两次之后，还是被第三个鬼武卒阵列击中。“嘭！”的一声，老家伙再次被远远地打飞了出去。

这次，鬼武卒没有再放过归不归，去对付其他人。他们分散开向归不归倒地的位置冲了上去。一边向前冲，一边不停地朝老家伙挥动锤子。奔跑当中，这些鬼武卒竟然还能保持好队列，看来确实是训练有素。

看到归不归没有再爬起来，沈辣、屠黯两个人一齐向鬼武卒们扑了上去。这时候车前子已经苏醒，他也想上去帮忙，无奈沈辣已经调动起全身的种子力量，小道士实在借不到什么，只能咬牙守在吴仁荻身边。沈辣、屠黯二人抽冷子干掉几个鬼武卒之后，剩下的鬼武卒再次变阵，分成了三队，分别对付归不归、沈辣和屠黯三人。

转眼间，沈辣被打得飞了出去，屠黯有了之前的经验，使出浑身解数才躲开。不过鬼武卒不打算放过他，不停地对着老屠挥舞起锤子。

原本这个时候，只要曹正一声令下，众鬼兵鬼将压上来，说不定真能解决掉吴仁荻等人。不过这时曹正却改变了主意，这些鬼武卒他驾驭不了，现在就将吴仁荻等人解决掉的话，自己的手下可对付不了这些鬼武卒。当下，他存了让吴仁荻等人和鬼武卒互相消耗的心思，最好他们两败俱伤，他便省事多了。

曹正的小心思给了沈辣等人喘息的机会，趁鬼武卒没有对自己下手，杨枭冲到了吴仁荻身边，用腹语说道："吴主任，我能带一个人走。你……"

没等杨枭说完，吴仁荻看了一眼手表，随后指着小任叁，对老杨说道："带人参走！"

杨枭愣了一下，他原本是想把吴仁荻带走，或者是车前子。没想到吴仁荻只是让他带走人参娃娃。

不对，这不是吴仁荻的性格，老吴一定还有后手！老杨立刻明白了过来，为表现出诚意，他竟然将攒的那一口鲜血咽进了肚子里，随后对吴仁荻说道："吴主任您不走，那我也不走了。大不了死在这里，活了两千多年也够本了。"

这时候，吴仁荻看了一眼手表，时间过得不慢，经过这一番折腾，时间已经到了深夜十一点半。再过半个小时，他的衰弱期就要过去了。

车前子待在吴仁荻身边，看到沈辣刚从地上爬起来就重新跑过去拼命，他喘了几口粗气。对自己的父亲说道："你们谁管管辣子，这小辣椒一根筋。把力量借给我怎么了？看他就会使那两把飞剑，明明腰缠万贯，却不会花钱！”

“不能拿别人和你比。”吴仁荻看了一眼自己的儿子，随后说道，“你也是托了那个车前子的福，他被封印之后，便一直在推算种子力量强大之后如何使用。没有那个车前子，你比沈辣也强不了多少。”

吴仁荻说话的工夫，围住沈辣的鬼武卒突然列阵，对着沈辣挥舞锤子。随着一声闷响，满身是血的沈辣再一次被远远地打飞了出去。

打飞了沈辣之后，这些鬼武卒立即分成了两队，分别向屠黯和归不归两人扑了上去。屠黯和归不归身边原本就有不少的鬼武卒，当下，三队鬼武卒变成两队，重新换了一个阵法，向这两人攻击过去。

第一个倒下的是屠黯，围住老屠的鬼武卒突然分成了两队，前后夹击，一起向他挥舞起锤子。屠黯躲过了前面的，结果被身后的鬼武卒打中。一口鲜血喷出来之后，屠黯也倒在了地上。

好在这些鬼武卒并没有补刀，打倒了屠黯之后，他们又咆哮着冲归不归去了。老家伙原本就有些支撑不住了，鬼武卒的数量又增加了一倍，最后他只能豁出去了。盯着面前近百个鬼武卒，归不归展开了双臂，准备拼死再施展一次破空。

不过他之前的伤口还没有愈合，动作稍微慢了一点。这边他刚刚展开了双臂，打出一股强大力量的同时，对面鬼武卒的锤子也锤了下去。

随着一声巨响，一半的鬼武卒瞬间化成了烟雾。而归不归自己也挨了一下，加上他只施展出来一半的破空，身子被没有施展出来的一半破空的力量反噬，归不归无力地跪在了地上，随后顺着他全身上下的毛孔开始往外渗血。转眼间，老家伙就变成了一个血人。

看到归不归消灭了一半的鬼武卒，曹正脸上终于露出了一丝笑容。这算是不错的结果了。

虽然打倒了归不归，不过也损失了一半的鬼武卒。带队的鬼武卒头目大怒，举着锤子冲过去，就要砸碎了老家伙的脑袋。没想到的是，鬼武卒头目准备下手的时候，一直在看热闹的阎君突然大喊了一声："住手！不可杀他！归不归是徐福大方师的弟子，就算逐出了门墙，一样也是他的弟子。"

鬼武卒头目不敢违背阎君的命令，他收拢了残部，转身盯着依旧没有逃走打算的吴仁荻。

等了片刻，没有等到阎君要他放过吴仁荻的法旨。头目明白了阎君的意图，当下带着三四十名鬼武卒，慢慢向吴仁荻走了过去。

这时候，吴仁荻父子身边只剩下杨军、杨枭二人，以及没有什么战斗力的孙胖子和受伤的孔大龙。见这些鬼武卒冲过来，二杨对视了一眼，同时拔出家伙迎了上去，不过他们俩的本事在这些白头发当中属于垫底的角色，没坚持几下，便被打飞了出去。

这次没有一名鬼武卒损失，打发了二杨之后，吴仁荻身边白头发的就只剩下车前子了。车前子挡在吴勉身前，斜着眼看向这些鬼武卒，向身后的吴仁荻问道："还有多久？"

吴仁荻回答道："二十分钟。"

"那我替你扛二十分钟。"车前子冲鬼武卒啐了一口，随后说道，"扛过去，我继续跟着你作威作福。扛不过去的话，爹，那我就先走一步了——那些王八蛋都是小心眼，够呛能放过咱们爷儿俩的魂魄。"

说话的时候，小道士已经迎着鬼武卒冲了上去。吴仁荻刚想阻拦，见到车前子朝这些鬼武卒搓了搓手指头，一股足有一丈粗细的电弧从他手里窜了出来。

见车前子借到了种子的力量，吴仁荻扭头看向沈辣倒地的位置，果然见到孙胖子和孔大龙已经将沈辣唤醒。看来自己儿子是瞧见沈辣已经苏醒，这才敢冲上去硬碰硬的。

看到沈辣还要冲过去，吴仁荻摇了摇头，说道："沈辣，你休息一下，看车前子的。他是我儿子，说要替我扛二十分钟的。"

车前子打出电弧之后，他身子向上一蹿，竟然直接抓住了电弧。他用电弧当作盾牌，向鬼武卒扑了上去。遇到鬼武卒向他挥舞锤子，便用电弧盾牌挡住。随后趁机反击，直接用电弧盾牌将鬼武卒撞到魂飞魄散。

这时的鬼武卒连续几场大战，也已经疲惫不堪，几乎所有的鬼武卒都气喘吁吁，不由自主地打着哆嗦。加上车前子这一手电弧盾牌几乎没有什么弱点，虽然一人单挑三四十名鬼武卒，竟然也没太落下风。双方就这样僵持了起来，可惜的是沈辣的种子力量也有些衰竭了，如果是刚开始十分充沛的时候，现在车前子已经杀到曹正面前了。

"还有十五分钟，十二点之前你不解决吴勉，十二点之后就是吴勉来解决你了。"阎君看了看正盯着吴仁荻的曹正，继续说道，"我现在不是什么阎君，我是你的阶下囚。想要保住我的魂魄，是不会说谎的。曹正，你只有十——四分钟了。十四分钟之后，要么是天堂，要么就是地狱了。"

这时候，曹正的额头上也冒出了冷汗。他深深吸了口气，去找小孩子无涯的时候，才发现这个小家伙不知什么时候，竟然消失得无影无踪了。

现在也顾不上找无涯了，曹正指着对面的吴仁荻，喊道："阎君陛下下了法旨，速战速决，干掉吴勉者封王。"

他身后的众鬼兵鬼将大吼了一声，随后一起向吴仁荻的位置扑了过去。这时候，车前子也顾不上保存实力了。他大吼了一声，举起电弧盾牌，向正在结阵的鬼武卒甩了过去。电弧盾牌出手之后瞬间炸开，分裂成无数道细小的电弧向鬼武卒射了过去。

一场电弧雨之后，鬼武卒纷纷倒地。可惜车前子借来的力量太弱，不能直接解决他们，只是将这些鬼武卒击倒在地。

打倒了鬼武卒们，车前子立即转身迎着冲过来的鬼兵鬼将搓了搓手指。但他这次什么都没有搓出来，沈辣的种子力量已经枯竭——这时候沈辣已经晕倒在地了。

可惜了，就差这十三四分钟了！车前子无奈地苦笑了一声，随后抄起海外死神落在地上的大镰刀，有些费力地举了起来，朝冲到他面前的鬼兵鬼将挥舞了过去。

死神镰刀挥开的一瞬间，突然变得轻快了起来。在车前子手里轻飘飘的，两只手变成了单手，一下将冲在最前面的四五名鬼物劈成了烟雾。

怎么种子的力量又回来了？车前子看到无数的鬼兵鬼将冲过来，他也来不及多想，举起死神镰刀反冲了上去。

第十三章　告一段落

重新获得了种子的力量，车前子索性放开了，左右不过十几分钟。

当下他再次将种子的力量灌满全身，随后学着之前归不归的样子，两只手上冒出来两股飘带一样的光芒。只不过这时候没必要留着这些鬼兵鬼将，光芒“飘带”打过去，所有接触到的鬼物都变成了青烟。

看到从暗门涌进来的鬼兵鬼将没有停歇的意思，车前子变了策略，“飘带”卷起来鬼兵鬼将向鬼物聚集的地方扔了过去。这些鬼兵鬼将落地的时候，变成了一个个炸弹，在鬼物当中爆炸，一下子就炸翻了一大片。

站在远处的阎君看到鬼兵鬼将根本突破不了车前子，他看了一眼曹正，说道：“曹正，如果你还有什么杀手锏的话，那就赶紧亮出来吧。不到十分钟了，没有杀手锏，那就跑吧！跑回地府之后赶紧去投胎转世。”

曹正这时候心里有些发堵，这个半大小子怎么回事？刚才还萎靡不振的，怎么现在又生龙活虎了？刚才那么好的机会，自己没有派出人马策应鬼武卒，现在他肠子都悔青了。

“杀手锏？我自己就是杀手锏。”曹正怒极反笑，随后他抽出自己的佩剑，带着鬼兵鬼将一起，向车前子冲了过去。这一下如果冲进去了，那就还有翻盘的机会，输了不过就是魂魄飞散而已。今天已经有十几万鬼物烟消云散了，也不差自己这一个了。

看到曹正亲自上场了，阎君轻轻地叹了口气，自言自语道："可惜了，就差了一点。要不是你想坐收渔翁之利，这时候或许这个隐患已经除去了。"

说着，阎君不再理会曹正等鬼物，转身向密集的鬼物当中走了过去。说来也诡异，拥挤不堪的鬼物潮当中，竟然自动给阎君分出一条道路。阎君一路逆行，从民调局地下五层走了出来。

阎君走到地下三层的时候，身披黑色斗篷的老南棠率领着无数鬼兵鬼将正等候在这里。见阎君走出来，南棠赶紧迎了上去，说道："陛下没事吧？我将地府大军带来了，正等着抓捕曹正。"

"不用麻烦了，曹正没救了，我们都是大傻子。"阎君苦笑了一声，对南棠继续说道，"回去吧，曹正送给吴勉了，算是我给他的赔罪。可惜了，白白搭上了我的鬼武卒。原本以为有了鬼武卒，曹正会一鼓作气。终究还是看错了他！"

阎君看了南棠一眼，有些疲惫地说道："回吧，继位大典要修改了，孔大龙是下一任的阎君。"

就在这些鬼兵鬼将开始后队变前队，准备从民调局离开的时候，空气中突然响起了一声佛号："南无阿弥陀佛！施主们，留下来吧。吴勉让和尚我把你们留下来，不管是人还是鬼，你们所有的'人'，来了就别走了。"

声音响起来的时候，一个身穿僧衣的老和尚出现在了阎君和老南棠中间。老和尚一只手搂着阎君，随后笑呵呵地继续说道："你小子就是现在的阎君吧？佛爷我见过你几个前任。怎么说呢？就数你小子心眼最多，真是鬼精鬼精的。"

看到上善老佛爷突然出现，阎君愣了一下，随后赔着笑脸说道："是上善禅师啊，原本我这次上来，应该前去拜望您的。不过我被曹正挟持，好不容易才逃脱出来……不过话说回来，您老人家到了，为什么不进去帮帮吴勉先生呢？"

“是吴勉自己要求的，他让佛爷我在今晚十一点五十的时候赶过来。”上善老佛爷一边说着，一只手在阎君身上一边翻找起来，只要找到什么有价值的玩意儿，便揣进了自己的僧袍里。嘴里嘀嘀咕咕地继续说道，“他让佛爷我看着这里，不管是谁，只要从里面出来就留下来。没想到啊，佛爷我刚刚到，就碰上你这个小阎君了。”

“是吴勉先生自己要求的？”阎君嘴里开始有些发苦，他深深地吸了口气，继续说道，“那我斗胆问一句，吴勉先生到底是不是在衰弱期当中？今天压根儿就不是他衰弱期吧？就是为了把一些傻子引出来的？”

“这个你让佛爷我怎么说？”上善老佛爷抓了抓他的光头，想了一下，继续说道，“你身上这一串地藏念珠不要了吧？你说你是小阎君，身上怎么还揣着往生的经文？上面是人血写的吧，还是个有大神通之人的血。”

“都送给禅师了。”阎君苦笑一声，随后他突然明白了什么。对上善老佛爷说道，“吴勉先生确实是衰弱期，不过他在衰弱期之前锁住了自己种子的力量。虽然他自己今天不能使用这股力量，不过……”

“种子。”老佛爷脸上露出了羡慕的神情，随后说道，“那可是个好东西，可惜我这身子受不了那个。听说吴勉的儿子可以借他的这股力量，佛爷我就是拉不下脸来，要不然也认吴勉当个干爹，看看能不能也便宜便宜佛爷我。”

阎君的话刚刚说完，民调局里面突然响起了一阵钟声，被上善老佛爷耽误了一下之后，终于到了零时。

与此同时，民调局地下五层突然爆出来一声巨响。随后，一大股烟雾从下面冒了出来。

阎君想赶紧回到地府，却被上善老佛爷拦着不让走。当他想方设法想从民调局离开的时候，那个老成不像样子的归不归，突然从下面走了上来。

“呀，上善大和尚您怎么也来了？我还说去找您探讨一下佛法，顺便研究研究八大菜系呢！”归不归身上竟然没有一点伤，就连他身上的衣服也干干净净的。刚才他吐的血呢？明明把衣服都染红了！

老佛爷抓住了归不归的手，笑着说道：“老东西真是好久不见了，正好你来了。听说你这些年净挣钱了，正好，拿点儿出来给黄胖子，算是你小子有孝心，拿钱尽孝了——别跟佛爷我废话啊！不然佛爷我就代表佛祖惩罚你了。”

见他俩说起来闲篇没完，阎君忍不住说了一句：“归老先生，刚才我被曹正挟持，失礼了。刚才匆匆忙忙逃出来，也不知道下面怎么样了？”

“所以我出来请您回去。”归不归说完之后，对上善老佛爷说道，“大师父，还要您受累看着这些鬼物，黄然那边是小事情，过年的时候，我给他十亿八亿的压岁钱就得了。”

听到给黄然要到了好处，上善老佛爷这才心满意足地摆了摆手，说道：“去吧，佛爷我看着他们。”

有了上善老佛爷看着这些鬼物，归不归又客气了几句，这才带着阎君回到了民调局地下五层。

回到地下五层的时候，原本在这里的无穷无尽的鬼物已经全部消失了。只剩下曹正有些痴呆地站在吴仁荻面前，好像痴傻了一样，不停地重复着四个字：“怎么可能！怎么可能！”

阎君当场和曹正撇清了关系，他走过来对吴仁荻说道：“这次又让吴勉先生看我们地府的笑话了，前后两任左判怎么都这样！唉，看走眼了，看走眼了。”

吴仁荻看了一眼阎君，这个时候他已经变回了白头发，不过好像懒得和阎君说话，冲归不归翻了翻白眼，示意老家伙替他说。

归不归哈哈一笑，走过来说道：“阎君陛下你这么说就太客气了，这从里到外的不都是陛下你一手安排好的吗？用下一任阎君作饵，一步一步把曹正逼到这一步的。不过看他临门一脚终究差点意思，这才把他舍掉了，要不然的话，那些鬼武卒怎么说？”

阎君叹了口气，说道：“老人家，这话就得两头说了，我这不是担心曹正做出什么出格的事情吗，这才偷偷摸摸地过来想看一眼，没想到行事不密，直接被他抓住了。用我这个阎君做要挟，从而控制了我的鬼武卒。这么说是不是也能说得通？”

归不归摇了摇头，正准备再说几句反驳阎君的时候，却看见孙胖子正往沈辣身后躲。老家伙笑了一下，对孙胖子说道：“小胖子你别耍滑头，你过来替老人家我说两句。现在你应该往前来啊，躲什么？”

“二叔，我还是算了吧。不是我说，你们这是神仙打架，我一个凡夫俗子插不上话。”孙胖子苦笑了一声，继续说道，“您饶了我吧，我早晚也有下去的那一天。到时候管我投胎的阴司要是想给阎君报仇，直接将我打发到非洲去，您说我冤不冤？您老还是高抬贵手吧。”

“你说你白长这么胖了，胆子怎么这么小。”归不归笑了一下，继续对阎君说道，“陛下，事情已经这样了，你总不能黑不提白不提的就这么过去了吧？刚才老人家我幸亏有补天石傍身，要不然真被你的鬼武卒打死了，你说传出去丢不丢人？”

刚刚曹正派出鬼武卒的时候，归不归连续几次被鬼武卒击倒。其实那时候他身上包裹着数不清的透明小石子，这些小石子覆盖在归不归身上，好像一层透明的外壳一样，几乎和他同化。之前全身毛孔往外渗血也是小石子颜色变化而成，因为距离较远，加上小石子又是透明的，谁看见都以为是老家伙不行了，实则是这些小石子替他扛下了所有的攻击。

“那自然不能算完啊，我们地府是最讲法度的。”阎君说到这里的时候，伸手指了指还没有缓过来的曹正，厉声说道，“蔡疫，你化名曹正骗取了我的信任。竟然还敢私自调动地府大军，在人世间兴风作浪。你实在罪大恶极！现在我要将你神形俱灭，你还有什么要说的吗？”

阎君最后几句话说出来的时候，隐隐带着雷鸣之声。曹正听到之后，慢悠悠地转过了头，看了阎君一眼，嘴里喃喃地说道：“蔡疫认罪，请陛下处罚。”

听了曹正的话，阎君暗暗松了口气，随后就要动手消除曹正的魂魄。这个时候，车前子站了过来，用自己的身体挡住了曹正。小道士冲阎君翻了个白眼，说道：“想杀人灭口是吧？老阎王你真当我们都是死人吗？今天的事情没有说清楚之前，谁都别想走——胖子你怕个六？真到你下去的那一天，我自然要亲自下去送你。不给个大富大贵的身份，我把他们地府掀起来！”

车前子的话还没说完，吴仁荻突然拿出一枚储金对他说道：“车前子你过来，这个拿去。”

小道士听到父亲叫他，没有多想立即转过身去。没想到就在他转身的同时，阎君已经出手点中了曹正。

这位曾经的地府左判身子震动了一下，嘴巴动了动好像想说什么，不过这句话最终还是没有说出来。他的身体一点一点地化成了一缕青烟，消散在空气之中。

看到阎君当着自己的面杀人灭口，车前子的眉毛立了起来。正要发作的时候，突然听到自己的父亲开口说道：“你还有多久去投胎转世？”

这句话是对阎君说的，随后便听到阎君回答：“两个月之后，如果需要的话，我现在也可以去投胎转世。如果车世兄想要我也跟着一起形神俱灭的话，那要等到我退位之后，否则会引发地府与人世间的动乱。”

吴仁荻没有理会后面的话，随即跟了一句，“下一任阎君是谁？”

阎君只回答了三个字：“孔大龙。”

吴仁荻看了一眼有点心虚的孔大龙之后，对阎君说道：“为什么是他？”

阎君笑了一下，说道：“该缓和一下你们方士和地府之间的关系了，不管怎么算，孔大龙都是最合适的人选。一直以来，你都是地府最大的隐患，哪一任阎君都想要除掉你——孔大龙上台之后就不一样了，他不像我，是花了几百年的时间，从小阴司一步一步爬上来的。孔大龙在地府没有根基，你们方士才是他的靠山。”

这时候，已经明白过来的车前子插了句嘴，“要是老吴没挺过昨晚呢？那谁是最合适的阎君？”

“曹正！”既然戏法已经被看破，那阎君索性有什么说什么了。他看着刚刚曹正魂飞魄散的地方，叹了口气，继续说道：“那样的话，曹正就是最合适的人选，原本他哥哥蔡瘟也不错，可惜他用错了方法。蔡瘟不敢对吴勉下手，把矛头对准了我。我不能让他再起谋逆篡位的先例……”

说到这里的时候，阎君再次叹了口气，随后说道：“做大人物越久，心就越累……你们或许不知道，我心里开始羡慕那些精神病人了，他们多好，多自在。”

“我认识的这些阎君当中，你才是最适合的。”吴仁荻看了一眼阎君，继续说道，“回去吧，投胎的时候我去观礼，一定要找个精神病家族。”

阎君哈哈大笑了起来，随后冲着远处的孔大龙做了个鬼脸，说道：“我这个最合适的阎君，却选了你这么一个最不合适的。多有意思，哈哈哈哈。”

笑声当中，阎君头也不回地离开了。看着他的背影消失，车前子收起了储金，随后对自己的父亲说道：“打听个事，你到底是不是衰弱期？怎么突然又能给我供电了？”

吴仁荻翻了翻白眼，一脸无奈地说道：“你真的想不到？”

“不是想不到，是不信你会那么干。”车前子皱了皱眉头，随后说道，“你在衰弱期之前，已经锁住了种子的力量。然后在刚才那时候开锁——你这是图的什么？就是等着给我充电吗？”

这时候，归不归笑嘻嘻地走了过来，对车前子说道：“世侄儿，这就是你爸爸的良苦用心了。怕你受欺负，让我给你打造了特殊的储金不说，还以防万一，提前封印住了自己的力量。能这么干的，也就是你爸爸吴勉了。换我老人家，早就带着儿子跑了。”

归不归的话还没说完，一旁的小任叁突然开了口：“不对啊，我们人参的大侄子怎么还没来？”

第十四章　年夜饭

小任叁说话的时候，在场所有人都将目光看向了孙胖子。归不归开口说道："小胖子，这事儿你得说两句了。"

孙胖子苦着脸说道："这个真冤枉我了，我和百无求那个爸爸定的死约会。原本他应该是第一个到的，我还指望着他带着百万妖兵妖将堵住民调局的大门。不然的话，我也不会让大门就这么大开着，任由那些小鬼说进来就进来。"

听到不是孙胖子有意安排百无求压轴，归不归也有些担心了。他眨巴眨巴眼睛，对孙胖子说道："那你没问问，就这么一直杵着？"

"谁说没问呢？"孙胖子苦笑了一声，掏出来手机翻到了通话记录，指着最近打的一串电话号码，说道，"三天之前证实百无求已经离开了妖山，后来我又打了三十六个电话，都没有人接听——妖山那边证实了他一直没有回去，不知道去哪儿了。"

说到这里，孙胖子又翻出来一连串信息记录。显示他派三拨人去找百无求，可是都没有百无求的踪影。

该说的都说完了，孙胖子最后说道："我想着他那么大的一个妖王，又有本事，应该出不了什么事情。民调局这边又出了这么大的事情，我实在没法分心，只能先顾吴主任这头了。”

归不归听孙胖子说的也没错，不过他实在担心百无求的安危。当下不再理会民调局这些人，带着小任叁出去，老家伙要亲自去查百无求的下落。

地府冲击民调局的事情总算告一段落，变回白头发的吴仁荻带着这些人回到了民调局楼上。阎君的人马已经撤走，上善老佛爷跟着归不归走了。看他们嘀嘀咕咕的样子，这次老佛爷出手帮忙之后，顺便想给黄然要点好处。听说黄然最近投资不大顺利，踩了几个深坑。老佛爷吃喝都在黄然那里，自然要替他想想办法，从归不归那弄些钱补上黄然的窟窿。

这一路上已经满目疮痍，好在地下三层当中，吴仁荻的藏品都原封不动地放回了原地。看来阎君也不敢动吴仁荻的东西。

回到了民调局楼上，才听到外面响起了鞭炮声。众人这才想起来，现在已经是大年初一了，孙胖子笑嘻嘻地对众人说道：“三老四少，过年好啊！看看厨房里面还有什么，怎么也得包顿饺子……这个年过得，这辈子都忘不了。”

说是要包饺子，但这些人都已经累翻了。沈辣带着二杨，将他们家的人以及仍昏迷不醒的林怀步送到了值班宿舍休息。屠黯留在下面收拾残局，按照吴仁荻的意思，他亲自打出来一个结界，将那位死神之王赫尔关押在了里面。

车前子搀扶着孔大龙跟着吴仁荻去六室养伤，最后孙胖子将蔡诡唤醒，吩咐他去厨房弄些吃的，随后他自己去六室和车前子他们会合。

孙胖子赶过来的时候，正听到车前子说道：“老登儿你要是做了阎王爷，那总比见不着了强。虽说都是嘎嘣了，起码知道你在哪里，以后没事我下去串个门……说话你就要当阎王爷了，是不是也得弄个阎王奶奶？你那个老相好李老蒯怎么样？那老娘们儿……”

孔大龙早就上好了伤药，这时候也不疼不痒了，对车前子说道：“拉倒吧，她有男人你小子又不是不知道。再说了，怎么我们俩就是老相好了？那你赵姨、刘姑姑，还有何寡妇算什么……呀，孙局长你也来了，咱们唠唠家常。”

孙胖子嘿嘿一笑，说道：“我让你们准备一下，一会儿下去吃饺子。爷们儿，俩月之后地府可就姓孔了，到时候有用到我们民调局的地方，你找个鬼差来传句话，出人出力一句话的事情……回头记得我老婆、孩子，还有孩子的孩子、孩子的孩子的孩子，都得爷们儿你照顾了。我的生死簿在自己手里，如果早知道地府要姓孔，当初我何苦承那个阎君的人情？明儿就把生死簿给你，随随便便写个两百岁无疾而终就行。刚才我都想好了，两百岁生日的时候，我们家一一说她又怀了一胎，我一高兴就嘎嘣了。”

“知道孩子不是你的，气死的吧？”车前子哈哈一笑，看到自己父亲脸色不对，他立即咳嗽了一声，继续对孙胖子说道，“你都两百岁生日了，还惦记我们家一一给你生孩子？对了，胖子咱们得盘盘了。从我们家老爷子这里论，你老婆邵一一都是晚辈当中的晚辈了。以后咱们不能再论哥们了，见面你得叫我一声老祖。”

知道孔大龙已经应下了下一任阎君，车前子心情大好，和孙胖子开起玩笑来。孙胖子有些哭笑不得，当下只能腆着脸说道：“咱们还是单论吧，再说都出五服了。肩膀头齐还得论兄弟……对了，吴主任我这边想起来件事情。这地下三、四、五层得重新修缮一下，您觉得怎么来？”

“你不要管。”吴仁荻简单回了一句，便不再理会孙胖子，他转头对孔大龙说道，“你真的想好了？”

小老头古怪地笑了一下，说道：“阎君啊，蔡瘟、蔡疫他们还有其他鬼物打破头都想争到的阎君宝座……多好的机会。”

吴仁荻看了孔大龙一眼，又看了看自己的儿子。随后他自己岔开了话题，对孙胖子说道：“那你呢？你也想好了？”

孙胖子嘿嘿一笑，说道：“您还不知道我嘛，我就是个劳碌命。当初高老大把民调局交给了我，我还没找到合适的人接班。再等等吧，等到遇到了合适的人，我把民调局交给他。然后带着我们家一一，还有小五子环游世界去……去找小矬子——不行，我得去看看小矬子了，大过年的差点把他忘了。”

“不用了，刚刚我带他走了。”这时候，那个叫作林尊的男人突然出现在了几个人面前。他有些不满地看了吴仁荻一眼，说道，“我还以为你能保住我儿子。”

吴仁荻翻了翻白眼，说道：“你儿子年轻，多历练点没有坏处。”

林尊对吴仁荻这话很不以为然，他看了一眼旁边白头发的车前子，说道：“那我也带你儿子去历练历练吧，对他也没什么坏处。”

“你敢！”吴仁荻眉毛一挑，看着林尊说道，“那是我儿子！”

“这话聊不下去了。”林尊气得噎了一下，正要施展神通离开的时候，他突然想到了什么，冲车前子做了个鬼脸，说道，“以后我们还会见面的，巧了，下次是我儿子带你去历练。”

吴仁荻明显知道是什么事情，他脸上的表情有些变化。直接打断了林尊的话，“你要留下来过年吗？”

吴仁荻的反应，林尊非常满意，他笑了一下，冲面前的几个人说道：“新年快乐！”说完的时候，已经在这几个人面前消失了。

车前子眨巴眨巴眼睛，对孔大龙说道：“我小时候带回来过一根金条吗？我怎么想不起来了？”

蔡诡的本事虽然不怎么样，不过他的厨艺还是不错的。没过多久便包好了饺子，打电话让孙胖子他们下楼去吃饺子。

这时候，杨枭已经施法将沈辣的家人都唤醒了，将他们也带到了厨房吃这顿年夜饭。沈辣爷爷几个对他们自己醉了这么长时间感到有点吃惊，下午也没喝多少啊，怎么醉到了后半夜？

而且他们醉酒期间，民调局也发生了翻天覆地的变化，就好像刚刚打过仗一样。孙胖子解释道：“别提了，你们刚刚睡着，咱们这里就地震了。国家地震局刚刚发布的消息，也太巧了不是吗？震中就在咱们民调局地下没有多深，零点五级的地震，除了咱们这里，其他地方屁事都没有。”

“地震了啊，我就说迷迷糊糊地听到一阵一阵打炮的声音，现在明白了，原来是地震闹的。”沈辣爷爷给自己做了解释，随后夹起一个饺子，咬了一口之后，说道，“这饺子馅调得好，比我们县里大饭店厨师调得都好。老三，记不记得你结婚那天，最后上的饺子，那次就觉得是吃过的最好饺子了。跟现在这个一比，那个就算是喂猪的……老大，我没说你，我不是也吃了吗？”

这时候，沈辣三婶有些不大自然。她吃了几个饺子之后便推说饱了，要回去休息。沈辣也没拦着，估计她是去联络地府了。也不知道她知道地府大败之后，会是什么样的表情。

这时候，二杨也到了。孙胖子拿出几瓶茅台酒，又让蔡诡拌了两个凉菜，算是凑齐了一桌年夜饭。

这时候，已经到了三四点钟，虽然沈辣家人已经睡了大半天。不过沈辣的爷爷年纪大了，不敢继续熬夜。当下他们这一大家子将沈辣的爷爷送到了休息室，随后洗漱了一番，直接休息了。

转眼间，整个食堂只剩下民调局这几个人。孙胖子和车前子干了一杯，笑嘻嘻地说道：“兄弟，不是哥哥我说你，赶紧把咱爸爸请下来啊。咱们做晚辈的拜个年，咱爸爸怎么也得给个红包意思意思吧？”

车前子这时候多少有点到量了，听到孙胖子的话，问杨枭要了六室的钥匙，将钥匙直接拍在了桌子上，说道：“胖子，钥匙就在这里了。你胆子比天大，你上去请我们家老爷子去……虽说我是他儿子吧，可是也知道他的性格秉性。他一下来，你们还想吃好喝好了？你哪句话惹到他了，随便一句话就能把你噎到正月十五那天。老登儿，咱们爷儿俩干一杯……你还没说呢！当年我是不是拿着金条回去了？金条呢？我想起来了，我六岁那年，李老蒯打了个金手镯。是不是……”

“是个屁！”这时候孔大龙也喝得满脸通红，借着酒劲他扔了筷子，随后直接抄起茅台酒瓶子，嘴对嘴喝了一大口，随后抱着酒瓶子继续说道，“金镯子不假，那是我五十块钱买的假货……李老蒯过生日，我不得意思意思吗？真金子买不起就买了假的。你小子不记得了吗？你小时候有一阵子时兴戴金货。有钱的就买真的，没钱的买假的……你说那时候要是有根金条，那我就是屯子里的首富了，还用跟她李老蒯打涟涟？我早就去找妇女主任了……”

“那不对啊，刚才都看见我爸爸塞给小时候的我金条了。怎么就不见了，老登儿！你得找啊！我爸爸给的，他给我的第一份礼物，你得回去找啊！”这时候，车前子的酒劲上来，开始胡说八道了。

就在这时候，归不归带着小任叁从外面走了进来。这一老一少的背后，还跟着十几个肤色各异的人。这些人不像是保镖，倒更像他们的随从。

看见归不归和小任叁回来，孙胖子赔着笑脸站了起来，说道：“老人家，怎么样？有百无求的消息了吗？”

“那个傻小子的确从妖山出来了，不过出来没多久他竟然又回去了。”就这么一会儿的工夫，归不归便查到了个大概。老家伙拉着小任叁坐了起来，抓起一个饺子塞进了嘴里，随后说道，“现在妖山也在找他，那边众说纷纭的，不知道出了什么事情。小胖子，你给我们安排一下，我们这就去一趟。看不见那个傻小子，我老人家不放心。”

孙胖子一口答应，说道：“我这就安排，您这次是坐哪架私人飞机过来的？一会儿把飞机号告诉我。明儿——一会儿天亮就出发，不过您二位也看到了，民调局出了这么大的事情，我和吴主任得留下来善后，实在没办法跟您二位一起去妖山了。”

“本来就是我们俩去，小胖子你不要客气。”归不归说到这里的时候，从怀里摸出来两个红包，递给了孙胖子和车前子，说道，“压岁钱，你们俩收着买糖吃。对了，林错那小子呢？我还给他准备了一个。”

“他爸爸林尊带走了。”孙胖子笑了一下，接着说道，“要不您老人家先给我，我来转交。”

“没听说压岁钱还能转的，算了吧！”说到这里的时候，归不归又想起来一件事情，他对孙胖子继续说道，“还真有件事情要你帮忙，明天黄然过来，我送他两个公司……你帮我把文件给他。”

归不归说话的时候，小任叁盯上了桌子上的茅台酒。他拿了一瓶灌了一大口，咂巴咂巴嘴之后，说道：“这酒也就那么回事吧。对了，孙德胜你帮你三叔留意一下那个无涯，这次让他跑了。”

“回头我给三叔您几瓶五十年的茅台，那个味道还不错。”孙胖子嘿嘿一笑，继续说道，“无涯的问题也不大，他的靠山曹正都倒了，抓住这个无涯也是早晚的事情。不过三叔您能不能说说这个无涯的来历？知道来历就好办了。”

“这我们人参哪知道去？昨儿之前，我们人参都不知道还有这个叫无涯的存在。”小任叁虽然说这酒差点意思，可还是一边说话，一边往嘴里灌酒。

“这个人参娃娃不简单，小胖子你可不要大意。”归不归说话的时候，在他身后站着的一个金发碧眼的随从手机响了。叽里咕噜说了一通之后，这名随从挂了电话，走到老家伙的身边，赔着笑脸说道：“先生，总统打电话来祝贺您中国新年快乐，我说您已经休息了，他说九点之后会再打过来的。”

这两句话惊到车前子了，这个老得不像样子的归不归什么来头？怎么还有总统亲自打来电话，祝他新年快乐！

归不归有些不耐烦地看了随从一眼，说道：“威廉，到时候还是你来接电话。就说我不舒服，还没有睡醒。顺便告诉他，他们国家的赤字太高了，继续这样的话，我担心我买的国债会有风险，到时候可能会抛售一点。”

就在这时候，孙胖子的电话响了。孙胖子看了眼来电显示，先是愣了一下，随后打开了免提，说道：“百爷，三缺一就差您了，您这是哪去了？”

第十五章　老叟不见妖中王

电话里面传出来一道粗犷的声音："孙——你孙什么来着？对了，孙大圣……你和小爷叔说一声，老子这边有点事情，估计是来不及了。"

听到这个声音之后，归不归立即凑了过去，对电话那头的人说道："傻小子，我和任老三都到了。就差你了，你……"

"你谁啊？孙子你骂谁傻呢？"电话那头的人突然火了，继续对归不归骂道，"老子不知道哪个王八蛋把你生出来的，小时候没教育你，长大了你难受了是吧？别急，你等着我！"

这一顿叫骂，把归不归都骂得愣住了，随后对着电话说道："你是百无求吗？我——归不归，你朝思暮想的爸爸……"

"老子是你朝思暮想的爷爷！"没等归不归说完，电话那边的人直接骂开了。随后他继续骂道："孙子你吃了熊心豹子胆，敢占你爷爷的便宜。等着，等着啊！说，你在哪呢？老子现在就去弄死你！"

就算归不归再聪明，也想不明白电话那边的人到底怎么回事。听声音确实是百无求啊，他怎么能把自己忘了？可是为什么还记得孙胖子的电话？

就在老家伙想不明白的时候，孙胖子对着电话说道："百爷，是这么回事，你在什么地方呢？我派人去接你吧？这不是在妖山吧，妖山应该打不了电话……”

出人意料的事情又发生了，电话那头的人好像愣了一下，随后再次说道：“你谁啊？给我打电话干什么？这什么地方？老子他妈怎么知道……老子是谁？怎么了这是？什么玩意儿？”

说到这里，电话就挂断了。食堂里这几个人面面相觑，随后，孙胖子又将电话拨了回去，可是连续打了好几遍，电话始终没人接听。

看到归不归脸上露出了焦急的神情，孙胖子安慰道：“您老人家先别急，我这就找人查查。”

说着，孙胖子拨通了另外一个人的号码。电话接通之后，传来一个中年男人的声音：“孙胖子，你终于把我想起来了。你们民调局昨晚可是惊心动魄的，上面调用了两颗卫星，全方位监控你们民调局……”

没等电话那头的人说完，孙胖子已经打断了他的话：“老郑，来不及扯闲篇了。哥们儿我托你件事，你查一下这个手机号码的定位，138xxxxxxxx，还有电话号码的注册人，最近拨打和接通的电话……拜托了，越快越好。”

“你们民调局的事情不是还没完吧？行了，我马上去查。”说完，这个老郑立即挂断了电话。

打完了电话，孙胖子这才松了口气，随后安慰归不归道：“老人家您别担心，听声音不像是被人劫持了，应该也没什么事情。等着查到在什么地方，就能找到百无求了。”

“我担心的不是这个。”归不归叹了口气，看了对面的小任叁一眼，这才继续说道，“这傻小子会不会生病了，或者伤到了脑子？他以前就不怎么灵光，刚才听他说话的声音……”

“我们人参的大侄子还能傻到哪去？”小任叁也开了口，随后他继续说道，“老不死的你先别急，你也知道他下凡的时候伤过脑子，估计这次是旧病复发了。”

听了小任叁的话，归不归皱着眉头说道：“但愿没事吧！之前几次回国，我就想去见见这个傻小子，结果阴差阳错的几次都没见到……希望他傻人有傻福，别出什么事情。”

就在这时候，孙胖子的手机再次响了起来。孙胖子接通了电话，随后听到老郑说道：“胖子，查到了。刚才那个电话号码是内蒙古打出来的，具体定位是在通辽科尔沁哲南牧场。电话号码的注册人叫作布仁巴雅，蒙古族牧民。胖子，要监控这个人吗？”

“在内蒙古！”孙胖子眨巴眨巴眼睛，随后对电话说道，“老郑，你派人去联络一下这个布仁什么的，刚才应该有人借用了他的电话。要问出借电话那个人的相貌、当时的精神状况，以及这个人后来去哪了。”

老郑答应了一声之后，直接吩咐身边的人去查。随后他低声对电话说道：“胖子，你给交个实底。你们民调局的事情到底完没完？上面也在等着。”

孙胖子嘿嘿一笑，说道：“差不多了，老郑你就安心过年吧，让你查的事情和昨晚不是一件事。不过也不是小事，你赶紧上心去查。回头我去你那里，咱们哥俩细聊。”

挂了电话，孙胖子对归不归说道：“老人家您都听到了吗？百无求在内蒙科尔沁草原……妖山离草原也不远，也是进首都的道路之一，说得通。”

“哪通了？为什么百无求会出现在草原？”归不归瞪起了眼睛，随后对身后的随从说道，“去，立即安排去内蒙古，那个傻小子可千万别出什么事情——小胖子你去问问吴勉，他去不去？他儿子出事，一个电话我老人家就带着任叁回来了。现在老人家我的儿子出事了，他要不要一起？”

就在归不归心焦的时候，孙胖子的电话又响了。孙胖子看了一眼来电显示，脸上的表情多少有些意外，随后直接免提接通了电话，说道：“你还有脸给哥们儿我打电话？我让你办的事情怎么办的？妖王他……”

“孙哥你先不要着急，现在妖山这边也大乱了。”电话那头的声音有些油滑，顿了一下，继续说道，“原本我陪着百无求都出妖山了，可是出来之后他突然忘了我们要干什么，我怎么说他都不信，我想给你打电话吧，百无求一个嘴巴就把我打晕了。醒过来之后我回妖山问了，他们说妖王回去了，然后就消失不见了，还以为是跟我一起走的……”

这个人的话还没说完，电话那边突然传来一阵嘈杂的声音。他有些惊慌地最后说了一句：“百无求不对劲，现在妖山开始谣传他已经死了，有人想篡位……”

这人的话还没说完，电话便挂断了，看情形好像是有人在追他，他来不及说话直接逃掉了。

“这是当年和我一起护送百无求回妖山的人，他留在山上了。”孙胖子解释了一句之后，眨巴眨巴眼睛，对归不归说道，“老人家，百无求之前没有出现过类似的情况吧？您都回国几次了，之前为什么不去看他？”

“你在和谁说话呢？小胖子！”归不归学着孙胖子的模样，也眯缝起了眼睛，随后说道，“不该打听的事情别瞎打听，再伤到你自己……”

这时候，小任叁受不了，开口对归不归说道：“多大点儿事啊，不就是你提前算了一卦，说你们俩相见就是最后一面吗？”

孙胖子眨巴眨巴眼睛，说道：“不是我说，怎么还有这回事？这都是封建迷信吧！”

“你们民调局不是封建迷信？”归不归白了孙胖子一眼，随后叹了口气，说道，“当初我老人家也是闲的。第一次带任叁回来的时候，老人家我有点心神不宁，就起了一卦。卦象上说‘老叟不见妖中王’，老叟是我了，妖中王是谁，不用多说了吧。”

“还有这样的卦象？”孙胖子愣了一下，随后说道，“不是我说，我听说都是通用的卦歌，怎么还给老人家您出了定制版的了？‘老叟不见妖中王’，世上除了您老人家趁妖王儿子，还能有谁？”

“我老人家卜的是字卦，这有什么好奇怪的。”归不归也没心思和孙胖子继续闲扯了，解释了字卦之后，继续说道，“现在顾不上这个了，先找到那个傻小子之后再想办法化解吧。不行，老人家我不能在你这里浪费时间了，我得先去机场了。小胖子你去和吴勉说，就问他去不去，去的话你安排我们在内蒙见。”

说完，归不归带着小任叁和他的随从们离开了民调局。

孙胖子送他们离开之后，回到了食堂，对车前子说道：“兄弟，刚才的话你也听到了。不是我说，老家伙不敢去招惹咱爸爸，刚才那话就是说给你听的。不过你得听哥哥我的，不能和咱爸爸说这个，地府的事情还没完呢。什么时候现在的阎君去投胎转世了，咱师父做了阎君之后，地府的事情才算是彻底结束。有哥哥我看着，百无求出不了什么事情，一旦老家伙那边出了什么事情，再让咱爸爸出头也不迟。”

车前子明白孙胖子担心的是什么，他是担心吴仁荻不在民调局坐镇，阎君可能对他们俩下手。他犹豫了一下，说道：“那你看着归不归他们，要是老吴问起来，我替你打个马虎眼。”

说到这里的时候，车前子继续对孙胖子说道：“大圣，这个百无求什么来头？你们都管他叫妖王，这个妖王是外号呢，还是真的是妖怪的王？”

孙胖子嘿嘿一笑，说道：“这事情说起来就话长了，等这件事过去之后，咱们哥俩叫上辣子，好好喝一顿大酒，边喝边唠吧！不是我说，哥哥我不喝多了，我自己都不大相信。”

熬了一个晚上，车前子和孙胖子都熬不住了。吃了饺子之后，两个人趴在饭桌上就睡着了。

也不知道睡了多久，车前子是被一阵鞭炮声吵醒的。他迷迷糊糊爬起来的时候，孙胖子等人已经不在身边了。偌大的食堂，只剩下了他一个人。

“大圣！老杨，老登儿你们都哪儿去了？”车前子揉了揉眼睛，感觉到膀胱有点发紧。当下也顾不上孙胖子他们了，自己先去了厕所方便。

小道士解决完毕之后，走到水池边洗手。洗了几下突然感觉哪里不对劲，好像有个什么东西正看着他。

还有地府余孽藏在民调局？车前子装作什么都没有发现的样子。洗完手正准备从厕所出去，然后通知孙胖子和二杨在民调局上上下下查找一番的时候，突然看到了镜子里面的车前子正看着自己。

自己不是在照镜子——镜子里面的车前子脸上挂着微笑，动作和他完全不一样。

“这么快就把我忘了？我也是你，现在你能这么熟练地操控种子的力量，还是我冥想出来的。”镜子里的“车前子”对小道士说完之后，深深地吸了口气，随后说道，“不要那么意外，我是来和你告别的——告别这个词不准确，我就要融入你了。从此之后，这个世上就只有你这一个车前子了。”

“你是我……”车前子还是摇了摇头，继续说道，“不对，他们说你已经和我合二为一了。我还难受了一阵子，你怎么突然又冒出来了？”

“告别，我要和这个世界告别了。”镜子里的“车前子”笑了一下，继续说道，“你比我想象的要好，可以和我一样操控种子的力量。不过有件事我要劝咱们一下，我们不能太依赖别人的力量了，我们能借到的力量，满打满算只有三个人。他们的力量始终不是我们的，你之前无法从沈辣身上借到力量，就已经可以说明了。车前子，你要有你自己的力量。我留给你的是花钱的手段，你还要学会赚钱才行。”

“我知道你想说什么，不过咱们把这件事想得太简单了。”车前子看着镜子里的自己，轻轻地叹了口气，继续说道，“不过有个细节你可能想拧了。我们真的有种子吗？我们有的只是从老吴身上继承的那一点点种子的气息。这点气息转化成力量融入我们的身体里，可是力量是力量，不是种子……可能咱们永远也无法像老吴、辣子那样，有那么强大的种子力量。”

镜子里的“车前子”有些意外地看了看小道士，随后他微微一笑，说道：“这是该你头疼的问题了，总有办法得到真正的种子的。不过这些与我无关了……我的意识就要和你合二为一了，最后和你说句话，看住了孔大龙，你和他的日子也不多了。抓紧一切时间，多和他相处吧。”

“孔大龙？老登儿再过俩月就要做阎王爷了，你就是我，不可能不知道。”说话的时候，镜子里的“车前子”突然变成和车前子一样的动作，无论他再怎么呼喊，都不见另一个车前子再出现。

车前子急得大喊了一声，这一嗓子直接将他从睡梦之中惊醒。睁开眼睛的时候，发现旁边的孙胖子还在说梦话："小吴啊……哥们儿我也不是和你邀功……你这次多亏了哥们儿我了……我孙德胜也不多要，你给个生儿子的秘方吧！我和我们家一一打算再要个儿子……别说你不知道，你们白头发怎么回事，你心里没点数……广仁都快急哭了……"

听到孙胖子在梦里讹诈吴仁荻，好像还带上了自己，车前子对着孙胖子就是一脚，将他踹倒在地。随后他急忙趴在桌子上，装作被孙胖子吵醒的样子，"睡眼惺忪"地看着孙胖子，说道："胖子，你怎么摔倒了？做噩梦了吧？"

孙胖子也是一头雾水，他被车前子搀扶了起来。努力回忆自己是怎么摔倒的，却怎么想也想不起来。自己好像做梦了，梦到吴仁荻了。

与此同时，沈辣将他的家人安排好之后，也守在他爷爷身边眯了一会儿。他刚刚睡着，便见到吴仁荻出现在了他梦里。吴仁荻对沈辣说道："沈辣，等到你也能结出种子的时候，记得，种子是车前子的。"

沈辣顿时被吓醒，一睁眼，看到身边还在打呼噜的爷爷，擦了一把冷汗，回忆起刚才的梦境，太真实了，吴仁荻好像真的来过一样。

第十六章　母子相见

大年初一早上，孙胖子的手机被民调局的人打爆了。任嵘、杨书记他们都向他打听局里的情况，以及他们什么时候可以回来。孙胖子在电话里一一解释，民调局的事情差不多结束了，不过局里的设施还要修缮，让他们安心休息。

地府刚刚闹出这么大的动静，估计阎君为了改善和民调局的关系，最近也不会有什么事情了。

现在只剩下归不归他们去找百无求这件事还有点麻烦，孙胖子让人在整个内蒙古撒开了网，四处寻找那位不知道出了什么事情的妖王。

不过寻找的过程并不顺利，那个叫作布仁巴雅的牧民很快便找到了。根据他的描述，凌晨的时候，是有个黑大个来借电话。不过这个黑大个的精神状态看起来并不算好，一边说话，脸还一边抽动着。

挂了电话之后，黑大个哭一阵笑一阵的，看得布仁巴雅心里直发毛。不过当地民风淳朴，加上布仁巴雅心里喜欢这个黑大个，便想请他回家休息，不过黑大个说什么也不干。他说好像有什么重要的事情，不过却怎么都想不起来到底是什么事情。

最后，黑大个没有理会这位蒙古族牧民的邀请，直接进入了草原。

按照布仁巴雅所指的方向，归不归等人赶到之后，分散开进入草原寻找。孙胖子还动用了自己的关系，调来了数架直升机帮着一起寻找。可是这位妖王好像凭空消失了一样，找了三天三夜，都没有发现他的踪迹。

这边还没有找到百无求，归不归的后方又着火了。他控制的自由人俱乐部几位股东私下串联，打算趁老家伙不在的时候，来一场逼宫，逼迫归不归交出俱乐部的控制权。

这个自由人俱乐部可不是一般的机构，归不归通过它直接或者间接地控制了西半球的地下世界。之前虽然曾经短暂地放手过一段时间，不过最近他又牢牢地将俱乐部控制了起来。

自由人俱乐部出事，很有可能引发世界动荡。无奈之下，归不归只能暂时离开了内蒙，带着小任叁去了苏黎世，自由人俱乐部的新总部，去处理这次股东私下串联的事情。

归不归和小任叁虽然走了，不过孙胖子却没有放弃的意思，他继续派人寻找百无求的下落，将妖王的照片发到了半个内蒙古。不过却一直没有发现百无求的踪迹。

民调局这边，趁着春节假期，孙胖子花重金请来了工人修缮民调局。除了地下三层以下，把被鬼兵鬼将损坏的地方都修缮了一遍。

孙胖子不怕花钱，小小的一栋民调局大楼，他竟然请来了数百名专业的工人。最后赶在春节假期结束之前，将民调局大楼恢复如初了。

春节假期过完，民调局大大小小的人物都赶了回来。沈辣趁这个时候，向孙胖子请了假，和他那一大家子一起，乘飞机回了老家。

孙胖子本来打算带着车前子一起去的，不过这个时候，小道士想起了上次做梦的时候另一个车前子对他说的话：看住了孔大龙，你和他的日子也不多了。抓紧一切时间，多和他相处吧。

这句话车前子上了心，孔大龙没有要去沈辣家的意思。而且听老登儿的意思，这几天他还有个老朋友要来首都看他，孔大龙要车前子陪着他，去迎接那位老朋友。

车前子不去沈辣老家，孙胖子这次也没有跟着沈辣一起回去，而是继续留在民调局处理一些地府的善后事情。

转眼到了正月十五，孔大龙一大早就起来收拾。小老头认认真真地洗了脸，刮了胡子。随后穿上了孙胖子给他买的高级西装，一边照镜子，一边嘿嘿地傻笑着说道："瞧瞧这衣服料子，要是早几年我能沾上老儿子你的福气，说不定真娶了邻村的蒋寡妇。"

"什么蒋寡妇？我怎么不记得了？"车前子看了一眼还在嘚瑟的孔大龙，继续说道，"旁边的屯子里还有个蒋寡妇吗？不对啊，老登儿，我记得清清楚楚，和你打涟涟的相好里面，就没有姓蒋的。"

孔大龙一边配着领带，一边说道："当时你还小，我和她谈得差不多了，不过她儿子一张嘴就要十万的彩礼。说什么要拿这个钱给他结婚用。就是因为没有这十万块钱，最后蒋寡妇也没到我手里……老儿子，你看看哪条领带顺眼？"

车前子回答道："我长这么大，什么时候见你打过领带？当初你这个连裤腰带都扎不起的主儿，再过一个半月就是阎君了……怎么样？老登儿你怎么想的？"

"什么阎君不阎君的，都是一个屁味！"孔大龙穿好了衣服之后，对车前子说道，"老儿子，去请你爸爸，咱们爷儿仨一起出去走走。你们俩给我长长脸，也让我朋友看看，别看我一辈子没结婚，也没有儿女，可还是有人养老送终的。"

"你要拉上老吴？老登儿，你给我出难题啊。"车前子有些为难地看了小老头一眼，随后说道，"你别看他对我不错，不过也分什么事情。要是我挨打了，受欺负了，老吴指定得给我报仇，可是你说一起出去走走……得了，我试试吧。我可不敢打保票啊。"

当下，车前子去了六室，对正在翻阅《冥人志》的吴仁荻说道："不是说这本天书给我了吗？你不舍得就算了，反正我也看不大懂。"

吴仁荻合上了《冥人志》，对车前子说道："谁说我在看？我在写。"

"算了，你是爸爸，你说什么是什么。"小道士笑了一下，说道，"外面天不错，咱们爷儿俩出去走走吧。老爷子，说起来咱们爷儿俩好像真没怎么一起溜达过。正好，择日不如撞日……"

听到车前子主动开口要和自己出门遛弯，吴仁荻立即来了兴致。他合上了《冥人志》，说道："那就出去走走。"

当下，车前子陪着自己的父亲，笑嘻嘻地走到了孙胖子的办公室门口。大门这时候突然打开，一身名牌西装的孔大龙从里面走了出来。

"呀，老登儿你穿这么花哨，打算去相亲吗？"车前子笑了一下，好像刚看到孔大龙这样，看了一眼吴仁荻，见他没有怀疑，又继续说道，"你说你还有一个半月就要去当阎王了，还去相什么亲？打算把哪个老太太往火坑里面拉？别忙活老太太的事情了，陪着我们俩出门走走吧，别看我来首都这么久了，可还没正儿八经玩过。走，就今天了。"

说着，他也不管吴仁荻愿不愿意，一手一个，拉着自己的父亲和师父，出了民调局。

车前子提前安排好了轿车（名义上他现在还是民调局副局长），载着吴仁荻和孔大龙到了天坛。

这里也算是个可以散步的地方，除了有个煞风景的孔大龙，吴仁荻耐着性子跟着车前子进了天坛。

三个人有说有笑地在里面转悠了大半圈，准备走完这一圈就回去的时候，突然看到迎面走过来一个三四十岁的女人，远远地瞧见了孔大龙之后，女人连连招手，喊道："舅舅，我在这里。"

孔大龙也看到了这个女人，满脸堆笑地也招了招手。看着女人跑过来之后，笑呵呵地说道："我还说去机场接你们呢，没想到你们早到了。来，我给你介绍一下，我徒弟车前子，旁边那个是他爸爸吴勉。"

听到孔大龙说面前这个看起来二十出头的吴仁荻，竟然是十八九岁车前子的父亲，女人惊讶得张大了嘴巴，没等孔大龙介绍她，她先忍不住说道："舅舅你开玩笑吧，这位吴先生看起来也不比他儿子大几岁。再说他们也不是一个姓，您别开伦理玩笑，要是放在西方国家，这两位先生是可以告你的。"

女人说话的时候，车前子一直不错眼珠地盯着她。这个女人管孔大龙叫舅舅，自己的母亲是小老头的外甥女——这就是自己的妈妈吗？看着看着，小道士的眼睛红了起来。

突然间被这么一个半大小子盯着，女人也有些不好意思起来。她有些尴尬地冲车前子笑了一下，随后对孔大龙说道："舅舅，你有朋友在，要不然等你有时间的时候，去我的酒店聊天吧。"

"别着急走啊，咱们爷儿俩小二十年没见了。之前听说你生病了，现在看你生龙活虎的，舅舅我也放心了。"说到这里的时候，孔大龙有意无意地扫了吴仁荻、车前子父子一眼，随后说道，"这是我外甥女何胜男，我们俩小二十年没见了……胜男啊，你怎么样？二十年前的事情都想起来了？"

"没，二十年前的事情怎么也想不起来了。每次要想的时候，脑袋都跟炸了一样疼。"女人苦笑了一声，继续说道，"为了这个，我看遍了欧洲的医院。那边最著名的脑科医生也解释不了，不过除了二十年前的事情想不起来之外，其他的事情倒记得清清楚楚……舅舅，要不你先劝劝你徒弟吧，他这是怎么了？"

确定了眼前这个女人就是自己的母亲之后，车前子再也忍不住了，这些年没有母亲的委屈都想了起来，眼泪也止不住地流了下来。

车前子擦了一把眼泪，说道："我……我没事，迷眼了。你们说你们的，我不碍事，别赶我走。"

吴仁荻倒好像什么事情都没发生一样，依旧面无表情地站着。不过看到自己的儿子眼泪一把、鼻涕一把的，他掏出自己的手帕，递了过去，只说了三个字："擦鼻涕。"

"没事，不是冲你，这孩子不听话，刚才他爸爸说了他两句，还往心里去了。"孔大龙笑嘻嘻地摸了摸车前子的脑袋，随后继续对自己的外甥女说道，“咱们说咱们的。胜男，这些年在国外怎么样？还需要啥和你舅舅说，我没儿没女的，就你这么一个外甥女，和亲闺女也没啥区别。”

女人说道：“舅舅，这些年一直都是你在支持我，我在国外这些年的花销，也都是你出的。现在该我孝敬你了，不能再花你的钱了。”

“这有啥，花谁的钱不是花，你舅舅我是出家人，要钱干什么？”孔大龙呵呵一笑，看了一眼身边的吴仁荻，随后说道，“不过话说回来，出家人也不是死不了的。等我走了那一天，我这个徒弟还要你……”

孔大龙的话还没说完，突然远处有人喊了一句：“胜男！你怎么过去了？”

循着发出声音的方向看去，就见一个与何胜男差不多年纪的男人，抱着一个小女孩走了过来。

女人急忙走过去，接过了男人怀里的小女孩，随后另一只手挎着男人的胳膊，走过来对孔大龙说道：“舅舅，这就是我和你说过的，你外甥姑爷陶方。这个小东西是你的外孙陶冉冉。来，冉冉，叫舅爷爷。”

从看到女人挎上男人胳膊的那一刻起，车前子便有了不好的预感。现在听到自己的母亲已经有了新的家庭，原本想好的认亲，一家三口团聚的希望瞬间破灭了。

孔大龙笑呵呵地抱着孩子，对车前子说道：“小子，我做主了，你来认个干妹妹吧。你瞧瞧这眉目鼻眼的，和你还挺像。”

看到车前子眼泪汪汪的，吴仁荻一把拽住了他，随后对面前的几个人说道：“你们一家人聊，我们父子还有事情，不奉陪了。”

说完，也不顾孔大龙的挽留，拉着车前子转身离开了。

看着吴仁荻的背影，女人歪着头陷入了沉思。这个白头发男人好像在什么地方见过，正要回忆具体细节的时候，她“哎哟”了一声，突然感觉脑袋一阵头疼欲裂。

这时候，吴仁荻拉着车前子往天坛外边走。小道士一边走一边一声不吭地流着眼泪，吴仁荻什么话也不说，只是陪着他默默地一直往前走着。

回到车里之后，车前子再也控制不住，“哇！”地一声大哭了起来。吴仁荻还是不说话，只是默默地看着自己的儿子。

直到车前子哭得差不多了，他又掏出来那块手帕，还是之前那三个字：“擦鼻涕。”

车前子泪眼婆娑地看了吴仁荻一眼，接过了手帕。擤了一把鼻涕之后，将手帕还给了自己的父亲，说道：“你老婆和别的男人生孩子了，你一点都不生气吗？”

“孙德胜都查到了。”吴仁荻好像什么事情都没有发生一样，随后对车前子说道，“知道你是我儿子之后的第三天，我就知道你母亲的情况了。孙德胜那种人精，不用我开口，他会提前去查的。”

说到这里，吴仁荻顿了一下，看了一眼止住了哭声的车前子说道：“他问过我的，要不要告诉你。被我制止了……孔大龙多事了。”

这时候，车前子已经缓了过来。他深深地吸了口气，对自己的父亲说道：“老吴，你心里对我妈真的一点感情都没有吗？”

吴仁荻沉默了片刻，说道：“我不记得了，就好像她现在不记得我一样。说出来也许你接受不了，在看到那么多证据之前，我也不记得你……现在我知道，你是我儿子。”

二十年前杭州发生的事情，车前子也参与了调查。他心里也明白这件事是天意弄人，怪不得自己的爹妈。不过他心里还是很别扭，怎么也过不去。

“你就不能说点好听的？”车前子无奈地看了吴仁荻一眼，随后说道，“行了，我哭一哭就好了。没想到是老登儿一直资助我妈在国外生活的，我就说嘛，他之前从民调局高亮手里讹来的钱都哪去了——他也是闲的！不给钱的话，说不定我妈早就回来了，也不会在国外结婚生孩子了！说不定，说不定咱们……”

“现在你妈妈不是很好吗？”吴仁荻也就是对自己的儿子才会这样少有地耐心，他对车前子说道，“和刚才那个男人比，你妈妈和我一起的话，真会更快乐吗？”

第十七章　小妖盯梢

车前子眨巴眨巴眼睛，说道："说实话，老吴你照照镜子，现在谁看见咱们俩，都以为你是我大哥。算了吧，我妈没那个命。没事了，不用担心我，我没事了……不过老吴，我妈跟别人跑了，你心里一点想法都没有吗？"

"我连她这个人都想不起来，还能怎么有想法？"吴仁荻叹了口气，继续说道，"托孔大龙的福，咱们俩也能出来走走。今天不回民调局了，你带我四处转转吧。"

"说反了吧？我才来了几天，应该是你带着我转。"

车前子的话还没说完，就见孔大龙笑嘻嘻地走了过来。小老头直接走到了车旁，冲这对父子笑了一下，打开车门也坐了进来。说道："刚才胜男还说你们爷儿俩怎么看着眼熟，还说怎么都是一头白发，我说是遗传的白化病。他们一家三口从正门出去了，说打算去颐和园。"

车前子看了一眼孔大龙，说道："老登儿，你这是什么意思？咱们说句实话，你到底什么意思？是想重新撮合我爹妈，还是想让我们知道我妈再婚了。"

“老儿子，我的时间不多了，走之前，得让你们骨肉相见。”孔大龙笑着摸了摸车前子的头发，随后又看了一眼没有表情的吴仁荻，继续对小道士说道，“说实话，我也想过重新撮合撮合他们俩。不过这对胜男来说未必是什么好事，女人跟了你爸爸，太累了！你妈妈累了一次，差一点累死。下辈子也应该轻松一点了。”

说到这里，小老头叹了口气。看着车窗外的风景，继续说道，“陶方不如你爸爸，哪哪都不如，差了十万八千里……可是跟他在一起，你妈妈更舒服。只是苦了你了，老儿子。”

“老登儿，下次再有这样的事情，你先和我通个气，让我也有点儿心理准备。”见生米已经熬成了粥，车前子深深地吸了口气，随后说道，“我从小跟着你，没爹没妈的也习惯了……现在有了老吴，我也不能不知足。对了，我妈这些年在国外的开销都是你出的吧？”

孔大龙点了点头，说道：“你身边还有我，她在国外可没有亲人，那就只能多拿点钱傍身了。前些年高亮给的钱，我都给你妈了。后来又从孙德胜那里得了点儿，也花在你妈身上了。”

小老头说着说着，注意力突然转到游客当中一个蜡黄脸色的大个子男人身上。男人鬼鬼祟祟地在附近来回游荡，不时偷偷地向他们这边看一眼，随后装作什么事情都没有发生一样，又转头看向其他地方。

这个男人盯梢的迹象也太明显了，车前子一眼便看了出来。隔着车窗玻璃，车前子指着男人说道：“外面这孙子是不是来监视我们的？个子还真高，得有两米四五了吧？他是不是以为咱们眼瞎？就这个样子监视我们……呸！”

这时候，吴仁荻开口说道：“那个不是人，是妖，还有点妖气。”

说话的时候，吴仁荻便想下车去抓妖，不过看到身边的车前子之后，他改变了主意，对小道士说道：“下车活动活动吧！这个大个子和地府那些‘人’不是一个路数，比他们好玩。”

车前子现在没有心情管什么妖不妖的，他连连摇头，说道：“我妈都跟别人生孩子了，哪有心情去管什么妖怪不妖怪？老吴，看我的面子上，你装装样子，装作愁眉苦脸一下行不行？好歹我是你们俩生的……”

车前子的话还没说完，吴仁荻突然轻轻地推了他一把，直接将小道士从车里推了出去。随后他锁上了车门，不理会有些恼怒的亲生儿子。车前子心里这股邪火撒不出去，只能冲着对面的大个子去了。

黄脸大个子见到车前子下了车，好像是发现了自己。为了掩护身份，他拿出一个老式的大哥大电话，装作突然来了电话，扯着嗓门对电话说道：“是啊！你说得对！你放心吧，我身上还有粮票！全国的、地方的都有，介绍信也开着呢……”

大个子不说话还好，一开口，周围的人都用异样的眼神看着他，心里都在嘀咕：这个大个子不是疯了吧？粮票、介绍信这都是什么年代的东西了？

车前子敲了几下车门，见里面的吴仁荻没有开门的意思，他有些懊恼地使劲踹了一下车门，随后也掏出了手机，给孙胖子打了过去。电话立即被接通，没等孙胖子开口，小道士抢先说道：“胖子，赶紧找关系疏散天坛的游客……姓吴的说这里有个妖怪，这边人太多了，不好下手。”

“天坛有妖怪！行了，兄弟你先稳住他，哥哥我这就安排。和咱爸爸说一声，见到不对就动手吧，千万不能出人命。”

说完，孙胖子立即挂断了电话。片刻之后，车前子便看到有工作人员陆续走了进来。这些工作人员分头行动，很快便将游客劝离了天坛。

这时候，孙胖子的电话打了过来。车前子接通之后，孙胖子在电话那头说道：“兄弟，是不是你正前方，那个黄脸的大个子？不是我说……还是那句话，这妖物只要有伤人的动作，咱爸爸就别客气了，不用等到游客都退出去的。”

周围的游客一个一个陆续被工作人员劝离，黄脸大个子却一点都没有警觉。他还在继续打电话，一边打电话，一边恶狠狠地盯着车前子，好像已经忘了监视的职责。

这时候，车窗终于降了下来。吴仁荻从车里递出来一个倒了半杯水的水杯，他似笑非笑地看了一眼自己儿子，说道：“给你增加点难度，不能让水洒出来。还有，这次你不可能从我这里借走种子的力量，靠你自己了。”

说完，吴仁荻已经升起了车窗。

“不能让水洒出来，这还不简单吗？”车前子冲车里面的吴仁荻、孔大龙啐了一口，当着他们俩的面，将水杯里的水一饮而尽。随后向周围已经没有游客的黄脸大个子走了过去。

眼角的余光瞥到车前子走了过来，黄脸大个子也紧张了起来。就当他来回踱步的时候，小道士已经到了他身边，说道：“那个谁，那边有个叫百无求的叫你。他说他是你的王——真逗，都什么年代了，还有王！”

说着说着，手里的水杯突然朝黄脸大个子的面门砸了过去，玻璃水杯被砸得粉碎，几块玻璃碴子扎在黄脸大个子的眼眶上。

黄脸大个子听到百无求三个字的时候，不由自主地顺着车前子手指的方向看过去。百无求没有看到，脸上却传来一阵剧痛。随后面前的半大小子窜了起来，对准黄脸大个子刚刚被水杯砸到的地方，一拳打了下去。

车前子这一拳直接将黄脸大个子脸上的玻璃碴子完全打进了肉里，还用他有限的种子力量灌进了大个子脸上的伤口。

黄脸大个子惨叫一声，随后仰面栽倒在地。车前子轻轻松松便解决掉了大个子，随后挑衅地冲车里的两个人一摊手，示意他轻松搞定了，对付这个大个子完全不用费气力。

车里的两个人一脸古怪，吴仁荻嘲讽地冲自己儿子笑了一下。孔大龙则是一脸的紧张，不停地指着小道士身后，大声喊着什么。这辆车的隔音很好，听不到他说的是什么。

看到孔大龙表情不对，车前子立刻回头去看，就见刚才被他打倒的黄脸大个子竟然又站了起来。他举起砂锅大小的拳头，对着小道士的脑袋打了过去。

匆忙之间，车前子来不及躲闪，只能缩颈藏头抬起手臂护住要害。还没等他将种子的力量灌输到手臂当中，大个子这一拳已经到了，打在了小道士的手臂上。

“嘭！”的一声，车前子直接被打飞了出去。落地之后发觉自己手臂一阵剧痛，臂骨竟被打得凹陷了下去，黄脸大个子这一拳竟然打折了自己的胳膊。

还没等车前子从地上爬起来，黄脸大个子又向他扑了过来。别看大个子身材高大，身法却一点都不慢。小道士眼前一花，大个子已到了他身前，抬脚朝车前子的脑袋跺了下去。

幸好车前子手疾眼快，大个子抬脚的一瞬间，他用尽了全身的力气窜了起来，用脑袋去撞大个子的裤裆。大个子的脚还没落下来，小道士已经结结实实撞到了大个子的裤裆。

“哎哟！”大个子惨叫了一声，金鸡独立的样子蹦了几下，随后再次栽倒在地。这次倒地之后，他夹起了双腿，不停在地上翻滚惨叫着。

有了刚才的经验，车前子这次不敢大意，虽然无法从吴仁荻那边借到种子力量，趁大个子重伤的时候，冲过去用尽了全力对着他的裤裆猛踢了起来，踢得大个子惨叫得岔了音。又踹了十几下之后，大个子倒在地上抽搐了起来，一边抽搐一边顺着嘴角淌出白沫来。

解决了大个子之后，车前子的手臂疼得越发厉害起来。不知道是不是眼花，小道士竟然感觉手臂骨折的程度好了一点，虽然疼得他一个劲地冒冷汗，不过看上去，刚才凹陷的位置已经直了不少。

车前子回头看了看车上的两个人，他们依旧没有出来帮自己的意思。车前子心里委屈，一股邪火冲了上来，指着车上的人骂道：“你们俩是来看热闹的是吧？姓吴的，咱们爷儿俩的交情就到这儿了……一会儿我就去找我妈去，我们一家四口过日子。我管她后老伴叫……”

车前子的话还没说完，就见车里的孔大龙不停地拍打着车窗，神色惊慌地指着小道士身后，不停地喊叫着什么。

怎么回事？不会是那个大个子又起来了吧？不能吧！刚才差不多都把他裤裆里的玩意儿踹成糨子了，都这样了还能再站起来？这还是人吗——对了，他是妖怪！

虽然不敢相信，不过车前子还是回头看了一眼。果然，就见原本应该倒在地上吐白沫的大个子竟然真的站了起来，这次他还有了变化。

大个子两只眼睛变得血红，浑身上下的毛发都竖立了起来。呼吸的时候，从鼻孔、嘴巴甚至身上的毛孔当中，散发出了淡粉色的气体。这股淡粉色的气体呼出来之后，又很快被他吸了进去。

这一瞬间，原本天不怕地不怕的车前子突然感觉到了死亡的威胁。他开始胆怯起来。这个大个子和他以往对付过的鬼物邪祟都不一样，而他现在还双手骨折，不可能是他的对手。

车前子急忙转身向汽车那边跑过去，一边跑一边大声吼道：“别闹了，赶紧把力量借给我……要命了，这次真要命了！”

看到不对，孔大龙想打开车门，却被吴仁荻拦住。吴仁荻看着跑过来正在砸门的车前子，将车窗降下一道缝隙，通过这道缝隙对自己的亲生儿子说道：“你解决他之前，就在外面待着。”

看到吴仁荻没有打开车门的打算，车前子好像疯了一样，对车内的吴仁荻吼道：“那你倒是借我点种子的力量啊！你说得轻巧，这玩意儿——爸爸我错了，你赶紧开门吧！”小道士说到一半的时候，他身后的大个子已经冲了上来，小道士见势不妙，在最后一刻钻进了车底，这才勉强躲过了大个子的攻击。

见车前子钻进了车底，大个子也跟着趴在了地上，想将车底的小道士掏出来。不过他体型过于魁梧，手臂粗大无法伸进车底，只能眼睁睁地看着车前子藏在车底，却没办法抓住他。

抓不到车前子，大个子大怒。他站在车边哇哇大叫了一阵，最后想到了一个笨办法，两只手抓住了车底，想将汽车掀翻，然后再去抓车前子。

原本把这样的汽车掀翻，对大个子来说就跟玩一样。可没想到的是，不论他怎么使劲，这辆汽车就像是长在了地上一样，纹丝不动。

大个子头脑再简单，这时候也明白车里坐的人不简单了。他松手站了起来，随后趴在车窗上向车内看去，和里面的吴仁荻四目相对之后，大个子指着吴仁荻的鼻子，吼道："小白脸子！你让车底下那个人出来，我要生吃了他！"

吴仁荻冷冰冰地看了男人一眼，随后慢悠悠地降下了车窗。大个子以为吴仁荻服软了，正打算将他揪出来打一顿出气的时候，冷不防这个白发男人先伸出了巴掌，对着送上门来的大个子就是一巴掌。

"啪！"的一声响，声音并不大，大个子的反应却不小。挨了个嘴巴之后，黄脸大个子直挺挺地倒在了地上，再也没从地上爬起来。车前子使出了吃奶的力气，前后两次都无法将他彻底制服，却被吴仁荻轻轻松松的一巴掌打晕了过去。

看着倒地的大个子，孔大龙冲吴仁荻嘿嘿一笑，说道："外甥姑爷，你刚才不是说难得有一个好靶子，要用他好好磨炼一下车前子吗？怎么这么快就磨炼完了？"

"你外甥姑爷在外面！"吴仁荻看了孔大龙一眼，随后又将车窗玻璃升了起来。趁车前子从车底钻出来之前，表情古怪地向小老头问道，"为什么你突然计划让他们母子相见，这事应该是你做了阎君之后再办的。这么急，为了什么？"

第十八章　群妖下山

听到吴仁荻的话，孔大龙龇牙一笑，说道："这不凑巧了吗？我听说胜男一家三口回国，就想着过来看看，顺便让他们娘儿俩见一面，我这可是好心哪。"

这时候，车前子见大个子终于倒下，他这才从车底下爬了出来。这次没等他敲窗户，孔大龙先打开了车门，上上下下地打量了小道士一阵，说道："老儿子你没事吧，可吓死我了，你爸爸也是好心，想着这么好的机会，磨炼磨炼你小子。"

"老登儿，你的事情晚点说。"车前子绕过了孔大龙，直接进了车里，气鼓鼓地对吴仁荻说道，"老吴，你是觉得儿子太多了，死一两个都没事是吧？等着啊，现在我就死一个给你看看，老登儿你别拦着我！"

说着，车前子拿起了放在车里的外套，将里面的匕首取了出来，架在了自己的脖子上。

孔大龙见状急忙扑了过去，死死攥住了小道士的胳膊，对吴仁荻说道："外甥姑爷，看在我的份上，和你儿子说句软话。这可是你唯一的儿子，你们父子俩说什么都不丢人。"

吴仁荻似笑非笑地看着车前子，说道："说到做到。"

车前子一咬牙，在自己脖子上划了一刀，鲜血止不住地流了出来。孔大龙见状大惊失色，急忙打掉了车前子手里的匕首，按住了他的伤口，说道："老儿子，你这是犯的什么傻？你疯了啊，以前在屯子里就这样，干不过人家就往自己身上招呼，这是你爸爸，不兴犯浑！呀——脖子上的伤长好了啊。"

这是车前子早前干架常用的招数，那时候他还小，打架十有九输，经常被人打得头破血流。后来一次打架的时候急眼了，抄起菜刀去了打他那人的家里，把菜刀往自己脖子上一架，说要死在人家家里，让对方吃上人命官司。

没想到这一招还真管用，直接吓住了那家的大人。家里真死了人还了得？打人命官司就得脱层皮，更别说这小子和他师父都邪性，别后半辈子再被他们纠缠上。

最后，这家的大人把他们家大小子痛打了一顿，给车前子出了气。从那以后，小道士见到了便宜，再有打架打输了的时候，就抄着菜刀去人家家里大闹一番，基本上都是这家大人把孩子打一顿。直到车前子成年之后，打架再没输过，这一招也就再没用过了。

今天车前子也是急眼了，索性犯起了浑，只是他忘了自己长生不老白头发的身份，加上对自己确实下不去死手，轻轻地划了一刀，没想到还没等孔大龙劝完，他脖子上的伤，连同骨折的胳膊都好了。

就在这时候，民调局二室老莫带着几个调查员到了。他们原本是去市局送材料的，刚好路过天坛，孙胖子临时把他们调了过来，协助车前子。

见来了外人，车前子这才收起了匕首，装作什么事情都没有发生一样，指着倒地昏迷的大个子，说道："就是他了，你们吴主任说他是妖怪，你们带回去让孙胖子尝尝鲜。"

老莫看了大个子的相貌之后，先是掏出手机给他拍了照，将照片发到局里之后，这才微笑着对车前子说道："车局，看看你这一身血，刚才一定是大阵仗吧？还把吴主任惊动了。”

客气了一句之后，老莫又对吴仁荻说道：“吴主任，好久没碰上妖物作乱了。按理说不应该是妖山出事了吧？妖王百无求那可是自己人。不能地府的事情刚完，妖山又出事了吧？”

老莫说了一大堆，吴仁荻却没有回答的意思。就在场面有点尴尬的时候，老莫的手机响了起来，刚接通电话，他的脸色就变了：“确定吗？那你等一下，这样的事情我们二室解决不了。”

说到这里的时候，老莫不敢继续接听电话了，他看了身边的三个人一眼，随后将电话递给了车前子，说道：“车局，还是你听吧，我的身份不大够。”

听个电话，还讲究什么身份？车前子皱着眉头接过了电话，随后听到了五室副主任萧易峰的声音：“孙局长刚刚收到的消息，妖山上下来了十五只妖物，莫主任你发过来的照片就是其中之一。为预防这些妖物作乱，你和车局、吴主任一起回来——莫主任，你在听吗？”

车前子被吓了一跳，说道：“十五只和刚才一模一样的妖怪？老萧你是不是弄错了？一个就够受了，再来十四个这样的？地府刚刚闹完，再来这么一下，咱们民调局可扛不住。要不和胖子商量一下，咱们散伙得了。这一摊交出去，谁喜欢就拿去。”

电话那边传来萧易峰的苦笑声，他叹了口气之后说道：“谁也不想发生这种情况——孙局刚才还在骂街，百年难遇的事情，不到一个月就碰上两次了。现在他也在到处找人，不过不怎么顺利。”

萧易峰说话的时候，电话那边隐约又传来了孙胖子骂街的声音：“老黄你这就过分了，哥们儿我刚刚把俩公司转给你，你就翻脸不认人？不就是再借借老和尚吗？你又不是他儿子，戏过了啊！废话，百无求管用的话，我还借什么老和尚？哥们儿也不瞒你了，一百六十六只妖物下山了。原因、目标都不确定。一百六十多只妖物，你想象一下会出多少人命吧！不是我说，这些人命里面，一半得算到你黄然身上。”

让车前子听了一阵之后，萧易峰说道："车局，别的事情先不管。麻烦你和吴主任将妖物带回民调局，路上一定要小心，孙局刚才接到的线报，那边的妖物不是单独进首都的，他一定还有同伙，请务必安全地将妖物带回来。"

挂了萧易峰的电话，车前子眨巴眨巴眼睛，随后换了一副面孔，走到吴仁荻身边，一边脱下自己的血衣，一边对吴仁荻说道："看在老登儿的份上，这次就这么算了啊。好歹咱俩也算是亲戚，知道你是好心，下不为例啊！老莫你的人都过来，把这个大个子运到你们车上，回局里吧。"

吴仁荻也没有多说什么，他看了车前子一眼，又扭头看着老莫带着手下的调查员，将昏迷不醒的大个子运到了一辆商务车里。就等着开车的时候，突然从对面开过来一辆大卡车，直接向商务车撞了过去。

幸好这时候，老莫等人刚刚将大个子装进了车里，老莫下车和他手下的调查员交代注意事宜，这样才侥幸躲过了一劫。商务车就没有这么好运气了，整辆车被撞成了废铁，里面的大个子八成活不成了。

将商务车撞扁之后，大卡车调转个方向，又向车前子他们乘坐的汽车撞了过来。吴仁荻有些无奈地看了车里的人一眼，慢悠悠伸出一根手指头，向大卡车的车头轻点了一下。

只听一声闷响，急速飞驰而来的大卡车，就好像突然撞到了一堵无形的墙壁一样，车头撞得粉碎。驾驶室里面的两个人直接摔了出来，落地的时候，其中一人就势一滚，卸去惯性飞快地站了起来。这人双臂奇长，站着的情况下，手指都能摸到脚踝了。双臂张开，两只手臂下面竟然长着好像蝙蝠一样的翼膜。此时，他顾不上已经受伤，双脚一蹬地，同时扇动双臂，直接飞到了半空中。在空中辨明了方向，转身向出口飞去。

这样的"蝙蝠人"从天坛飞出去，被老百姓看到那还了得？老莫他们身上又没带枪，只能眼睁睁看着"蝙蝠人"越飞越远。当下急忙对吴仁荻说道："不能让他出去！出去就麻烦了！"

老莫的话还没说完，就见原本已经飞到停车场的"蝙蝠人"突然从空中摔落下来，重重地摔到了地上。接着，“蝙蝠人”好像被一根无形的绳索牵引着，一点一点地被拖回到了老莫几个人身前。这时，吴仁荻好像什么事情都没发生一样，依旧一脸谁也瞧不上的眼神，冷冷地瞧着被拖过来的“蝙蝠人”。

这时候，老莫才注意到动手的是车前子。车前子两只手前后拖动，随着他的动作，将“蝙蝠人”拖了过来。刚才大卡车出现的时候，吴仁荻便放开了对他的禁制，允许小道士随意借用他的种子力量了。

借了自己父亲种子力量的车前子好像变了个人一样，将种子的力量变化成细丝一样，牢牢黏在了“蝙蝠人”身上，随后将他拖回到众人身边。

“蝙蝠人”不是没有想过逃脱，只不过被那股细丝黏上之后，他全身的力气都消失得无影无踪，连挣扎的力气都没有，更别说撕开那道看不见的细丝逃走了。

这时候，在老莫的吩咐下，几个调查员去检查了那辆被撞扁了的商务车。一根钢条刺穿了大个子的胸膛，眼见是活不成了。

“还真是杀人灭口来的，车里的妖物造成了贯穿伤，十有八九是活不成了。”老莫凑到吴仁荻耳边，低声将大个子的情况汇报给了吴仁荻。

吴仁荻没有理会老莫的汇报，他的目光停留在从卡车里摔下来的第二个人身上。他被摔下卡车之后，趁这几个人的注意力都在“蝙蝠人”身上，掉头便向身后跑去。不知道为什么，原本他已经跑到了出口，却又跑了回来。

跑到距离吴仁荻七八米远的时候，这人突然反应了过来。瞧见前方的吴仁荻，突然大叫了一声：“妈呀！”随后再次转身向身后跑去。和前一次一样，这人跑出去不远又重新折返回来。车前子拉回“蝙蝠人”的这段时间，他竟然来回跑了七八趟。

最后还是吴仁荻玩腻了，指着身前说道：“自己说。”

虽然只有三个字，但对这个来回跑了七八趟的人来说，却充满了魔力。这人跑到吴仁荻手指的位置，“扑通”一声跪在了地上，随后有些呆愣地说道：“我是跑长途的，五天前有人花钱包下了我的车。一万块的包车费，往山海关拉东西。早上刚刚回来的，还没休息，雇我的老板就让来天坛这里——刚才那一脚油门不是我踩的！”

这时候，老莫开口问道：“不老实啊，你这卡车能进四环？”

这人好像没听到老莫的话一样，最后还是吴仁荻开了口：“回答。”

“我之前给天坛这边运过维修的木料，有出入证。”男人目光呆滞地看了吴仁荻一眼，随后说道，“我也看出来他们几个人不对劲，不过一天一万块钱，谁不干谁是傻子。”

“要钱不要命！”老莫冷笑了一声，让调查员去搜司机的身。搜出来两万块钱现金，还有几块不知道什么动物的骨头。老莫认不出来骨头的来历，只能赔着笑脸去看吴仁荻，希望吴仁荻能给点提示。

吴仁荻懒得说话，一旁的孔大龙替他解释道：“这是妖兽虎贲的上颚骨，早年间修士圈用来避妖兽的。传说这玩意儿带在身上，在深山老林里不会被妖兽侵扰。看来他送货的地方不是一般的地方，莫主任，赶紧给孙胖子打电话汇报吧。估计他又得头疼了。”

老莫给孙胖子打电话的时候，车前子将“蝙蝠人”拖了过来。虽然没有挣扎的能力，不过“蝙蝠人”还是冲面前这几个人龇牙咧嘴的，做出一副凶狠的样子。

车前子的脾气自然不会惯着他，正好他刚刚对吴仁荻的一肚子气没地方撒。这可是老天爷送来的出气筒，当下，小道士一脚踹在了“蝙蝠人”的嘴上，直接踢掉他上下六七颗獠牙。踢得“蝙蝠人”满嘴鲜血，疼得他哇哇大叫。

“龇什么牙？吓到我了知道吗？”说话的时候，车前子又一脚踹在“蝙蝠人”的裤裆上。疼得他弓起了身子，就像大虾米一样蜷缩起来。

“蝙蝠人”不比大个子那样硬气，挨了几下之后便说起了软话：“有、有话好、好、好说，我、我也是场面、面、面上的……我是妖，比你、你们人高、高级，你、你们得、得给我们妖一个面子……”

见“蝙蝠人”说话都不利索了，车前子回头对吴仁荻和孔大龙说道：

“这是被我踢傻了？我也没朝他脑袋上踢啊，他说谁比谁高级？”

“朋、朋友，该、该说不说……你、你得相信科学啊，从、从进化论上说，我、我们妖族就是比、比、比你们人族高级。这可、可不是我、我说的，不——不信你去问、问达尔文……”“蝙蝠人”磕磕巴巴说完这几句话之后，缓了口气，继续说道，“朋友，只、只要你、你们识时务，等、等到我、我、我们妖族打下了天——天下，你们可、可——可以给我们做奴才……”他的话还没说完，车前子又一脚踹在他脑袋上，直接将这个妖物踹晕。

冲晕倒的“蝙蝠人”脸上啐了一口，车前子恨恨地说道：“你是妖！跟我讲什么科学？真讲科学就他妈没你了！”

这时候，那个被钢条贯穿身体的黄脸大个子在车里呻吟了起来——受了这么重的伤，他竟然还没死，挺过来了。

民调局里，接到了老莫电话的孙胖子愁容满面。挂了电话之后，他拨打了老郑的电话，还没等他说话，电话那头的人先开口说道：“大圣，天坛那边怎么回事？你在里面搞什么？先是封园然后又冒出来了空中飞人？已经被门口的游客看到了，现在还有人在大门口直播……你让哥哥我省点心不行吗？”

孙胖子苦笑一声，回答道：“老郑你先坐稳了，不是我说，有什么降血压的药都先吃上，一会儿再吓出个好歹来……你得帮我找十几个人，也不算人，十几只妖物。一会儿哥们儿我把照片给你发过去，什么相貌比对、卫星定位之类的，咱们别客气了，能用的都用上吧！”

“妖物！还十几只——孙胖子你先等等，我把药跟上。”电话那边响起了吃药喝水的声音，随后老郑的话音重新响起，“妖山不是一直在你们民调局掌控当中吗？出人命了？姓孙的你不解释清楚，上面追究起来，咱们俩同归于尽——你们民调局还有完没完？这个年就没消停过，现在还没出正月，又闹起来了！”

第十九章　第三人选

挂了老郑的电话，孙胖子愁眉苦脸地对几位主任说道："我还说地府的事情完了，能带着老婆、孩子出去玩玩的。现在好了，玩个屁吧！"

看孙胖子愁眉不展的样子，坐在他对面的西门链说道："也不像想象的那么糟糕，起码知道了这十五只妖物都是谁，照片也都传过来了。现在吴主任那边抓住了两个，还剩下十三个。对付起来，总要比地府的千军万马容易些。"

这几个主任当中，西门链的资历最浅。听到他没有意识到事情的严重性，郝文明主任开口说道："地府是地府，妖山是妖山……大官人，严格说起来地府和我们人世同宗同源，是一个体系的两种存在方式。人嘛，不是活的就是死的。可是妖不同……"

郝文明说到一半的时候，他哥哥郝正义接着他的话说了下去："地府和我们人一样，做事情都是带有目的性的，好比这次地府针对我们民调局，除了我们民调局的人，完全没有伤及无辜。可是妖不一样，他们在办事的时候，会制造出一些混乱，比方说吃人……你仔细想想，如果这样的事情多了起来，造成的社会恐慌不是三两年就能平息下去的。不控制住的话，那就是灾难了。”

郝正义说话的时候，其他几位主任正在翻看桌子上的一摞照片。照片上尽是一些妖气外泄的男男女女，其中就包括追着车前子到处跑的黄脸大个子，还有那个长着蝠翼的“蝙蝠人”。

五室副主任萧易峰看着这一摞照片，说道：“现在能有这些照片，多亏孙局提前做好了准备，派人深入妖山，把整个妖山的妖物都留了底。”

“不管怎么样，先把这些妖物都挖出来。”孙胖子点上了一根香烟，抽了一口之后，对面前的几位主任说道，“把这些照片都发下去，局里的调查员全部撒出去……全力以赴将照片上的妖物都抓起来，你们分成几个小组，每个小组里面都要配上一个六室的人——记住了，你们只用负责找人，拼命的事情让六室的人去做。”

说完最后一句话，孙胖子掐灭了香烟，站起来对几位主任说道：“我就一个要求，不能死人，局里局外都不能死人。”

一个多小时后，吴仁荻等人回到了民调局。两只妖物也被运了回来，出人意料的是，被钢条贯穿身体的大个子妖物竟然挺到了现在。被人从车里抬出来的时候，他还有力气破口大骂：“操你们祖宗，赶紧把爷爷放了——你瞅啥！信不信爷爷把你眼珠子抠出来？”

孙胖子亲自赶到门口迎接吴仁荻，听到大个子叫骂声之后，笑嘻嘻地对吴仁荻说道：“老盟爹，听这动静，还以为是百无求那个爸爸到了。不过仔细听又不像，他骂街不带脏字，这个大个子气质这一块就不行！”

吴仁荻淡淡地看了孙胖子一眼，说道：“妖山已经不在你掌控之中了吗？”

“也不能那么说，起码现在妖山的一举一动我还是知道的，要不也不能第一时间就知道这些妖物下山的消息了。”孙胖子嘿嘿一笑，又马上收敛了笑容，继续说道，“不过我真有点担心百无求，也不知道他去哪儿了？这些日子一直都在找他，但就是找不到人。”

“他没事，或许等你们都不找他的时候，百无求自己就出来了。”说完，吴仁荻不再理会孙胖子，直接进了民调局大门。

看着吴仁荻的背影，孙胖子说道："吴主任，那十几只妖物的事情还得麻烦您……这几天您受受累，就在民调局待着。"

也不知道吴仁荻听没听见，他径直进了电梯。看到电梯是上行，孙胖子这才松了口气，随后笑嘻嘻地对车前子说道："兄弟，哥哥我都听说了。你浴血奋战抓住了两只小妖，这个得给你记上一功。不是我说，咱们民调局里，能和妖物单挑的，也就你们这几个人了。我把你二哥也叫回来了，你们再受受累，务必要将剩下的十三只妖全部抓获。"

"大圣，局里这些人都怎么了？看起来都人心惶惶的，年前地府闹事的时候，也没见他们这样。"车前子说话的时候，看到出门的调查员都穿上了防弹衣。每辆车里也加了冲锋枪、霰弹枪之类的重型武器。他忍不住继续说道，"不至于吧？这是要去打仗吗？就说妖怪确实有点能耐，也不至于这样吧？"

"这个一会儿和你说。"孙胖子笑嘻嘻地拉着车前子，向民调局里面走去，边走边说，"那啥，那个金色的小贝壳还有吗？让咱爸爸再给你充点，说不定什么时候就用上了。"

地府冲击民调局的时候，车前子用光的储金都给了吴仁荻。他的意思是让吴仁荻再给他充点力量，没想到储金交出去之后，吴仁荻直接将小贝壳收了起来，到现在也没有把补充好种子力量的储金还给车前子的意思。

车前子苦笑一声，正要说话的时候，身边孔大龙的手机响了。老家伙看了一眼来电显示，接电话之前有意无意地看了小道士一眼，这才走到一边接通了电话。片刻之后，老家伙打完电话，回到了车前子身边，笑呵呵地说道："老儿子，和你商量个事。晚上胜男要请我们吃个饭。"

听到车前子母亲的名字，孙胖子脸上的表情变得怪异了起来。他转身叫过来一个调查员，说道："那个谁，帮哥们儿我个忙，去六室找一下杨枭。对，你这么和他说，让他跟二室的人一个小组……"

说话的时候，孙胖子拉着这个调查员走到了一旁，看样子是向他交代什么事情，刻意拉开了和车前子的距离。

小道士也没有理会孙胖子，听到自己的母亲要请吃饭，他脸上先是流露出欣喜的表情，不过随即又暗淡了下去。车前子摇了摇头，说道：“她老公和孩子也一起吧？那就算了，你们一家四口团聚吧。既然老吴和她都忘了，那就别想起来了。老吴有个我，她也有自己的老公和孩子，挺好——孙德胜你别装死！你派人调查了什么，我都知道，赶紧过来说清楚！”

民调局里面，两只妖物已经被送到了五室。在杨军的警戒下，萧易峰给两只妖物搜了身。在大个子身上找到了一串钥匙，一部已经损坏的电话，还有一些现金，以及一株干枯了的野草。

“蝙蝠人”应该做好了准备，身上什么有价值的东西都没有，不过他的上衣口袋里，也有一株和大个子一模一样的枯草。

萧易峰也认不出来野草的来历，他拿着野草走到了“蝙蝠人”身边，问道：“这个是什么？能说吗？”

“能、能啊！”“蝙蝠人”的口吃很严重，一边说话一边翻着白眼，继续说道，“我、我们妖山出、出的……是避妖——气的，带着它，妖气不会泄漏……”

没等萧易峰说话，杨军凑了过来，将两株枯草都放在了“蝙蝠人”脑袋上，随后一巴掌打在这个妖物脸上，说道：“妖气还是泄漏了，你还敢骗我们？”

“过、过分了啊！”“蝙蝠人”的脸颊立刻肿了起来，他哭丧着脸继续对杨军说道，“下、下山的时候，我、我、我四哥给的，他、他说这玩意儿可、可以避妖气……谁、谁知道避不了，你、你怪我……”

杨军不再理会这个“蝙蝠人”，他转身走到大个子身边。指着“蝙蝠人”对他说道：“刚才他要杀你灭口，你还要替他们继续隐瞒吗？你比他聪明，谁对你好，你才对他好，对吧？”

大个子冲“蝙蝠人”啐了一口浓痰，正好吐到他脑门上。这两只妖物都被铁链绑着，“蝙蝠人”无法甩掉这口浓痰，恶心得他哇哇大叫。

“鐾蜚，我日你奶奶！”大个子完全不顾身上插着的钢条，不管不顾地继续对“蝙蝠人”叫骂道，“你们欺负爷爷我老实，让我去监视吴勉和他儿子，结果爷爷我被发现了，你们就想杀我灭口——兆石怎么和我说的？找到了百无求，算我的头功，头功就是插在我胸口的这玩意儿吗？你过来，我一口咬死你！”

“鐾蜚、兆石！”杨军微微一笑，拨通了孙胖子的电话。电话接通之后，大杨对电话那头的孙胖子说道，“臂下长着翼膜的妖物叫作鐾蜚，他们的头目叫作兆石……我继续审，你先查这两个名字——不着急用刑具，按照诏狱的程序。口言、威吓之后才动刑具。不过你要先想办法把大个子身上的钢条取出来。”

幸亏杨军打来电话，孙胖子这才摆脱车前子的纠缠。他对气势汹汹过来的小道士说道：“兄弟、兄弟！大杨的电话，问出来一点事情了，你得陪哥哥我上去看看。要不一会儿那俩妖物发起疯来，再伤到哥哥我。爷们儿，一起吧！”

听孙胖子叫上了自己，孔大龙笑呵呵地说道：“还是算了吧，晚上我有个饭局，现在得去准备一下了。老儿子，真不跟着我一起去蹭饭吗？听说是正经的法式大餐。”

“算了吧，去了看见他们一家三口我没话说，总稀里哗啦地掉眼泪也不好。”车前子摇了摇头，继续对孔大龙说道，“别像在屯子里，每次喝酒都是不醉不归。别人出酒，老登儿你出命！”

“我现在想喝死也难，还有俩月才到日子。”孔大龙嘿嘿一笑，转头对孙胖子说道，“小胖子，你给安排辆车，送我去一趟使馆区。”

孔大龙赶到餐厅的时候，何胜男一家还没到。他直接被侍应生带到了订好的座位上，就在他翻看菜单的时候，餐厅里面走进来一个身穿皮草、戴着墨镜的年轻人。这人直接走到了小老头对面坐下，突兀地笑了一声，说道：

“我的下任阎君，还有闲情逸致来吃大餐？听说民调局里面又鸡飞狗跳了？”

听到这人的声音，孔大龙的眉头便皱了起来。他放下了菜单，冲面前披着神经病皮囊的阎君苦笑了一声，说道：“我以为这个时候了，你应该开始准备投胎转世的事宜了，怎么还有闲心关心他们民调局的事情？”

“因为我有精神病——哈哈哈！”阎君放肆地大笑了一阵之后，冲一脸无奈的孔大龙敲了敲桌子，继续说道，“放心，我是精神病不是武疯子，不会突然翻脸打人的——你来早了，约你吃饭的一家三口刚刚出门，照外面的路况，还得半个小时才能到。半个小时，我们能聊点正经的事情。”

说到这里，阎君收敛了他病态的笑容，对孔大龙说道：“三十那天，孙德胜请了三路人马对抗地府。结果只有归不归和上善大师两路到了，百无求一直没有出现，妖山现在也乱成一团了……他去哪儿了？是不是孙德胜暗地里又在谋划什么对付咱们地府的办法？”

孔大龙叹了口气，随后他反问阎君：“那我也多嘴问点事情。陛下，要是说曹正是你第一顺位继承人，我是第二顺位继承人的话，那应该还有第三顺位继承人吧？毕竟冲击民调局的时候，我和曹正同归于尽的概率不小，你总要有个应对。”

阎君听到孔大龙的话，突然一拍桌子，大声吼道：“谁问谁啊！我说我不是武疯子你就信吗？都疯子了还分什么文武！哈哈哈哈，你先回答我的问题，回答对了我再说……哈哈哈哈。”

看着疯疯癫癫的阎君，孔大龙没有犹豫，将三十早上百无求没有出现，以及天坛刚刚发生的事情跟这个精神病阎君说了一遍。

听到妖山上下来了十五只妖物，而且是针对吴仁荻父子和民调局的，阎君脸上病态的笑容越来越盛。他放肆地笑了一阵之后，突然拉住了孔大龙的手，说道：“你马上就是地府之主了，这么好的机会，你就让它白白溜走吗？趁妖山和民调局两败俱伤的时候，你一举把他们都拿下！”

孔大龙没有接阎君的话，小老头只是轻描淡写地微微一笑，收回了自己的手，说道：“陛下，该说的我说了，现在是不是该你说了？排在我后面的继承人是谁？”

阎君冲孔大龙笑了一声，说道：“南棠——是不是没想到？哈哈哈，他是我最无奈的选择，我和你说实话，如果你和曹正真同归于尽的话，那我就只能打破这么多年以来地府阎君更替的传统了，让南棠来做阎君，我暂缓去轮回，会以摄政的身份继续留在地府，一直等到真正可以接替南棠的人选出现。到那时候，我会带着南棠一起去轮回，把地府交给比他更合适的人选。”

听了阎君的话，孔大龙叹了口气，说道：“那南棠会干吗？”

“由不得他。”阎君无所谓地摇了摇头，随后说道，“为了地府的利益，我连自己都豁出去了，也不在乎多一个南棠了。他做了那么久的右判，原本是最合适继任阎君大位的人，可惜他的能力到头了——南棠做不了阎君！”

阎君刚刚说完，餐厅大门打开，一个戴着墨镜的男人走了进来。他快步走到阎君身边，低声说道：“主人，何胜男一家三口的车已经进停车场了，再有五分钟就到了。”

“今天怎么这么快！”阎君无奈地笑了一下，随后对孔大龙说道，“对了，这个何胜男就是吴勉的女人，车前子的妈吧？我真想看看她是个什么样的女人，能给吴勉生出来那么一个不懂礼貌的儿子。”

“他的礼貌是我这个老头子教的。”听到阎君捎带上了车前子，孔大龙不干了，他对精神病阎君继续说道，“陛下，或许有朝一日，我会把阎君的大位传给这个孩子。”

第二十章　妖妖平等

“那就太好了！”阎君一边拍着巴掌，一边站起来向后厨的方向走去，边走边说，“下下任阎君是吴勉的儿子，那人世、地府和妖山不都蹚平了吗？我都不想去投胎了，真想厚着脸皮等着亲眼见证那一天。”

阎君进了后厨不久，餐厅大门打开，何胜男一家三口从外面走了进来。瞧见了坐在座位上的孔大龙之后，女人抱着孩子笑吟吟地走了过来，说道：“出门的时候，我还说一定是我们早到。没想到早到了半个小时，还是比您晚了一步。”

“我老人家也是没事闲的，你约我的时候，我就在附近转悠。”小老头笑嘻嘻地接过了小女孩，随后对男人说道，“小陶，坐着说话——你说你们都回国了，这一顿应该我来请的，怎么还让你们掏钱了。下次不许这样了，你们回国创业本来底子就薄，不能这么瞎花钱。”

“这怎么能叫瞎花钱，这么多年舅舅你一年十万二十万欧元地撑着我，我回国请你吃顿饭都要算计吗？”何胜男说话的时候，又轻轻地拍打了几下自己的脑袋，随后苦笑着说道，“我这头疼的毛病好一阵子没犯了，没想到上午看到那一对白头发父子之后，旧病又复发了。”

说话的时候，何胜男打开了手提包，在里面翻找治疗头疼的药物。

孔大龙看到之后，笑嘻嘻地走到自己外甥女身后，左右两只手轻轻挤压了几下何胜男的太阳穴。这几下之后，何胜男脸上露出了不可思议的表情，说道："真管用诶！不疼了、不疼了。舅舅你还有这手艺啊！以后我再头疼的时候，就去找你按摩。"

"这都不叫事。"孔大龙呵呵一笑，对何胜男继续说道，"这里是法餐，你们俩会吃，你们来点菜吧。我大外甥女想吃什么，我就跟着吃什么。"

头疼好了之后，何胜男脸上的笑容更加开朗。她拿过菜单，一边看一边和自己的丈夫商量着哪道菜好吃。孔大龙笑吟吟地看着这一家三口，好像在看自己的女儿、女婿和外孙女一样。

叫来侍应生点好了菜，何胜男开始讲述她这些年在国外的经历，说到高兴的时候，孔大龙跟着哈哈大笑，说到悲伤的地方，小老头也跟着抹起了眼泪。

说了一阵之后，侍应生过来上菜。按照正宗法餐的上菜顺序，一道一道的菜肴上来，孔大龙他们吃完一道之后，再上下一道。

一顿饭吃了两个多小时，等上最后一道甜品的时候，何胜男带着女儿去了卫生间。这娘儿俩刚一离开，孔大龙的外甥姑爷陶方好像变了个人似的。他松了松领带，将酒杯里的葡萄酒一饮而尽，随后从西装口袋里摸出一沓票据递给了小老头，说道："这是去年下半年的开销单据，一共六十五万欧。"陶方冲孔大龙笑了一下，继续说道，"我看中了巴黎的一栋房子，和房产经纪都谈好了，八十五万欧，零头什么的给你抹了，你直接给我一百五十万欧就行。"

孔大龙看也不看这些账单，直接接过来，塞进了自己的口袋，端起咖啡喝了一口。不知道是咖啡的苦涩，还是被面前的男人恶心到了，小老头皱了皱眉头，对陶方说道："你最近花钱越来越大手大脚了，早晚会被胜男知道的，这样不好。"

陶方冷笑了一声，说道："不是我一个人花的，你外甥女也有一份。如果不打算给钱那就算了，大不了我再回去洗盘子去。”

“也没说不给啊，看看你还着急了！”小老头呵呵一笑，随后说道，“一百五十万欧元，换算成人民币也是一千多万，你得给我点时间。一个月吧，差不多就转过去了。”

“一个月啊？”陶方皱了皱眉头，随后说道，“那你抓点紧，那套房子留不住。很多华人都在盯着呢，不行，你还是多给十万吧，我担心房东临时加价。你知道的，好房子有时候需要增加一点成本。好男人和好房子一样，都是需要成本的。如果不是你花钱，我怎么可能……”

没等陶方说完，孔大龙看了他一眼，说道：“收拾一下，你的老婆孩子马上就出来了。”

陶方这才重新坐好，就在他整理领带的时候，何胜男抱着女儿从洗手间出来了。陶方急忙过去接过了孩子，又将旁边的座位拉开，照顾自己的老婆坐下来。

如果没听到男人刚才的话，单看他现在的样子，怎么看都是标准的模范丈夫。

孔大龙呵呵一笑，对自己的外甥女说道：“看看你男人多有眼力见儿，我要是有他一半，也不至于现在还一个人，早就还俗娶妻生子了。”

何胜男也跟着笑了一下，说道：“是啊，我看男人的眼光还是不错的。不过舅舅你现在还俗也可以，找个后老伴也享受一下天伦之乐。”

孔大龙笑着摆了摆手，说道：“算了，我这把老骨头可折腾不起了。一个人挺好，早晚跪拜三清也习惯了。”

几人又闲聊了几句，陶方喝咖啡的时候，不小心把咖啡洒到了裤子上，有些尴尬地去洗手间收拾去了。陶方刚刚离开，何胜男犹豫了一下，还是对小老头说道：“舅舅，上午见到的那一对白头发父子——我、我是不是见过他们？”

“应该没有吧，你出国的时候，那个小的还是刚刚出生的婴儿。”说到这里，孔大龙看了一眼自己的外甥女，继续说道，“那个当爹的是个闷葫芦，也不经常露面，你怎么那么想？”

“我也不知道，上午见了他们之后，我就一直头疼。越头疼越想再见见他们，我也不知道自己是怎么了。”女人苦涩地笑了一下，看了一眼正在闷头吃冰淇淋的女儿，继续说道，“这一两年，我开始做一个古怪的梦。我抱着个婴儿去追一个男人，可是怎么都追不到他。最后我怀里的婴儿也丢了，梦里哭得稀里哗啦的，醒来的时候，枕巾都湿了一大片。”

“你和自己较什么劲？”孔大龙呵呵一笑，继续说道，“你舅舅我也是，六岁的时候就做梦娶媳妇，结果呢？做了一辈子老道！你啥事没有，就是在国外憋的。回来后到处走走转转，散散心就好了。”

“但愿吧。”何胜男笑了一下，摸了摸自己女儿的头，随后说道，“这么多年，一直在想我为什么出国的，可是怎么都想不起来了。还惹了头疼的毛病，或许这次回来，我能想起点什么。对了，舅舅，我这边有个小玩意儿，你帮我转交给你徒弟吧。说起来我和他也应该论点什么，这个就当我这个做姐姐的送他的见面礼。”

说话的时候，何胜男从包里面拿出一个戴着小丑面具的玩偶。面具下面是一张表情悲伤小男孩的面孔，女人说道：“当时看到这个的时候，我不知道为什么就买下来了。不知道为什么，上午见到你徒弟之后，我就把它想起来了。”

何胜男提到的车前子，这时候正在孙胖子的新办公室里。孙胖子之前的办公室被地府的鬼物彻底毁了，孙胖子暂时借用了杨书记的办公室。

孙胖子面前摆着一张首都地图，他一边接电话，一边在地图上查找信息，说道：“×× 大厦呢？之前拍到过有疑似妖物出现。哦，确认不是照片上的妖物是吧，不是我说，一定要认真仔细确认！”

孙胖子的电话还没打完，桌子上的座机又响了起来。车前子替他直接开了免提。孙胖子扯着嗓子喊道：“有屁就放，赶紧的，都挺忙的。”

电话里面传来了老郑的声音：“等这事儿完了，我再找你算账！孙大圣你的情报准确吗？我这边的相貌比对做完了，除了被抓进你们民调局的那两只妖物以外，其他连根妖怪毛都找不到！现在我已经把搜索范围扩大到首都地界以外了，不过你搞没搞清楚，这十几只妖物到底冲谁来的？”

说到这里的时候，老郑顿了一下，随后压低了声音继续说道：“如果是冲着吴仁荻来的，咱们就想个办法，让你们家吴主任把妖物引走。总之首都不能乱……”

听到老郑提到了吴仁荻，孙大圣急忙去抢电话，却被车前子一把推开，小道士对电话说道：“查清楚了，是冲着一个姓郑的来的。老郑，咱们别客气了。辛苦你一趟吧，为了首都的安定繁荣，你先光荣了吧！”

听到了车前子的声音，老郑干笑了一声，说道：“是车前子兄弟吧？我和孙胖子也拜过把子，说起来咱们也算联盟的把兄弟了！过几天谭家菜，哥哥我请客。那什么，领导叫我了，咱们回头聊啊。”

说完，也不等车前子说话，老郑赶紧挂了电话。孙胖子嘿嘿一笑，凑到车前子身边，说道：“别和老郑一般见识，他那个位置也只能这么想事情。别说吴主任了，就是哥哥我也被他利用好多次了。咱们站在他的角度去想，也只能那么干了。”

孙胖子刚说到这里，他的手机又响了起来，来电显示是二室调查员李英杰打来的。看到这个电话号码，孙胖子微微皱了皱眉头，自言自语道：“李英杰——这小子从来没给我打过电话，这个当口来电话，肯定没什么好事。”

说着，孙胖子还是免提接通了电话，笑呵呵地说道：“老李你真是稀客啊，不是打算找哥们儿借钱吧。”

电话那头传来了一个女人的声音：“不是来借钱的，是问孙局长你借两个妖物的。我有两个手下被你们抓起来了，我想把他们要回去，还请你行个方便。”

听到这两句话，孙胖子一边示意办公室里其他的调查员追踪手机信号，一边笑嘻嘻地说道：“鎏鲎他们俩是吧？没问题啊！我早就想送他们回去了。不过他们喝醉了，正在我们民调局休息呢。不是我说，你们百无求妖王平时是不是管着不让你们喝酒？这家伙，哥们儿我就是客气两句，没想到他们见了酒就不要命了，一个劲地往死里喝啊。”

“孙局长你当我是三岁的小孩子吗？”电话那边的女人冷笑了一声，随后说道，“那好，麻烦孙局长开开视频，也让我见识一下他们醉成什么样子了。”

女人的话音刚落，手机里便传来要求连接视频的信息。孙胖子扫了办公室里几个人一眼，最后冲车前子做了个手势。小道士见了，点了点头，飞快地冲出了办公室。

孙胖子这才接通了视频，不过手机屏幕上出现的是鼻青脸肿的李英杰，他身边站着一个头戴面具的女人。李英杰已经被人控制住了，他冲孙胖子苦笑了一声，说道：“孙局，麻烦您让他们看看那两只妖物。”

“老李啊，冲你的面子，也得让人家看看。”孙胖子嘿嘿一笑，继续说道，“那哥们儿我就带你们去看看。不是我说，老李你帮我问他们一下，他们那俩同伴多长时间没喝过酒了？咱们民调局现在就剩下料酒了——你这一身的伤怎么回事？这不行啊，这妖物也得遵守日内瓦公约，不能虐待俘虏啊！”

听孙胖子说起来没完没了，旁边戴面具的女人开口说道：“孙德胜，你是想拖延时间吗？五分钟之内，如果见不到我们的同伴，我就杀了这个人。然后再去大街上抓你们的人来杀，我倒要看看是谁先熬不住。”

“这不就去了吗？怎么叫拖延时间。五分钟不够啊，七分钟，他们两位都在楼上醒酒呢。我们民调局好歹也叫大楼，电梯还在维修，我三百来斤的体重还得爬楼梯！哪有那么快？”孙胖子一边说着，一边举着手机离开了办公室。

一路磨蹭着，终于卡在第五分钟头上，孙胖子举着手机进了五室办公室。就见原本绑起来的两只妖物从头到脚都赤红赤红的，他们相拥躺在地上，地上到处都是喝光了的酒瓶子。在他们身旁，吐了一大堆的呕吐物。

瞧见这两只妖物好像真喝醉了，戴着面具的女人愣了一下，随后对孙胖子说道：“我怎么知道他们不是被你打晕了？这样的话，我随便躺在地上，你也可以说我喝醉了。”

女人的话还没说完，“蝙蝠人”迷迷糊糊地爬了起来。瞧见了孙胖子手机里面的女人，痴傻地笑了一下，说道：“南、南星，你怎、怎么这个倒、倒霉样子……一起喝、喝一点吧……呕——哇……”

他话还没说完，突然一张嘴，“哇！”的一声，将肚子里的东西都吐到了地上黄脸大个子的脑袋上。随后他一翻白眼，醉倒在了大个子身上，搂着大个子呼呼大睡了起来。

见到女人闭了嘴，孙胖子嘿嘿一笑，说道：“大妹子你也看到了，他们俩醉得连站都站不起来了……要不先容他们醒醒酒？你先把老李送回来，然后给哥们儿一个地址，我再把他们送过去？”

女人沉默了片刻，说道：“等我的通知吧！”说完，直接挂了电话。

见对方挂了电话，孙胖子这才松了口气，冲藏在角落里的车前子、萧易峰和杨军等人竖起了大拇指，说道：“就五分钟，你们怎么把这两位灌成这个样子的？”

杨军从背后拿出来一个大号的针筒，对孙胖子说道：“来不及灌他们喝酒了，两瓶二锅头静脉注射。要是人的话几毫升就死了！要说妖物就是妖物，他们俩一个一瓶才这样。”

杨军说话的时候，大个子翻了个身，抹了一把脸上的呕吐物，说起了梦话：“你有什么了不起的？妖王就了不起吗？妖妖生而平等，妖山革命万岁！”

第二十一章　喜怒无常

原本孙胖子和车前子都准备离开了，听到了大个子的梦话，都露出了一副不可思议的表情。

“妖妖生而平等，妖山革命万岁！”确定自己没有听错，孙胖子掏出手机，拨了一个号码出去，片刻之后电话接通。没等电话那头的人说话，孙胖子抢先说道：“吴宝根，你是不是有什么事情忘记告诉我了？妖山革命了是吧？百无求是不是他们逼走的？”

这个吴宝根是孙胖子安排在妖山的总办联络员，明面上主要负责妖山与民调局的联络以及贸易往来，实际的职责却是监督妖山的动向。这些年来，孙胖子就是通过他，将妖山牢牢掌控在手上。

根据吴宝根所说，最近一年多，妖山确实刮起了几次所谓革命的风潮。事情的起因是这样的，大概两年前，妖山突然来了一个外人，自称是误闯进妖山的。这人进了妖山之后，便住了下来。他在妖山开设了一家会馆，对妖物免费开放，经常播放一些电影、科教片什么的，还免费提供食物。妖物业余生活匮乏，又爱贪小便宜。很快，会馆就热闹了起来。这个人向妖物们介绍了外面的世界，宣扬平等自由的现代思想。特别讲到人世间早已废除王权，国家迅速现代化，民众过上了富足美满的生活。

自打清朝时期，百无求统治妖山开始，便制定了锁山的政策。因为担心妖物为祸人间，百无求严令所有妖物都不许下山，除了民调局的联络通道，也不许他们擅自与外界联络。妖物的思维比较简单，很容易一根筋。在这个外来者的刻意引导下，一小部分妖物，开始萌发了效仿人世间，废掉妖王建设现代妖山的想法。

这股风潮很快便在妖山上传播开，不过现今的妖王百无求对他的妖子妖孙们素来关爱有加。在他的治理下，妖族的数量持续增长。加上还有人世间源源不断送来的物资，妖物们的小日子过得着实不错。对于百无求，大多数妖物还是十分尊敬的。

这些妖物还没闹起来，就被其他妖物抓住捆绑了起来，送到了百无求驾前。

百无求倒是好说话，他心里根本没把这件事情当回事。将闹事的妖物臭骂了一顿，又打了他们一顿板子，事情便算是过去了。

原以为这场闹剧到此为止了，谁也没想到，前几天百无求失踪之后，妖山上谣言四起。说什么的都有，一会儿说妖王死在外面了，一会儿又说妖王被地府的阎君抓住了。最离谱的版本说百无求看中了人世间的一个小姑娘，娶了那个小姑娘做老婆，不准备再回妖山了。

这样一来，刚刚稳定下来的局面又变得暗流涌动。之前闹事的那些妖物觉得机会来了，又开始活跃起来。在他们看来，妖山的革命行动之所以受阻，归根结底都是因为百无求的缘故。这位妖王的威望实在太高，太受妖物爱戴了。只要妖王死了，那革命的种子一定能在妖山生根发芽，长成参天大树的。

百无求失踪之后，那些寻求妖山革命的妖物最紧要的事情，就是证实百无求真的死了。如果百无求还没死的话，那他们就想办法把这位妖王弄死——这就是那十五只妖物下山的目的。

因为百无求是应民调局孙德胜的请求才下的妖山，这些妖物找不到百无求，便赶到了首都，想从民调局这边打探到百无求的消息。没想到办事的妖物不行，刚盯上民调局的人便被抓了起来。

听完吴宝根的讲述，孙胖子气得头发都竖了起来。他对着电话骂道："这么重要的信息，你为什么不早说？不是我说，我让你待在妖山做总办，你就这么给我做的？光想着把妖山的好东西运出来卖钱了吧！"

电话那头，吴宝根哭丧着脸回答道："孙局，这您就冤枉我了。我也是刚刚查到的，上次他们闹事失败之后，成了妖山的公敌，就跟过街老鼠一样，不仅改换了名字，还都藏匿了起来。我也是刚刚查到这些，正打算跟您汇报呢！"

孙胖子收敛了怒气，缓了口气之后，对电话那头的吴宝根说道："现在去，去查清楚这些妖物的底细。还有，那个突然闯进妖山的人，你也给我查清楚他的来头——还不明白吗？那是妖山！一般老百姓根本进不了。再说了，见到了妖物非但不怕，还撺掇他们闹事，你说会是什么好人吗？"

吴宝根反应了过来，他立即着手去查这些事情。就在这个时候，李英杰的电话又打了过来，孙胖子看了一眼身旁的车前子，这才接通了电话，笑嘻嘻地说道："大姐，想好了吗？要把他们送到什么地方？"

电话里面响起李英杰有些颤抖的声音，说道："孙局，那位大姐让我转告您，让您派一辆汽车把他们送回妖山去。只要他们俩成功上了山，他们便会把我放了。"

这个结果有些出乎孙胖子的意料，他原本想趁送妖物的机会，找到这些妖物的落脚点，将他们一网打尽。没想到对方根本不上当，直接要求将这两只妖物送回妖山。

孙胖子嘿嘿一笑，说道："没问题，不过妖王百无求在内蒙古啊。不是我说，要不然把他们送去内蒙？送到你们妖王身边？"

"孙局，大姐说让你不用动心思了。他们就是从内蒙过来的。"李英杰的声音又响了起来，顿了一下，他继续说道，"十分钟之内，大姐说要看到运送他们的车从民调局里出来。晚一分钟就吃掉我一根手指头，晚十分钟的话就要吃我的心了。”

没想到还有点脑子！孙胖子犹豫了一下，对着电话说道：“十五分钟啊！老李，那个会飞的妖物还好，另外一个大个子费劲一些，十五分钟都未必够。你和他们说十五分钟，要不然的话——老李，哥们儿以后给你装几根假手指头吧！”

“好，就十五分钟。”电话里面终于传来了女人的声音，冷笑了一声之后，她继续说道，“十五分钟之内，见不到他们俩坐的车开出民调局，就等着给你的人收骨头吧。你们民调局的人都在大街上，我们吃个二三十个，也就饱了。”

说到这里，那边已经挂了电话。孙胖子眯缝起眼睛，一边让人将这两只妖物抬出民调局，一边又拨打了老郑的电话：“是我，咱兄弟的事情以后再说……找你帮个忙，调一颗卫星对着民调局，我要找出来从现在开始十五分钟之内，民调局周围五公里范围正在监视民调局的人。老郑，十五分钟，不是，现在只有十四分钟了。”

事情紧急，那边老郑也顾不上客气了，立即安排卫星监控民调局周围的情况。类似这样的事情大年三十那天已经干过一次了，轻车熟路的并不算太费力气。

事情安排好之后，孙胖子带着车前子回到了杨书记的办公室，站在窗边，将便于监视民调局这边情况的位置都看了一遍，一边看，一边对小道士说道：“兄弟，现在得麻烦咱爸爸了。你去和咱爸爸说一声，这边只要查到了那几只妖物，就麻烦他老人家出手——什么玩意儿？谁给你的？”

孙胖子说话的时候，车前子突然感觉口袋里面多了个什么东西。掏出来一看，竟然是早就还给了吴仁荻的储金。他一脸奇怪的表情看了看孙胖子，举着储金说道：“满的！我能感觉到里面的力量都快溢出来了。”

孙胖子立即明白出了什么事情，他嘿嘿一笑，说道：“兄弟啊，不是哥哥我说你，这就是咱爸爸想历练历练你，外面那些妖物他老人家都交给你了——到底是亲父子，除了你之外，哥哥我从没见他对谁这么上心过！”

"历练？"车前子撇了撇嘴，说道，"你不知道在他眼里，历练究竟是怎么样的。"

车前子记得清清楚楚，刚才他跟着孙胖子在民调局里上蹿下跳的时候，他两只手是揣在口袋里的，那时候两个口袋都是空的。至于储金什么时候到他口袋里来的，他一点都不知道。

在孙胖子授意下，民调局的人卡在第十五分钟头上，将两个还在酣睡的妖物抬到了楼下的面包车里。这辆面包车驶出民调局大门的同时，老郑来了电话："你们民调局大门正前方，一点五公里外的一座废弃的工厂里面——十一个人，不过都不是照片上的人。卫星照片传你手机了。"

说到这里，老郑顿了一下，随后说道："大圣，上面下命令了。这次事件一定要尽快解决，类似的事件也不能再发生。现在上面开始对你的民调局不信任了，你要做好心理准备。"

"先顾眼前吧！"孙胖子苦笑一声，继续说道，"哥们儿我有点羡慕高老大那时候的民调局了。老郑，你得给哥们儿我留一颗卫星，专门监视这十一个人——嗯？怎么这个小东西也在！"

说话的时候，孙胖子打开了老郑传过来的照片，见到了十几个男女的照片，其中一个竟然是三十晚上失踪的人参娃娃无涯。

这十几个人分散在那座废弃的工厂里，其中一个蹲在厂房楼顶，正在监视民调局这边的一举一动。剩下十个人分散在工厂里面，李英杰并不在他们当中，想来应该是关在工厂某处。一个身穿红色连衣裙的女人坐在院子里，站在她对面的正是那个已经魂飞魄散的地府原左判曹正的智囊——人参娃娃无涯。

两人好像正说着什么，可惜只有图片，无法阅读唇语。无涯对女人说着什么，女人脸上的表情很凝重，看样子小家伙说的不是什么好消息。

看到了无涯，孙胖子眨巴眨巴眼睛，将手机照片让车前子看了，随后对老郑说道："老郑，院子里和女人说话的小孩子，我要他所有在首都出入的记录。多久能给我？直接发我邮箱就行。"

“现在就能给你！”老郑说话的时候，电话里响起了敲击键盘的声音，随后他继续说道，“这些人我都用人脸识别查过，除了这个小孩子，其他十个人都好像是突然从地底下冒出来的一样，可能他们用妖法变化了相貌，只有这个小孩子大年初一的时候就出现了。”

老郑说话的时候，孙胖子已经打开了电脑，从邮箱里下载了刚刚接收的文件。上面是几十张不同地点的照片，主角都是小孩子无涯，他每次出现的时候身边都有不同的人。有和七八十岁的老头、老太太在一起的，还有和三四十岁的中年男女，甚至和他差不多大小的孩子一起的时候。

孙胖子一边看照片，一边说道：“这小东西有点心眼啊，混在其他人身边，怎么看都以为是家里人带他出来的。有这些人做掩护，难怪哥们儿我找了他半个月都没找到。”

“大圣，我让人去整理这小孩子出现的文字记录了，做好之后发给你。”老郑说到这里的时候，顿了一下，随后说道，“现在的问题是，十五只妖物，还有三只下落不明。你是要抓住这些妖物审问呢，还是留着他们顺藤摸瓜，大圣你有打算吗？需要什么协助和我说，上面发话了，尽最大的可能协助你们民调局。”

孙胖子盯着小孩子无涯的照片，沉默了片刻，说道：“老郑，还真得找你帮个忙。这样，一会儿等他们离开工厂之后，你帮哥们儿我……”

孙胖子交代老郑的时候，那座废弃的工厂里面，蹲在厂房顶上的男人跳了下来。对院子里的女人说道：“大姐，民调局把鋈蜚他们俩放出来了。只有一名司机，我们随时都可以把他们劫出来。”

女人看了一眼自己的同伴，说道：“我改主意了，让那两个废物回妖山吧。他们的本领太差，只能成为我们行动的障碍！”

听到女人改了主意，男人看了一边的小孩子一眼，随后皱着眉头说道：“那我们的人手就不够了，百无求那个封建妖王的妖法……”

“我有克制他的办法！”女人无所谓地说了一句，转头看着小孩子无涯，说道，“你的说法很有趣，不过就凭你几句话是不可能打动我们的。无涯，你要拿出来点诚意。”

小孩子无涯苦笑了一声，说道：“我的诚意还不够吗？说起来我也属于妖族，我们本来就应该共进退的。”

女人笑了笑，说道：“那是你的出身，我要你的诚意！无涯，真想打动我们的话，娶我！你我结成夫妻，那就是自己人了。”

女人本来就是高个子，相貌妖艳无比，无涯的个头只到她胸口，虽然相貌清秀，却还是小孩子模样。怎么看都不般配，旁边的男人急忙劝道：“大姐，你开什么玩笑。他那么一个小豆丁，不配……”

“兆石你知道什么？”女人冲无涯妩媚地笑了一下，随后说道，“说到不配，那也只能是我不配。半个月前，差一点颠覆民调局的幕后之人就是他了。不过我们这次不是冲民调局来的，只要封建妖王百无求的性命。无涯，你自己说，有几分把握？”

小孩子无涯沉默了片刻，伸出了两只手，说道：“十分，我知道他的下落——和弱点！”

听了无涯的话，女人放肆地大笑了起来。随后她一把将小孩子无涯抱在了怀里，在他脸上留下一个殷红的口红印，说道：“我真是爱死你了！小宝贝，你帮我解决了那个封建妖王，我愿意一辈子都守着你。”

无涯的脸红了起来，他活了上千年，因为是人参娃娃的缘故，一辈子都是个小孩子的模样。也从来没有女人这么对他过，当下，无涯心里有些躁动，他深深地吸了口气，说道：“先解决百无求，我们的事情以后再……”

没等无涯说完，女人突然一巴掌打在了他脸上。原本一张妖媚无比的脸，瞬间变得狰狞了起来。她对无涯嘶吼道：“给脸不要脸！嫌弃我配不上你吗？真以为没有你，我们就找不到那个封建妖王了？不识抬举的东西！”

女人的性格喜怒无常，骂完之后，她一只手将无涯夹在腋下，随后对身边的男人说道：“通知其他同族，我们走了——看着这个不知好歹的小崽子，他敢跑，你就把他打成人参酱！”

饶是无涯这样的心智，也看不明白这个女人到底怎么回事。早知道如此的话，打死他也不敢来招惹这个黑寡妇。

女人一声令下，工厂各处的妖物都钻了出来。随后分别上了三辆越野车，离开了这座废弃工厂。

第二十二章　碎尸万段

这些妖物乘坐越野车一路行驶，终于在午夜十二点前后，到了七环边上的一座别墅门前。

车停下之后，车上的妖物却没有下来。之前在废弃工厂瞭高的男人，打开了越野车天窗，随后猛地向上一窜，竟然足足窜起来四五米高。还在空中停留了四五秒钟，之后才慢慢落到了地上。

“连个屁都没有，放心吧！”男人说话的时候，打开了女人一侧的车门，随后说道，“一路上我都小心留意了，没有车辆跟踪！民调局那些人是人，不是神仙，他们不可能知道我们藏在工厂里。”

“小心一点总没错。”女人拽着无涯下了车，随后说道，“我们没有地府的力量，只能靠我们自己。损失一个便少一个，没有补充的，明白吗？”

没等男人说话，女人手里的小孩子无涯开了口：“我要是你们，就立即分散开。之后每半个小时联系一次，确定所有人都没有暴露，二十四小时之后再重新集合。”

“亲爱的，我们的时间很紧迫。”女人叹了口气，将无涯抱在了怀里，一边向别墅里面走去，一边说道，“如果这时候封建妖王回到了妖山，那我们就走投无路了。只能像丧家之犬一样，留在人世间东躲西藏。”

女人走到别墅门口的时候，别墅里面已经有人提前打开了大门。里面一片灯火通明，三个大汉在门口迎接，其中一个满脸大胡子的男人开口说道：“大姐，我们给你准备了好吃的——妖山上祖祖辈辈都说人肉好吃，可是咱们谁也没吃过。”

“你把这房子的主人杀了？”女人抽动了一下鼻孔，随后一把掐住了大胡子的脖子，骂道，“你没长耳朵吗？还是听不懂我说的话？早就告诉过你们，不能杀人！不能杀人！不能杀人！”

每说一次不能杀人，女人便抽大胡子一个嘴巴，她动了真气，抽第二个嘴巴的时候，便把大胡子打吐了血。大胡子挨了打，很不服气。躲开了女人扇过去的第四个嘴巴，他大声吼道：“不就是吃个人吗？有什么大不了的！我们是妖！妖不就是吃人的吗？”

见大胡子还敢嘴硬，女人更加愤怒，飞起一脚将他踹倒。没等大胡子爬起来，女人一脚踩在他脸上，说道：“房主失踪了，他的亲戚朋友报案怎么办？找他办事的人找上门来怎么办？没有房主挡在前面，我们随时都有可能暴露！”

大胡子还嘴硬，说道：“那就再找一家！谁敢来找我们妖的麻烦？我吃了他！”

这时候，女人抱着的人参娃娃无涯开口了：“我要是你们的话就赶紧离开这里。顺便烧掉这座房子，查清楚房主的死因需要几天时间。趁这个时间，赶紧去解决百无求。”

“凭什么走？我不走！”门口另外一个男人也开了口，“这里多舒服，我们才刚刚住了两天——大姐，你干吗听他的？咱们先吃饭吧，解决封建妖王也不差这一顿饭的工夫。大姐，你不用担心太多了，就他们人类，能把我们怎么样？你也尝尝人肉，好吃极了！”

女人气得直打哆嗦，这时候，小孩子无涯又给她添了把火，“我还以为他们都和你一样，是为了推翻妖王的封建统治，为了心中的理想才革命的。

没想到啊，却是为了吃口人肉而已！啧啧啧，一群乌合之众！”

女人原本是个极聪明的妖，不过现在她也犯了大多数妖物都容易犯的毛病，怒气上来之后，便不管不顾了。原本仅剩的那点理智也荡然无存了，举起无涯用力地向地上摔了下去。小孩子无涯从她手上离开的时候，女人也反应了过来——坏了！

果然，和女人想象的一样，人参娃娃接触到地面之后，身子一沉便消失在了众妖面前。片刻之后，他的声音从地下传了出来：“临走之前，给你们一句忠告。赶紧离开这里，你们分散躲到深山老林之中，两个月之内不要露面。”

说完这句话，无涯便消失得无影无踪。

女人一咬牙，对身边的同伴说道：“走！不能留在这里了，赶紧走！听无涯的，先离开这里再说。”

没想到她的话刚说出来，立即有六七只妖物不干了。他们纷纷摇头，说道：“我们在妖山上差点丢了性命，这一路上又净吃苦头了。好不容易舒服几天，又要回去吃苦？我们不回去！”

“不就是吃了个人吗？外面人那么多，多一个少一个谁能知道？大姐，咱们就再待两天，两天之后，咱们换一家！”

“大姐，你的胆子怎么这么小？一个人参娃娃，一个小屁孩毛都没长全，他知道个屁！咱们在这里舒服几天，能等到封建妖王咱们就等，等不到咱们就回妖山——谁也不知道咱们出来干什么了，以后还老老实实地过日子。”

女人沉默了片刻，随后，慢慢转头看向周围其他的同伴，说道：“你们也和他们一个想法吗？实话实说。”

之前在工厂瞭高的男人点了点头，说道：“大姐，我们是妖，在妖山上散漫惯了。下山以后，你这不让我们干，那不让我们干，确实有点太严格了。咱们纲领上不是说了吗？妖妖生而平等，妖妖生而自由……”

听到平时拿自己当亲姐姐看待的妖这时候也不向着自己了，女人心里彻底绝望。她叹了口气，说道：“随你们吧。”说完，女人不再理会这些妖物，转身离开了这里。

几只妖物本想去把女人拉回来，这时却闻到一股难以抗拒的香气。回头看到同伴开始大吃了起来，他们犹豫了一下，还是放弃了去追女人，转身冲进了自己同伴堆里。

这些妖物大吃特吃的时候，门铃突然响了。众妖齐刷刷地放下了手里的肉，扭头看向门口方向。大胡子眨巴眨巴眼睛，忍不住说道："是大姐你回来了吗？是不是你？大姐！"

门口传来了女人的声音："不是我，还能是谁？赶紧开门！"

听到是女人的声音，这些妖物松了口气，继续埋头大吃的同时，让大胡子过去开门。没想到的是，大门打开之后，门口竟然站着三个白头发的年轻人。中间看起来最沉稳的白发男人手一挥，一柄细长的钢刀便刺穿了大胡子的心脏。

另外一个娃娃脸的白发男人抽动了几下鼻子，随后皱着眉头说道："人肉！"

听到这些妖物在吃人肉，年纪最小的白发男人干呕了一声，说道："老杨你怎么知道他们在吃人，你以前是不是也吃过？一会儿说清楚啊——里面吃人的孙子们，爷爷们来弄死你们了！"

说话的时候，三个人进了别墅，娃娃脸男人随手关上了别墅大门。

十五分钟之后，别墅大门再次打开，车前子从里面冲了出来，蹲在大门口哇哇大吐了起来。片刻之后，浑身是血的杨军走了出来，递给了小道士一瓶水，说道："十二只妖死了十个，留下两个问口供，可以通知孙德胜过来收尾了。"

"收尾？应该叫清理碎尸现场吧——呕！"车前子看了杨军一眼，看到他满身的血污，又开始呕吐起来。只是该吐的之前都吐干净了，干呕了几声之后，小道士才说道，"大杨，你和老杨都疯了吗？这几只妖怪弄死就得了，没必要一定要将他们大卸八块吧？你看那一堆堆的，得拿铁锨把它们铲出去！"

“这是吴仁荻当初定下的规矩。”杨军坐到了车前子身边，继续说道，“当年孙德胜和百无求签下了盟约，你爸爸在上面添了一条，但凡有妖物下山吃人，便要碎尸万段——这就是吃人的下场。”

杨军说到这里的时候，回头向别墅里面看了一眼，随后冲里面喊了一声：“杨枭，可以了！你再这么折腾下去的话，就得用塑料袋把它们装出来了。”

“我就是见不得吃人的！”杨枭也从里面走了出来，坐在了他们俩中间。随后慢悠悠地说道，“当年我创立鬼道教的时候，曾经有教众不知道从哪里学来的邪术，通过吃小孩来增进术法，被我抓到之后，直接剁碎了喂狗！”

说到这里，杨枭掏出来香烟，点上抽了一口，继续说道：“修炼邪术我不管，不过吃人就过分了！尤其是那种为了长生不老，连自己的亲外甥都不放过！你们说该不该死？”

车前子听说过杨枭因为长生不老丹药，被他亲娘舅追杀了两千年的事情。难怪他这么恨吃人的妖物。

车前子不打算和二杨废话了，他掏出手机给孙胖子打了过去。电话接通之后，说道：“胖子，你带人过来吧。跑了俩……女的和人参跑了，剩下十二个让二杨弄死十个，留了两个活口给你问口供。对了，派人过来收尾的时候，要有点思想准备。胆子小、晕血的就别过来了。”

没过多久，民调局的车队便到了别墅门口。孙胖子笑嘻嘻地带着人过来，对二杨和车前子说道：“辛苦了。不是我说，李英杰也被解救出来了。他们妖物的脑回路就是和咱们不一样，就把老李绑在工厂里。你们哥仨这口气可不能松了，老郑那边只要一传来那娘们儿的消息，你们就赶紧动手。”

“胖子，那个人参娃娃呢？就放着他在外面瞎游荡？”车前子看了孙胖子一眼，继续说道，“就那个小玩意儿最不是东西，之前的地府，现在的妖山都和他有关。要是我说，这件事要先往他身上招呼。”

“跑不了他，都在你哥哥我手心里攥着呢。哥哥我进去看看现场，估计一会儿老郑的电话就到了，别再让他问住了。”孙胖子笑了一下，背着手跟在调查员后面进了别墅。不到三十秒，孙胖子捂着嘴巴从里面跑了出来，直接冲到门口哇哇大吐了起来。

留下来的两个活口，分别是之前在工厂负责瞭高的妖物，以及那个大胡子妖物。他们俩的情况也没好多少，全身上下的骨头断了七成。杨枭打坏了大胡子妖物一侧的肺，他只要一呼吸，便不停地咳血。

还有领头的妖物没抓住，孙胖子来不及将这两只妖物带回民调局审问了。他让人把别墅二楼收拾了出来，就在这里审问两只妖物。

两只妖物刚刚亲眼瞧见了十名同伴都被那三个白头发男人剁成了碎块。就算他们是妖物，也从没见识过这样刺激的场面。他们现在还没从恐惧中走出来，满脸惊恐地看着坐在他们面前的孙胖子，以及孙胖子身后的三个白头发男人。

“听说你们吃人了，吃的是这里的房主？”孙胖子眼睛盯着两只妖物，这时候他脸上已经没有了笑模样。冷冷地将受害者的照片扔在了两只妖物面前，随后说道，“那没办法了，救不了你们了。那个谁，把他们两个拉下去剁了。其他妖物多少块，这两个加一倍！”

大胡子妖物吓得直哆嗦，他的同伴急忙申辩道：“没有，我没有吃人！是他们吃的，我劝他们了，但他们不听我的。我知道吃人不好，我们妖王和你们民调局有盟约的，我们私下妖山，是我们不对，但就是死也应该死在妖山上。你们不能杀我，我是妖王百无求的臣民。”

“现在不叫封建妖王了？”孙胖子冷笑一声，对大胡子说道，“他没吃人，那就是你吃的。不怕你嘴硬，那个谁，把他肚子剖开，看看里面有没有人肉！”

“咳咳咳……我也……咳咳，没吃……咳咳。”大胡子妖物虽然只剩下半条命了，却也知道怕死。见到了二杨残忍的手段之后，他这个妖物都自愧不如。原本大胡子妖物还有点傲气的，要不然也不敢顶撞他们大姐，把女人给气跑了。不过他现在完全被吓破了胆，说什么也不敢承认自己也吃人了。

孙胖子没有松口，杨枭提着一根大钉子走到大胡子妖物身边，说道：

“我没有刀剑法器，就这么一根钉子。你是妖，连死都不怕，应该也不怕疼。我用钉子尖一点一点划开你的肚皮，看看里面到底有没有人肉。”

说话的时候，杨枭已经将钉子尖插进了大胡子妖物的胸口。他轻轻往下一划，大胡子妖物叫了一声，之后便没了动静。老杨皱了皱眉头，伸手探了探大胡子妖物的鼻息，才发现他竟然被活活吓死了。妖物被人吓死，古往今来，也算是奇闻了。

杨枭抬头看了孙胖子一眼，说道：“大圣，这个死了。可能是我下手重了一点，你先等我一下，吴主任吩咐过的，吃人的妖物得碎尸万段，我把他切吧切吧。你们谁借我把菜刀？钉子不合适干这个活。”

在废弃工厂负责瞭高的妖物亲眼瞧见杨枭将他几位同伴大卸八块，现在看到杨枭又要动手，这时也吓破了胆。颤抖着朝孙胖子喊道：“你问我吧！不管问什么我都说——我们一共十五个妖，带头的是女妖万千姬，我叫兆石。我们都很向往你们人世的新制度，打算刺杀妖王百无求，建设全新妖山。我们是第一路，还有十一个妖是第二路……”

“你说还有另外一路？”孙胖子的眼睛瞪了起来，自己安排在妖山的内线就是个废物，竟然不知道还有一伙妖物也下山了！

“是，那一路带队的是大妖万千山，他是万千姬的哥哥。”见孙胖子急了，兆石急忙解释道，“还有一个人参娃娃叫无涯的，他和万千兄妹俩勾着……”

第二十三章　大妖万千山

突然得知还有第二路下山的妖物，孙胖子的计划被打乱了。兆石被杨枭吓破了胆，他想活命，索性将知道的事情都说了出来。

大妖万千山和万千姬原本是妖王百无求捡来的孤儿，见他们俩可怜，就将他们收养在身边。百无求亲自教授了万千山妖法，才让他在两三百年之间，成了近代妖山的第一位大妖。后来，万千山还被百无求封为了代王，百无求不在妖山的时候，由万千山代替妖王管理妖山。

万千姬也非常了得，她的心智在以简单粗犷闻名的妖山来说，算得上是首屈一指的了。虽然她是百无求养大的，但她对妖王，可不是养女对养父的想法。长大之后，她便有了嫁给百无求，成为妖后的心思。

但百无求一直拿她当女儿看待，万千姬明里暗里表达了多次，百无求一直无动于衷。这两年被万千姬逼得紧了，百无求索性把她赶出了王宫。还放出话来，什么时候万千姬嫁出去了，什么时候才能回到王宫。

求爱不成，反被百无求放逐，万千姬彻底黑化了，对百无求恨之入骨。恰好这时候，“误闯”妖山的外来人，到处宣扬现代社会制度的优越性。在这个外来者的引导下，不少妖物心里都发生了变化。

万千姬对外来人宣扬的现代社会理念并不感兴趣，不过这个外来人也是反对妖王百无求的，那她就要支持。万千姬把身边相熟的妖物都拉去听外来人演讲，接受外来人的洗脑。这里面，就包括她的哥哥万千山。

万千山与妹妹万千姬不一样，肚子里没那么多的弯弯绕，属于典型的妖山之妖。万千山心眼直，想事办事都容易一根筋。更要命的是，万千山还是一个理想主义者。

外来人显然知道万千山兄妹俩的身份，见万千姬表面上热情，实际对他宣扬的理念并不感兴趣，于是就把劝说重点都放在了万千山身上。在外来人的悉心引导下，万千山发自内心地认可了外来人宣扬的理念，成了外来人的忠实拥趸。

受外来人蛊惑的妖物里面，出发点真是为妖山未来着想，真心想为妖族谋福祉的，也就万千山一个了。至于其他妖物，都各怀心思，嘴里喊着推翻妖王，建立妖山新秩序。其实都是跟着瞎起哄而已。

几百年来，妖山的妖族深受妖王百无求的恩惠，对百无求十分爱戴。以万千山为首，他们开始四处串联，试图发动政变逼宫，要求百无求下台。然而整个妖族，自上而下，支持他们的寥寥无几。同时还因为串联活动，他们的谋划也暴露了。百无求还未出手，他们便在支持百无求的妖物的叫骂声中失败了。百无求没将他们的闹剧当回事，他们这些妖物才保住了性命。

这次谋划失败之后，万千山仍然没有放弃心中的理想。他们聚到一起分析失败的原因。外来人趁机煽风点火，又拿人世间的政权更替来举例，既然要革命，哪有不流血的？之前的谋划之所以失败，就是因为手段太温和了——千万年来，一直都是妖王统治妖山，妖物们的封建思想根深蒂固。短期内，想将他们的思想转变过来，几乎没有可能。想要彻底改变他们的思想，自下而上的方法是行不通的。必须自上而下，用强制的方法让他们先接受，时间长了，他们才能慢慢习惯并接受，只有这条路才走得通。

这样一来，之前温和的、自下而上的方式就行不通了。必须通过暴力的手段，将百无求这个妖王杀死，由万千山或者万千姬取而代之，自上而下地推行变革。

不过妖王百无求的妖法无边，想要杀死他又谈何容易？万千山他们这些妖物加到一起，也不是百无求的对手。

就在这个时候，百无求突然接到了民调局的求援信息，应孙胖子的请求，去民调局帮忙对抗地府大军。结果不知道为什么，百无求离开妖山之后突然失去了踪迹。一时间，妖山谣言四起。这时，人参娃娃无涯上了妖山，和万千山、万千姬兄妹俩密谋了一天之后，他们兵分两路下了妖山。

因为妖山上百无求的拥趸众多，为了迷惑对手，万千姬率领十四妖大摇大摆下了妖山。下山之后，便易容进了首都。而万千山则带着另一批妖物，避开众妖，秘密潜出了妖山。

听了兆石的话，孙胖子说道："按照你说的，你们这一队是负责吸引我们注意力的，万千山那一队才是真正动手的。是这个意思吗？"

"是，也不是。"兆石缓了口气，继续说道，"为了防止被你们民调局的人发现，我们两路人马互不联系，即便出事了也不相互驰援。谁发现了百无求都可以动手——那个人参娃娃好像知道了百无求的下落，据他所说，妖王就在首都。"

"百无求在首都！"孙胖子皱了皱眉头，正打算继续问话的时候，他的手机响了起来。看了一眼来电显示，孙胖子免提接通了电话，说道，"老郑，哥们儿我正审问呢。没什么大事的话，等我审完再说。"

"你还审个屁！我们已经监测到那个女人和另外一伙人会合了。"说到这里，电话里的老郑喘了口粗气，随后说道，"都什么时候了，你小子还敢瞒着我？怎么还有第二波妖物？你老实交代，是不是还有第三波，第四第五波？"

"你查到他们的下落了？"孙胖子反而松了口气，随后说道，"不是我说，哥们儿我这不是才知道吗？两路妖物下山了，带头的分别叫作万千山和万千姬，是兄妹俩。"

"我不管他们是兄妹还是父子，你小子赶紧动手啊！"老郑是真急了，他继续说道，“地址和照片我给你，让你们六室的人去，一锅端了。”

说完，老郑直接挂了电话。又过了片刻，孙胖子的手机传来了万千姬去见的另一路妖物的照片。

孙胖子看了一眼，亲自走到兆石身边，说道：“这里面谁是你说的万千山，指出来。”

兆石丝毫不敢怠慢，看着孙胖子亲自将照片倒了一遍。随后茫然地摇了摇头，说道：“万千山不在里面，我仔细看过了，确实没有他。”

“万千山不在里面？”孙胖子眯缝起了眼睛，迟疑了半刻，掏出手机再次给老郑打了过去。

这次等了很久，电话才被一个女人接通：“孙局长，很抱歉领导去汇报工作了。他临走之前特意吩咐，让你们民调局尽快解决事件。有什么事情可以先告诉我，领导出来之后我会如实转达的。”

“也没什么大事，老郑出来之后让他给我回个电话吧。”孙胖子说完便挂了电话。随后他转头看着车前子，说道：“和咱爸爸说一声，百无求就在首都。有妖物要对他不利，咱爸爸和他是两千年的朋友了，应该知道他在什么地方。”

“那我回去和他说一下。”车前子说话的时候，又看了兆石一眼，说道，“我就不明白了，那个叫万千山的妖怪都是代王了，怎么还想造反？”

“他是真心为妖山未来着想，真正想实现众妖平等的妖。”说到万千山的时候，兆石脸上出现了愧疚的神情。叹了口气之后，他继续说道：“他妹妹万千姬是恨妖王陛下，想报复妖王不肯娶她。其他的妖都是想趁乱占便宜、跟着瞎起哄的。用你们人的话说，万千山超脱了，他是一个圣妖。”

与此同时，民调局地下三层，吴仁荻面前坐着一个触天触地的高大魁梧男人。他看了吴仁荻一眼，说道：“小白脸子你是谁啊，干吗把老子抓过来？信不信老子带领——带领什么来着？小白脸你帮老子想想，老子到底是谁？”

吴仁荻看了高大男人一眼，给他倒了杯茶水，只说了两个字："喝了。"

高大男人也不在意茶水里有没有毒，端起茶杯一饮而尽。随后咂巴咂巴嘴，咧嘴笑了一下，说道："这个有点意思哎，老子是不是以前常喝？再来一杯，赶紧的，你怎么娘们儿唧唧的，一点都不利索。"

吴仁荻看着面前的男人，轻轻地叹了口气，说道："百无求，你这是怎么了？"

高大男人一瞪眼，说道："百无求，老子叫百无求？这他妈谁给老子起的名字，还无求？"

"你什么都不记得了吗？"吴仁荻看了高大男人一眼，随后指了指自己，说道，"我，还记得我吗？"

高大男人歪着脑袋看着面前的白发男人，看了半晌，说道："你这么一说吧，咱们哥俩是好像在哪儿见过。不止你，好像还有两个人——想起来了！还有大师兄和沙师弟嘛！我们哥仨保着你去西天取经来着。"

"我不想这样的。"吴仁荻看了高大男人一眼，指着他身后说道，"看看谁来了？"

高大男人转头的时候，吴仁荻突然起身，抬手就是一个嘴巴。挨了这个嘴巴之后，高大男人连哼都没哼，直接晕倒在了地上。

也不知道过了多久，看到高大男人醒过来，吴仁荻对他说道："现在呢？想起我是谁了吗？"

高大男人眼睛直勾勾地盯着吴仁荻，突然，两行清泪流了下来。他扑过去抱住了白发男人的双脚，哭喊道："爸爸！你是我爸爸！"

听到高大男人管自己叫爸爸，吴仁荻一口气差点没噎住。这个嘴巴怎么把他打傻了？上次还管用啊。

吴仁荻接受不了这么大的儿子，趁高大男人痛哭流涕的时候，在他后脖颈上点了一下。高大男人立即倒在了地上，随后便呼呼大睡了起来。

看着鼾声震天的高大男人，吴仁荻轻轻地叹了口气，他直接坐在了高大男人身上，自言自语地说道："你记错了，我们四个不是去西天取经……对了，当时还真有一个孙猴子。”

吴仁荻就坐在高大男人身上回忆过往，过了好一阵子，突然听到远处有人走了过来。吴仁荻的思绪被打断，他转头向正走过来的人说道：“你回来干什么？在外面挨打了，找我给你报仇？”

来人正是被孙胖子打发回来的车前子，不过这个时候的车前子，完全看不到吴仁荻屁股底下的高大男人。在小道士眼里，吴仁荻端端正正地坐在一张太师椅上。

“只要老爷子你把电给我充足了，你儿子我敢反倒天庭！”车前子笑了一下，走到了吴仁荻面前，见唯一的一把太师椅被自己父亲坐了，他无所谓地盘腿坐在了地上，说道，“我来替胖子传个话，他说妖山下来了两波妖物要对付那个叫百无求的。胖子说你知道百无求在什么地方——老爷子，你透个底，那个叫百无求的妖王在什么地方？”

“不知道。”吴仁荻只说了三个字，看了一眼车前子，继续说道，“我又不是百无求的爸爸，为什么要知道他去哪儿了？”

车前子毕竟是他儿子，小道士古怪地冲吴仁荻笑了一下，说道：“真的不知道？老爷子，就咱们爷儿俩，你就告诉我。我发誓不出去乱说。”

吴仁荻拍了一下高大男人的大屁股（在车前子眼里他拍的是椅子腿），斩钉截铁地说道：“你是我儿子，我会骗你吗？”

“应该不会吧。”车前子打了个哈哈，站起来掸了掸身上的尘土，随后说道，“那我去和胖子说吧，让他别打你的主意了，赶紧自己想办法——老爷子，过几天等消停了，咱们爷儿俩出去吃一顿。你儿子兜里还有点钱，也对你尽尽孝。”

“你把自己的屁股擦干净，别麻烦我去帮你擦就算是尽孝了。”吴仁荻看了自己儿子一眼，最后说道，“打不过的时候就跑，没什么丢人的。你是我儿子，偶尔给你擦擦屁股也没什么。”

“正反话都让你说了，行了，我得回去看着胖子了。我们家辣子不在，我不放心他。”说完，车前子转身准备离开。走了十几步，他好像突然想到了什么，又扭回头对吴仁荻说道，“对了，还有件事。我妈那边又有家了，老爷子你要是不想一个人，往前走一步也没关系。反正你老当益壮，再给我添几个弟弟妹妹什么的我也不反对。”

吴仁荻翻了翻白眼，说道：“滚你的吧！”

车前子哈哈大笑了一阵，扭回头离开了这里。他慢悠悠地到了一楼，正准备出门的时候，突然看到好久不见的熊万毅出现在了门口。见到了车前子，他急忙冲小道士招了招手，说道：“哥们儿，我来替黄老板传个话。他在品翠名苑小区里见到妖物了，孙胖子、大官人他们的电话都没人接。没办法，只能让我跑过来告诉你们了。”

说到这里，熊万毅压低了声音说道：“怎么着？听说大年三十晚上，民调局差点毁了！没事吧？”

“没事，局里的人都好着呢——老熊，你说他们电话没人接？不能吧？”说到这里的时候，车前子突然反应过来什么。当下掏出自己的手机，给孙胖子打了过去。

没想到的是，电话倒是通了，但一直等到了忙音也没人接。车前子又给二杨分别打了电话，一样没人接听。这样的情况肯定出事了，这时车前子也紧张了起来。

这时候顾不上许多了，车前子仗着身上有充满了种子力量的储金，没回地下三层找吴仁荻帮忙。和熊万毅说了一声，让熊万毅先回去，他自己直接乘坐副局长专车去了别墅那边。别墅一公里之外已经被警察封锁了，小道士向执勤的警察打听里面有没有什么异常的事情发生，执勤的警察认识刚刚出来的车前子，表示没有发生异常的事情。

不一会儿，车前子的专车到了别墅门口，只见民调局的车队还停在这里，只是按规矩在车上留守的调查员都消失不见了。

别墅大门大开着，站在大门口还能看到里面地板上的血迹。车前子警觉了起来，他吩咐司机开车回到外面封锁线的地方。自己抽出短剑，小心翼翼地向别墅里面走去。

车前子刚刚踏进别墅大门的一瞬间，别墅大厅的墙壁上突然出现了一道光影。是桌子上的投影仪投射出来的画面，画面当中就是这个别墅大厅的样子。一个身穿黑衣的短发男人站在大厅当中，脚下横七竖八地躺着十几名民调局调查员。

黑衣男人一头毛茸茸的短发，嘴巴上留着两撇小胡子。他“盯着”车前子，说道：“不用担心，你们的人都没死。我也不会难为他们的——我不难为他们，不过不敢保证我的手下也不难为他们。吴勉，你知道的，妖族克制吃人的冲动是很难的。我不知道他们能控制到什么时候，你要想办法在我控制不住他们之前，把我们的妖王送回来。”

说到这里，男人向前一步，看样子是要关闭摄像装置。不过这时候又想到了什么，他停顿了一下，补充道：“忘了自我介绍了，我就是万千山，你应该知道我的。”

说完，墙上的投影画面消失。只剩下一个目瞪口呆的车前子——他回民调局这段时间，万千山杀过来了。竟然单人匹马掳走了民调局所有人，这些人里面可是包括了杨枭和杨军的。

第二十四章　挟持人质

看着空空如也的大厅，车前子深深地吸了口气。随后掏出自己的手机，想给吴仁荻打过去。这时候才想起来自己的父亲根本没有电话，自己手机里面除了孙胖子和沈辣之外，也没存其他人的电话。这时候，小道士开始后悔，为什么不多存几个人的电话呢。

无奈之下，车前子只能将桌子上的投影仪取了下来，准备拿回去给吴仁荻看看。现在这件事情闹大了，整个民调局里面，除了吴仁荻之外，没人处理得了。

车前子收拾好投影仪，正准备给司机打电话的时候，别墅门口突然多了个人。这人也是一头白发，见到了小道士，皱着眉头问道："老三，你这是怎么了？慌慌张张的！大圣呢？不是说你们在一起吗？"

车前子吓了一跳，回头看到沈辣站在大门口，他好像看到了救星一样，这时候也来不及客气了，直接将这里发生的事情，和沈辣说了一遍。

听到孙胖子和二杨一起失踪了，沈辣也惊诧无比。他原本也是个聪明人，不过这些年来，动脑子的事情都交给了孙胖子。现在遇到这么棘手的事情，比车前子也强不了多少。当下，反而让小道士拿主意："老三，你说我们现在该怎么办？”

“谁知道怎么办谁他妈是茄子！”车前子的话还没说完，大厅角落里突然响起一阵手机铃声。二人急忙过去寻找，最后在柜子底下，找到了一部手机。两人都认得手机的主人，正是他们的大哥孙胖子。

来电显示是杨枭的电话，车前子眨巴眨巴眼睛，当着沈辣的面，开了免提接通电话：“老杨，你哪去了？出大……”

车前子的话还没说完，电话里面传出来的声音却不是杨枭的：“不好意思，我想你应该是认错人了！你是车前子对吧？这么说的话，你应该看到我留下的那段影像了。自我介绍一下，我是万千山。”

听到这个名字，车前子闭上了嘴巴。电话里的人继续说道：“那一段影像我没有说清楚，你们找到妖王之后，打这个电话。为了表示诚意，只要证实妖王是真的，我立即放了杨枭和杨军。”

“这就叫诚意？”车前子有些不屑地说了一嘴，“起码再加个人，加上我们家胖子孙德胜。只要我找到了你们妖王，你把他们仨放了——你是大妖，要大气一点。再说了，还有二三十个人质呢，也不差这三两个……”

车前子还没说完，对方已经挂了电话。小道士原本还想用这部手机给那个老郑打个电话的。没想到孙胖子的开机密码竟然设置了十六位的字母加数字，这个连沈辣都不知道，更别说车前子了。

“就这副样子还有脸叫大妖？”车前子无奈地看了沈辣一眼，继续说道，“辣子，没办法了，跟我一起回民调局吧。这件事得麻烦你们吴主任了，胖子也这么说的，现在能找到妖王的，也只有他了。”

“不能光靠吴主任，你知道你爸爸的脾气。”沈辣说话的时候，看了车前子一眼，随后说道，“咱们兵分两路，老三你回去请吴主任。我去找老黄，请上善老佛爷出马。现在这事情闹得太大了，我们最好来个双保险。”

沈辣的话也有道理，上善老佛爷的实力，可是连自己父亲都忌惮几分的。当下，车前子点头说道：“那行吧，你去请老和尚出马，有什么事情咱们再及时联络吧。辣子，你千万小心，你再出事的话，那我也不用去找你们吴主任了。我直接去找那个万千山自首得了。”

当下，两个人兵分两路，分别去请吴仁荻和上善老佛爷。看着车前子上了民调局的汽车之后，沈辣也上了另一辆汽车，向黄然住所的方向驶了过去。

不过刚刚开了一公里左右，沈辣便更换了线路。驾驶着汽车拐了个弯，向另外一个方向开去。

沈辣的汽车直接开到了七环附近，最后停在一个小旅馆的车库里面。下车之后，沈辣走旅馆的内部通道，乘坐电梯到了三楼最大的一个房间里。打开房门之后，便见到孙胖子、二杨以及民调局其他的调查员昏迷着躺在地上。

看到这些人都在，“沈辣”松了口气。随后他的头发慢慢变成了黑色，脸型、身高、相貌都发生了巨大的变化。最后变成了车前子在影像里看到的万千山。

这时候，里面的房门打开，万千姬从里面走了进来。将一部手机递给了自己的哥哥，说道：“你用这个联络车前子，这是沈辣的电话号码，那个人参弄到的。”

万千山接过了手机，他坐在窗台上，看着外面的行人，嘴里对万千姬说道：“我不管你要嫁给谁，不过现在不行。现在是最紧要的关头，我不想看到任何意外。明白吗？”

万千姬看上去有点惧怕自己的哥哥，她低着头摆弄着自己的衣角，低声说道：“我和无涯好的话，就可以绑住他给你做事。”

万千山摇了摇头，转头对万千姬说道：“不需要！你不要难为他，也不要难为自己。”

说到这里，万千山手里的手机突然响了。看到是车前子的号码，他朝万千姬做了个噤声的动作。随后接通了电话，嘴里发出了沈辣的声音：“老三，吴主任怎么说？”

手机里传出了车前子的声音：“说个屁！我们家老爷子也失踪了，刚才我回来的时候他还在，就这么一会儿的工夫就消失了。我现在正在查监控，看看老吴去哪了！你那边怎么样？找到老和尚了吗？”

“黄然不在，好像在飞机上，我打他电话打不通。”万千山装出一副焦急的样子，一边说话，一边对自己的妹妹做了个打电话的手势。

万千姬心领神会，去了里面的套间。关上房门之后，用杨枭的电话给车前子打了过去。

片刻之后，小道士接通了电话。万千姬发出她哥哥万千山的声音，说道：“忘记给你时限了，今晚十二点之前，如果不把妖王送到我面前的话，零点一过，每过一小时我就杀一个人。你放心，孙德胜我会留到最后一个的——我第一个杀杨枭。”

车前子有些焦躁地说道：“你别太过分啊，再说了，谁知道百无求在什么地方。我们家老吴抓到他也得花时间吧？老吴他是人，不是神！你们不能把他当神仙用。也别今晚十二点了，给我一个礼拜……”

没等小道士说完，万千姬已经挂了电话。随后回到了自己哥哥身边，听到车前子正在向他抱怨：“辣子，刚才那个万千山来电话了，他给了一天的时间。晚上十二点之前一定要找到百无求——万千山说话娘们儿唧唧的，估计有点心理变态。”

万千山脸上没有一丝多余的表情，等车前子那边说完，他才继续以沈辣的声音说道：“就一天时间，老三你有把握吗？”

“有没有把握，都只有一天的时间。”电话里的车前子显得有点焦躁，顿了一下，继续说道，“不说了，我得回去找你们吴主任了。这老爷子也不知道躲哪去了，这一天天的……”话还没有说完，小道士已经挂了电话。

万千山收起了电话，对自己的妹妹说道：“那个人找到了吗？”

万千姬说道：“已经带来了，刚刚你去办事的时候，炉案去办的。你放心，没有惊动其他人。那个人就安置在楼下的房间里。”

万千山微微有些意外，看了自己的妹妹一眼，说道：“看起来，就算没有我，你们也可以把事情办好。带我去见见他吧。”

万千姬虽然对自己哥哥言听计从，不过还是有些顾虑，她一边带着万千山下楼，一边说道："我们手里已经有这么多人了，还需要他吗？"

万千山说道："他不算什么，他背后的女人才是吴勉父子的七寸。毕竟那个女人是车前子的妈，无涯是个有本事的，他连这个都探查清楚了。"

说话的时候，兄妹俩已经到了楼下。出了电梯，往左第二个房间门口，站着一个彪形大汉，见到万千山兄妹来了，立即替他们推开了房门，里面传出一阵嬉闹的声音。

万千山兄妹直接走了进去，见到两个赤条条的人正在床上折腾着。见有人进来，女人也不害羞，随手推开了男人，用床上的被单裹在身上，笑嘻嘻地离开了房间。

床上的男人正是车前子的"后爹"陶方，见是两张生面孔，他立即明白了什么，对万千山说道："朋友，我知道你们想干什么。只要不打我，多少钱你们说！这样，兄弟我给你个电话号码，你们去找一个姓孔的老头儿。十万二十万只管找他要，不过别说我找女人的事，就说兄弟我打碎了你们一件瓷器。"

"陶先生你误会了，我们不是你想象的那样。那个词叫什么来着？对，仙人跳。"万千山坐在床边，冲陶方微微一笑，继续说道，"这里没有人问你要钱，相反我们还会给你一笔钱。不好意思，我对你们的钱没什么概念，你自己说个数字，我不还价。"

陶方愣了一下，一时间，他有点闹不明白万千山是什么意思。他眨了眨眼睛，说道："老哥，你别开玩笑了。我管你要一个亿，你能给我？"

"一亿对吧？"万千山微微一笑，掏出另外一部手机，拨了一个号码过去，说道，"我需要一个亿！嗯，需要银行账户信息，不是我，是我一个朋友。"

说到这里，万千山对目瞪口呆的陶方说道："需要你的银行账户信息，麻烦你说一下。他说最好是国外银行账户，这样转账容易一些。"

陶方这才明白过来，面前这个小胡子不是在戏耍自己。他缓了口气，说道："有什么事情直说吧，看看什么事情，我才能算出来多少钱。老哥，你要我的命的话，那多少钱也不能卖啊！"

"我怎么会要你的命呢？我要你帮忙的事情，和尊夫人有点关系。"万千山挂了电话，顿了一下，继续说道，"我们正在办一件紧要的事情，办好这件事情需要尊夫人的配合。你大可放心，这件事情不会危及尊夫人的性命——我需要借用尊夫人一天，在这一天里，还需要陶先生你做我的眼线。你跟着孔大龙，去见一个叫吴勉、吴仁荻的人，我要清楚地知道他那边的一举一动。"

这时陶方还是不知道发生了什么事情，不过听万千山提到了孔大龙，他隐隐约约明白了什么。犹豫了一下之后，陶方说道："那可是我的老婆——一亿！我要一亿欧元。只要钱到账，无论你要我做什么事情，我都全力配合。"

"一言为定！"万千山微笑着跟陶方握了握手，随后再次给刚才的人打了电话，说道，"一亿欧元，我让他跟你说银行账户信息。"

陶方接过了电话，说道："法兰西银行，我的账号是……"

听陶方说完银行账户信息，电话那头传出一阵有些神经质的笑声，笑完之后，那人说道："三十三个银行同时给你转账，一分钟之后你就是亿万富翁了。哈哈哈哈，卖老婆的亿万富翁！"

有了一亿欧元，陶方也不计较对方怎么奚落自己了。他把手机还给了小胡子，随后光着屁股去拿自己的手机。当着万千山兄妹俩的面，打开了手机银行。看着自己名下账户不断增加的数字，男人紧张得呼吸都急促了起来。

终于，账户余额显示到了一亿欧元，陶方兴奋得跳了起来。看着陶方忘乎所以的样子，万千姬脸上露出厌恶的表情，忍不住说道："你真的不关心你老婆吗？"

收到钱之后的陶方有点不知道自己姓什么了，他脱口而出道："又不是真老婆，之前也是看在孔大龙每个月都给钱的份上——现在我不用再看他的脸色了，我有钱了，我是亿万富翁了！"

万千姬有些诧异地看了陶方一眼，说道："何胜男不是你老婆？那你们的孩子呢？"

"也是假的。"陶方心情大好，看着面前的两位大金主，他讨好地笑了一下，继续说道，"一年前我在马赛刷盘子的时候，孔大龙的人找到了我。他们让我假扮一个女人的老公，只要我把戏演好，一个月就给我一万欧元。这样的价钱我无法拒绝，见何胜男之前，他们还让我练习了一段时间……

"说起来也挺诡异的，何胜男见到我没有一点陌生，好像真和我做了五六年夫妻一样，让我做这做那的。家里还有个小女孩，管我叫爸爸。"

万千姬有点不敢相信自己的耳朵，她看了一眼自己的哥哥，说道："他是在骗我们吧？"

"陶先生说的应该是真的。"万千山脸上依旧没有多余的表情，解释道，"有一种药物叫作浊脑，可以修改人的记忆。何胜男这种表现，很符合被浊脑修改了记忆的情况。"

万千姬对万千山的解释还是不满意，她冷笑了一声，继续对陶方说道："那她总是和你同床共枕的人吧？你就这么把她给卖了？"

"我们是分床睡的，我没有碰过她。"说到这里，陶方苦笑了一声，随后说道，"这个女人有严重的睡眠障碍，晚上一睡觉就做噩梦。身边根本待不了人，平时也不让我碰她，没办法，看在钱的份上，我只能把她当祖宗一样供着。"

"好了，时间不早了，你该回去了，要不早上见不到你，你夫人会疑心的。"万千山打断了陶方的话，随后对门口说道，"炉案，你把陶先生送回去。"

这家小旅馆对面的居民楼里，突然出现了一个小老头，亲眼瞧着一个妖冶女人开车载着陶方从地下车库出来。他摇了摇头，嘴里喃喃道："该来的还是来了。"

第二十五章　方寸大乱

陶方离开之后，万千山重新回到了楼上的房间里。他站在窗边，对万千姬说道："如果这次失败了，所有的后果我一力承担。到时候你回百无求身边，他对你还是有感情的。"

万千山的话吓了万千姬一跳，这样丧气话还是第一次听万千山说起。在她印象中，她这位哥哥从不灰心丧气，总是充满了信心。张口闭口都是我们必将胜利，正义站在我们一边，焕然一新的妖山就在眼前，诸如此类。那样的话听起来确实让人振奋，但他现在的话才更像他心底的话。也许从一开始，万千山对这所谓的革命就没抱什么希望。

万千姬深深地吸了口气，对自己的哥哥说道："事到如今，不管是你还是我都没有退路了。不管是赢还是输，我都会追随你的，大不了一死而已！不过哥哥，你是不是背着我们和地府结盟了？我们常年在妖山生活，下山之后却总有人接应。还有，刚才给那个人的一亿欧元是哪里来的？我知道欧元是什么，别说一亿了，我们连一块欧元都拿不出来。"

说到这里，万千姬的声音都有些发颤了。她努力控制住自己的情绪，随后说道："我们革不革命，是我们妖山内部的事情。我们和地府可是不死不休的仇，要是他们知道你和地府结盟了，不管这次成不成功，我们都无法再回妖山了。”

万千山沉默了半晌，叹了口气，说道：“我有分寸，该想好的我都想好了，不会给你们带来麻烦的。还有一天，到时不管出现什么情况，我都有应对的办法。”

“什么叫不会给你们带来麻烦？不包括你自己吗？”万千姬从万千山的话里听出了不详的感觉，这让她有些慌了，对万千山说道，“这样，趁事情还没闹大，我们回妖山吧！等百无求回去，我们向他认错认罪。我们都是他从小养大的，他会原谅我们的。”

万千山没有直接回答万千姬的话，他转头看着窗外的景色，说道：“之前只是听说妖山之外怎么怎么好，这次下山之后才发现之前的想象都太小家子气了，这里的好是我们想象不到的。我想妖山也能和这里一样，有电可以照明，有自来火（煤气）可以煮熟食物，还有天上的飞机，路上跑的汽车……这里有的，妖山也要有。可是变革就要付出代价，百无求不想变革，那我就只能自己想办法了。”

万千山还想继续说下去，他的手机突然响了。来电显示是车前子的号码，他没有丝毫的犹豫，接通了电话，用沈辣的声音说道：“老三，怎么样了？找到吴主任了吗？”

“别提他了，受累打听一下，百无求长什么样子？你们谁见过吗？”电话里的车前子好像身在一个嘈杂的地方，时不时还能听到有人大声说话的声音，听起来好像是个饭馆。万千山皱了皱眉头，这小子不在民调局找吴勉帮忙，还有心思出来吃早点吗？

“我见过，当年我跟大圣去过一次妖山。”现在的希望都在这个半大小子身上，万千山耐着性子继续说道，“妖王是个巨人，不加掩饰的话有三四米高。黑脸，身上的体毛旺盛……”

“诶，你等一下啊，我给你发张照片，你瞅瞅看！”说话的时候，车前子给沈辣的手机发了一张照片。照片的背景很昏暗，里面的人拍摄得也不太清晰，但万千山仍然一眼就认出来，照片上的主角正是他们费尽心思寻找的妖王百无求。不过这位妖王目光呆滞，浑浑噩噩的，好像有些神志不清的样子。

见照片上的人就是百无求，万千山的心脏一阵怦怦乱跳。他努力稳定下来自己的心绪，对电话另一头的车前子说道："就是他，这个人就是妖王百无求。老三你找到他了？在哪里找到的？"

"他就是妖王百无求？这哪里像什么妖王，大傻子一样嘛！我还以为是什么怪物，被我们家老吴关起来了。"电话另一边车前子吸溜了一声，好像在吃什么东西。都什么时候了，这小子竟然还有心情吃东西！

万千山急忙说道："被吴主任关起来了？他一直都在民调局？"

车前子回答道："可不是咋地，刚才我去找老吴的时候，在地下四层的暗室里发现他的。我想差了，还以为妖王那样的大人物，怎么也得像评书里面的李元霸那样有霸气才对，结果个子倒是不小，气质就差多了！一边吃一边拉的，身上一股味儿。"

没等车前子说完，万千山忍不住打断了他的话："那我也别等上善老佛爷了，老三，我现在就回去，你带我去看看这个妖王。咱们一起想个办法，先把大圣他们换回来再说。"

"行，你回局里吧，我吃完这一口也回去。"车前子说话的时候，又是一阵吸溜吸溜声，他随后说道，"局里的人都被胖子打发出去了，厨子见没人也不做饭了。我一晚上没吃东西了，都快低血糖了。民调局也缺德，附近连个面馆都没有，我坐车跑了两公里，才找到个吃饭的地方。"

听到车前子不在民调局，万千山立即想到了什么。他对车前子说道："正好我也没吃东西，老三你在哪吃饭？我也过去吃一口，然后一起回局里想办法。"

车前子说道："那你来吧，我就在 ×× 大街的护国寺小吃。我先给你点上吃的，辣子你过来吃一口，然后咱们哥俩一起回去。"

半个小时之后，万千山到了和车前子约好的护国寺小吃。这时候天色尚早，吃饭的人并不多。小道士自己占了一张桌子，满满当当地点了一桌子的早餐。

见到“沈辣”出现，小道士急忙招手，将他叫到了自己身边。指着一大桌子早餐，说道：“也不知道你爱吃什么，就都给你点了一份。拣爱吃的吃，吃完赶紧走。”

“沈辣”点了点头，端起一碗豆腐脑喝了一口，随后又咬了一口油条。咽下去之后，对车前子说道：“老三，你知道百无求是怎么出现在局里的吗？大圣和我说，首都地界都找遍了，一直没有他的下落。看来吴主任早就把他带回民调局了。”

“那谁知道。你们吴主任办事本来就没有章法，高兴了办事，不高兴了就办人。”车前子苦笑一声，压低了声音继续说道，“也就他是我爸爸，看在亲戚的份上，我不大好意思和他一般见识。换我们家老登儿试试？该说说，该骂骂！辣子，你不是爱吃炒肝吗？赶紧的，就着包子吃两口，吃完咱们就回去。”

“沈辣”端起炒肝碗，转圈喝了一大口，又吃了俩包子。随后一抹嘴，说道：“吃好了，咱们赶紧回……”

说话的时候，“沈辣”披上外套准备站起来，突然感觉一阵头晕目眩的，“扑通！”一声摔倒在地上。

倒地之后，“沈辣”的身体不受控制地打起了哆嗦，一边哆嗦，一边变回了他原本短发、小胡子的模样。

车前子一脸坏笑地看着倒在地上还在不停哆嗦的万千山，指着小吃店里面的服务员、客人说道：“辣子，你怎么了？门口给你开门的是五室的萧易峰，刚才给你递筷子的是郝文明，你怎么连他们都不认得了？”

万千山虽然无法动弹，不过脑子还是清醒的。他一边颤抖着，一边向车前子问道：“你早就发现了，为什么不早点……”

车前子踹了他一脚，说道：“废话，我们家胖子好几十口子人都在你手里，我敢动你吗？现在好了，起码咱们两家手里都有人质了。你个子大，一个顶我们几十个。”

说到这里，车前子亲自拿过来胶带，将万千山绑在了椅子上。随后掏出手机，给“万千山”的号码打了过去。

电话接通之后，手机里传来了“万千山”的声音：“还早着呢，怎么就打电话来了？”

车前子嘲讽地笑了一下，说道：“这不有办法了吗？百无求我是没找到，不过我找到了比他更好的玩意儿。巧了，我找到的玩意儿也叫万千山——你说句话，让对面的万千山高兴高兴。”

说话的时候，小道士将手机放到了万千山嘴边，随后对着他的小肚子就是一脚。这一脚加上了种子的力量，万千山虽然紧咬牙关，还是控制不住地惨叫了一声。

电话另一头的万千姬听出来是万千山的声音，她再也承受不住，恢复了自己的声音，对电话这边的车前子喊道：“住手！你想要怎么样？我把那些人还给你，不过你敢再动我哥哥一根手指头的话，我就杀光了你们的人。我抓了你们二十五个人，你自己看着办吧！”

“大姐你应该就是万千山的妹妹万千姬吧？”车前子拿起手机，说道，“我说句公道话，你们是来找妖王的。我们都是局外人，也不管你们是不是想弄死百无求。你们家妖王的事情你们自己想办法。这样，你把我们的人放了，我就把你哥哥放了，这件事就当没发生过。你们继续去杀妖王，只要不出人命，你们妖的事情，跟我们民调局没有关系。大姐，我的意见你赞同吗？”

知道万千山落到了车前子手里，万千姬方寸大乱。万千山可是妖山之中妖王之下的第一妖，当年可是做过代王的。他可是个妖法通天的大妖，怎么折在车前子这个半大小子手里了？明明民调局的高手大半都被自己抓住了。

听筒里万千姬不说话，车前子继续劝说：“大姐，我劝你一句，想清楚之后就赶紧交换人质吧。一会儿我们家老吴，就是你们说的吴勉快到了。他脾气不好，万一瞧你哥哥不顺眼，一脚踩死了他，那就麻烦了！到时候你哥哥丢了性命，我也救不了孙德胜他们，你说冤不冤枉？”

万千姬被车前子说得心乱如麻，只想这次事件快点结束，对车前子说道："不要说了，你自己说，怎么交换？"

就在这时候，没防备万千山突然大喊了一声："万千姬你住口！我的一亿欧元白花了吗？去！你手里有他们的七寸！赶紧去办！"

万千山的话还没说完，车前子又是一脚踢了过去。不过这次万千山也豁出去了，强忍住无法承受的剧痛，把要说的话都说了出来。

听到万千山的话，万千姬一咬牙，直接挂断了电话。车前子再打回去的时候，万千姬始终没接。

"你们妖山上下来的怪物，卖了也不值一万块钱，怎么还一亿欧元？"车前子揪起万千山的头发，向满脸是血的万千山质问道，"你说你妹妹手里有谁的七寸？说明白了！"

说到这里的时候，小道士突然反应了过来。他深深地吸了口气，掏出手机给孔大龙打了过去。

很快电话接通，没等孔大龙说话，车前子大声喊道："老登儿！我妈住在哪个酒店？赶紧去保护她！那些妖物要——老登儿？你在听吗？老登儿！"

车前子心里开始慌乱的时候，听筒里面传来一阵剧烈的爆炸声。随后，手机变成了一阵忙音。

无论车前子怎么呼喊，都听不到孔大龙的回答。他自己又不知道母亲住在什么地方，急火攻心之下，猛地一转身，将大妖万千山一脚踹晕！

"何胜男！陶方，还有个小女孩。去查他们一家三口住在什么酒店！赶紧去查！"车前子都要疯了，什么都顾不上了，对身边的调查员大吼了几声之后，又冲过去对着万千山一顿拳打脚踢，将刚刚被打晕的万千山又给打醒过来。

"晚了！"万千山吐了口血，冷笑着对车前子说道，"我都安排好了，你母亲何女士已经到我妹妹手里了。我妹妹万千姬也是妖物，是妖就会吃人！你猜猜看，她会怎样吃了你的母亲？"

车前子哼了一声，说道："老万，你别高兴得太早，我师父孔大龙就在现场，你刚刚下山，不知道孔大龙是谁吧？他是徐福大方师的拜把子兄弟。你妹妹那边也就十个八个妖，都不够他塞牙缝的。一会儿等孔大龙把你的小妖怪都抓起来弄死了，我看你到时候还有什么话说！”

这时候，万千山和车前子心里都没底。这一人一妖都不敢把话说死了。与此同时，车前子也不敢再揍万千山了，就在原地来回走着，焦急地等待着何胜男酒店那边的消息。

小吃店里的调查员，都通过各自的关系去查何胜男的情况。

第一个查到消息的是萧易峰。获得了何胜男的最新信息之后，他没有直接通知车前子，而是去了厨房，在厨房里给车前子拨打了电话。

电话通了之后，萧易峰低声说道：“车局，你做好思想准备。有个不好的消息，×× 大酒店刚刚传来的消息，就在刚才，有人闯进了何胜男女士的房间，打伤了她丈夫陶方，将她掳走了——你千万别显露出来，就装作什么事情都没有发生。反正万千山也没有获得消息的渠道，你就说孔大龙已经救出了何女士，让他死心，将主动权掌控在我们自己手里。”

原本萧易峰已经替车前子想好了对策，没想到事与愿违，车前子一听自己母亲被抓，当时就慌了神，脚一软坐到了地上。

看到了车前子的反应，万千山笑了一下，说道：“看来我妹妹成功了！车局长，在你心里，什么事情都比不上你母亲重要吧？现在是不是可以谈谈百无求的事情了？”

见车前子低头不语，万千山换了个话题，说道：“那我换个说法，你是用什么把我迷倒的？还有，你发给我的百无求的照片，到底是真是假？你又是怎么发现我这个沈辣是假的？”

车前子犹豫了一下，有些无奈地说道：“这一桌子早餐里面，都放了可以迷倒妖物的龙鳞粉末。这种粉末人吃了无害，你们妖物吃了会全身无力，也施展不出妖力来。百无求的照片是假的，是我在孙德胜电脑里发现的。我找人处理了一下，别说你们妖物了，就是我们人也分辨不出来。”

车前子的话还没说完，他的手机又响了，来电显示是万千姬打过来的。

第二十六章　至圣而衰

车前子犹豫了一下，还是接通了电话。随后就听到他母亲何胜男惊慌的声音从手机里面传了出来：“你们认错人了！我根本就不认识你们，我叫何胜男，你们是不是认错人了？”

何胜男还没说完，手机便被万千姬抢走，说道：“还要再听听这个女人的声音吗？要不要听听她的指甲被拔下来的惨叫声？或者她手指一根一根被掰断发出来的声音？车前子，把我哥哥放了，然后再干掉百无求，用他的脑袋来换取这个女人的性命。”

车前子深深地吸了口气，说道：“大姐，你怎么对她，我就怎么对你哥哥！不过咱们都没必要闹得太僵，对吧？这样，你先把我妈妈放了，我放了你哥哥。孙德胜他们不还在你手里吗？我答应你们想办法去解决百无求，这样总可以吧！”

此时车前子有点乱了方寸，说话的时候，忘了封住万千山的嘴巴。万千山趁机大声喊道：“你不用管我！用何胜男当人质，要他用百无求的性命来换！”

被万千山这么一搅和，车前子大怒，对着他的脑袋就是一脚，踹得万千山一口鲜血喷了出来。电话那边的万千姬听到不对，急忙喊道："你敢动我哥哥！"

随后何胜男的惨叫声传了过来，万千山虽然挨了一脚，不过他更担心自己的妹妹脑袋一热对车前子母亲不利。赶紧扯着嗓子喊道："我没事！是我自己摔倒的！阿姬，你不要乱来——何胜男是车前子的七寸，轻易不要伤害她。"

万千山喊话的同时，电话里面传来了何胜男抽泣的声音。车前子听了心疼不已，不过听到了哭声，也算证明自己母亲还活着。车前子急得连连跺脚，却什么都做不了。

片刻之后，万千姬的声音重新响了起来："你们听好了！还是今晚十二点钟之前，把百无求的人头和我哥哥一起送过来。过了十二点，每过一分钟，我就杀你们一个人吃。这个女人我会留到最后吃！"

说完，也不等车前子回答，直接挂断了电话。

此时的小吃店里，民调局的人面面相觑，萧易峰走到车前子身边，低声说了几句。车前子听完，满脸诧异地对萧易峰说道："为什么我不知道？"

萧易峰苦笑了一声，回答道："没办法，这事情干系重大，不到最后一刻，我也不会说的。五分钟之后，他就过来了，你先想好应该怎么办，我们都听你的。"

车前子叹了口气，对萧易峰说道："你们玩得太大了，把自己都豁出去了。"

五分钟之后，一辆顶级的国产桥车停在了小吃店门口。车前子走过去打开了车门，见车后座上坐着一个高大的胖子。这个胖子见到了小道士之后，微微一笑，说道："咱们通过电话的，我就是孙胖子嘴里的老郑。老郑算是我的代号，你知道我是谁就行。上车吧，我不方便下去，咱们车里说。"

这声音和电话里老郑的一模一样，车前子没有犹豫，上车之后坐在了老郑身边。

老郑笑了一下，从公文包里抽出一沓照片，递给了车前子，说道："这是卫星拍摄的照片，按照孙德胜的要求，我抽调了一颗卫星来监视那个女妖，这是她藏身的地方，也是关押孙德胜等人的地方。你和孙德胜一样，需要我做什么直接说就行。需要武装配合，我给你调一个团。”

车前子看了一眼照片上的小旅馆，接着又翻出来一张照片，是车前子的后爹陶方和一个妖冶女人勾肩搭背地走进旅馆的照片。

老郑也瞅了一眼照片，说道：“这是几个小时之前拍下的，照片上的男人叫陶方，法籍华侨。他在旅馆里面待了一个半小时，因为此次事件的特殊性，我没有派人进旅馆调查。不过还是查了这个陶方的相关信息，就他在旅馆这段时间内，他国外的银行账户里多了一亿欧元，是分别从三十三家银行汇入的。我正在查这三十三笔钱的来源，这些钱洗得很干净，查清楚需要一点时间。”

“陶方——孙子，你完了！”车前子马上明白了那些妖物为什么那么顺利就抓到了自己的母亲，他咬着牙将照片塞进了自己的口袋里，随后对老郑说道，“我也不和你客气了，这个女妖抓走了我妈妈，用我妈妈来要挟我。老郑，我得知道我妈妈被他们藏在这旅馆的什么地方了，这个不难吧？”

“也不容易。”老郑眨了眨眼睛说道，“这件事我亲自来督办，不过兄弟你也要给哥哥我一个承诺——不能造成不好的影响，尽量不要死人。”

“尽量吧！”车前子深深地吸了口气，继续说道，“老郑，陶方那个孙子你别动他，不过也别让他跑了。等这件事情完了，我让他这个假洋鬼子尝尝什么叫作无产阶级的铁拳！”

民调局地下四层密室之中，吴仁荻身边出现了那位上善老佛爷。他皱着眉头看了看痴痴呆呆的百无求，然后对吴仁荻说道：“好好的一个百无求，你把他怎么了？天可怜见，南无阿弥陀佛，可怜啊可怜。”

“我真把他怎么样的话，那他还能站在这里吗？”吴仁荻翻了翻白眼，继续说道，“现在百无求已经不认识人了。”

吴仁荻的话还没说完，老佛爷突然伸手插进了妖王的胸膛。顺势一扯，然后慢慢撕下来了一张完整的“妖皮”。

这张皮里面，是缩小了一号的百无求。此时他身上的皮肤不像之前那么黑了，粉嫩粉嫩的。不过在空气中暴露久了，皮肤开始以肉眼可见的速度粗糙起来。仅仅两三分钟，又变成了一个皮肤黝黑粗糙的糙老爷们儿。

“还真是蜕皮了。”老佛爷哈哈一笑，随后对面无表情的吴仁荻说道，“当年我也是听徐福说的，妖至圣而衰，会蜕皮三次。现在这情况，应该是百无求这小子到了脱皮的时候了，突然不认人应该也是脱皮造成的副作用。”

说话的时候，老佛爷将从百无求身上撕下来的妖皮小心翼翼地叠好。这张妖皮方方正正地叠起来之后，比坐着的吴仁荻还要高。老佛爷自言自语道：“吴勉你说，佛爷我要是用这张妖王皮缝制成一身袈裟的话，是不是就能把其他和尚都盖下去了？阿弥陀佛，我的宝贝袈裟呦！”

“还真是蜕皮，真是能折腾。”吴仁荻无奈地苦笑了一声，看着还在呼呼大睡的百无求说道，“你折腾得我们都吓了一跳。”

这时，上善老佛爷收拾好了妖皮，扭头对吴仁荻说道：“对了，外面又闹起来了。吴勉你是不是又打算看戏？小心戏演砸了再伤到你的宝贝儿子。”

“管好你自己的事吧，席应真，没事少撮合车前子和蒙琪祺，这个热闹你看不到。”

小旅馆里面，万千姬也好像热锅上的蚂蚁一样，在房间里来回踱步。之前所有计划都是她哥哥万千山定好的，但现在万千山被车前子抓住了，这样一来，后面的事情全被打乱了，要重新谋划。

就当万千姬不知道怎么办才好的时候，她脚下传来一个小孩子的声音：“慌的人不该是你，现在主动权还在你手里。”

声音响起来的同时，人参娃娃无涯从万千姬脚下的地底下钻了出来。因为之前的事情，无涯还在提防着她，从地下钻出来之后，便远远地躲开。无涯看着万千姬继续说道：“你手上有孙德胜，还有杨枭杨军他们民调局二十多个人，这些人死一个车前子都承受不住。何况现在你又抓到了何胜男，车前子的七寸都拿捏在你手里。”

看到了这个人参娃娃，万千姬脸上却没有露出欣喜的表情，她冷冷地看了无涯一眼，说道：“是你把我们卷进来的，我们两队人马下了妖山之后，一直有人接应。是你，还有你后面的地府——对吧？”

“这世上哪有什么永远的敌人！”无涯轻描淡写地说了一句，有些警惕地看了女妖一眼，继续说道，“你经历过妖山、地府大战吗？还是你身边的妖经历过？你们这一代的妖有谁是被地府害死的？放下吧！不放下这些，你们妖山怎么变革？”

说到这里，无涯顿了一下，随后说道：“没有地府的帮助，你们别说刺杀百无求了，甚至无法走到这里来。你哥哥明白这个道理，你也应该明白。”

这时候，万千姬已经顾不上什么妖族的尊严了，只要能把自己的哥哥救出来，地府就地府吧。她深吸一口气，对无涯说道：“你说，我应该怎么做才能把我哥哥救出来？”

无涯摇了摇头，说道：“为什么要救出来？由万千山牵制着民调局的人，不好吗？如果现在只是你们单方面抓了民调局的人质，那车前子为了把他们救出来，什么事情都能做得出来。现在你哥哥在他们手上，车前子那些人便有了交换人质的选项，起码不会立即冲进来了。”

万千姬冷笑了一声，说道：“冲进来？真有那个本事找到这里的话，孙德胜他们也不会被迷晕了。车前子他们现在应该跟没头苍蝇一样，正到处找我们的藏身之处吧。”

无涯面无表情地看着万千姬，一直等她说完，这才开口说道：“这里不是妖山，想知道你们在哪落脚，有很多种办法。有无人机，有追踪器，还有一样东西叫作卫星。只要你们离开了妖山，你们的一举一动就都在人的监控之下。不信？那你走到窗边，看看旅馆外面的人是不是很怪异？”

万千姬迟疑了一下，走到了窗边向外看去。果然比自己刚回来的时候多了两三个人，一个扫大街的中年男人，一个好像是在等人的年轻姑娘，还有一个遛狗的中年妇女。一切都很正常，看不出有什么问题。

见万千姬还是没明白，无涯从怀里摸出一沓照片。小心翼翼地走过去递给了万千姬，说道："这是最近几天这家旅馆门口这个时间段的照片，你自己看吧。"

万千姬接过照片，一张一张翻看起来。就见这些照片拍摄的场景都是这家小旅馆门前。时间和现在差不多，都是早上七点到八点，每张照片上面都有十几个赶着上班的男女，匆匆忙忙地从小旅馆门前经过。但是现在，那些上班的人一个都见不到了，就只剩下那三个人。

看到万千姬眼睛闪过一道光芒，似乎明白了什么。无涯抿嘴一笑，继续说道："现在明白了吧？你这里已经被民调局的人盯上了，他们之所以没有攻进来。除了因为你有人质，他们投鼠忌器之外，就是车前子他们有了交换人质的想法，毕竟他的七寸捏在你手里。"

听无涯说的有道理，万千姬点了点头，说道："那接下来我们怎么办？"

无涯说道："放掉两个民调局的人，以示你的诚意。先给他们一颗甜枣，如果他们敢有什么小动作的话，就给他们一个嘴巴！"

半小时之后，杨枭迷迷糊糊地睁开了眼睛。发现自己竟然躺在距离民调局不远处路边的一棵大树下，他愣了一下，努力回忆发生了什么事情。

自己和杨军正陪着孙胖子审讯妖物，然后突然闻到了一股奇香，随后便什么都不知道了。看来那股奇香有问题，可是自己为什么又会出现在这里？

正当杨枭百思不得其解的时候，一辆汽车停在了他身前。车门打开，开车的竟然是车前子的司机。司机冲杨枭招了招手，说道："赶紧上车，车局有话要问你。"

二十分钟之后，杨枭回到了民调局。赶到民调局的小会议室，发现屠黯和留守民调局的几位主任都在会议室里面。正当中坐着的是民调局三位领导——任嵘、杨书记和刚当上副局长不久的车前子。

见到杨枭一脸的迷惘，车前子先开了口："老杨，你什么都不用说，先看看身上有没有多了什么东西，那个娘们儿应该不能白白地把你放回来。"

杨枭在身上翻找了一下，果然在口袋里面找到了一封信。他把信递给了车前子，说道：“我应该是被人迷晕了，孙德胜呢？杨军呢？他们是不是早回来了？”

“只有你被放出来了。”萧易峰走了过来，递给杨枭一瓶水，随后继续说道，“这是咱们民调局自打建局以来，最没脸的一次了。自副局长孙德胜以下，二十多个人被人抓了。”随后，萧易峰将这几个小时内发生的事情，简单地跟杨枭说了一遍。

“严格来说，孙德胜同志不算是副局长，他的职务还没有恢复嘛！”杨书记伸长了脖子，想去看车前子手里的信，结果车前子故意转了下身体，这个角度他什么都看不到。杨书记只能放弃，缩回脖子，发了几句牢骚。

任嵘也跟着说道：“现在已经证实了，那十几个妖物，连同被他们抓走的，我们民调局的二十几个同志都在那个小旅馆里。我的意见是，调齐我们民调局的所有力量，以迅雷不及掩耳之势攻进去……”

“敢！”没等任嵘说完，车前子立刻瞪起了眼睛，将手里的信向任嵘扔了过去，接着说道，“里面几十条人命呢，有什么闪失的话老任你来扛吗？如果因为你硬逞能，我妈有个一差二错的话，老任，我跟你没完！”

车前子可不是好说话的孙德胜，这浑小子疯起来，什么事情都能做得出来。而且他的后台实在太硬，任嵘惹不起，只能苦笑一声，捡起面前的信，装模作样地看了起来。

刚看了一眼，任嵘忍不住说道：“不行！这个绝对不行。百无求要是死在民调局，那我们民调局和妖山就结下血仇了。当年，为了和妖山签订盟约，孙德胜同志费了多大的力气？这一下不全毁了吗？”

“我问你的意见了吗？”车前子瞪了任嵘一眼，随后掏出手机给万千姬打了过去。电话接通之后，小道士说道：“大姐，多谢你把老杨放回来了。要不好事成双，你把我妈妈也放了得了！百无求脑袋我一定给你，不给你他的脑袋，就给我自己的。”

第二十七章　假妖头

手机里传出了万千姬的声音："你放心，你母亲现在很好，也很安全。不过她一直都说想你了，说很想快点回到你身边——所以说，车局长你要抓紧时间了，也好让你母亲少受点苦嘛！"

现在的万千姬好像变了个人似的，一点也不着急了。说话轻声细语的，完全不像上次那样歇斯底里。顿了一下，万千姬说道："对了，我哥哥吃素。麻烦你们给他准备饭食的时候，千万不要加荤油。"

车亲子答应了一声，随后说道："我知道了，回头我就让人去准备。不过大姐，我妈妈身体不好，不能吃素，最好弄点鲍参翅肚之类的，她勉强能吃两口。那些玩意儿折腾起来挺麻烦，要不我让人做好了送过去？也省得再麻烦你们了。"

电话那头的万千姬沉默了片刻，车前子准备再说几句的时候，她突然挂断了电话。随后无论小道士再打过去多少次，万千姬都没有再接电话。

无奈之下，车前子只好放弃了。他收好了手机，对会议室里的人说道："你们说现在怎么办？我先申明，不准再提强攻那种招我生气的方法，谁要是再提的话，别怪我翻脸不认人。"

这时候，还是萧易峰先开了口："车局，要不你再去找找吴主任吧。他术法通天，总有办法的。就是强攻也只能是吴主任亲自上，才不会出什么差错。"

"你们吴主任也是，要办正事的时候，从来都找不到他！"说着，车前子站了起来，直接离开了小会议室，向电梯间的方向走了过去。看他的样子，真去找吴仁荻去了。

看着车前子离开了会议室，任嵘的表情立即变得严肃起来。他对屠黯说道："我们还是讨论一下直接营救的可能性吧，不是只有一个大妖吗？还被抓起来了，现在那边只剩下一些虾兵蟹将而已。有你屠黯，还有杨枭和几位主任，说句不客气的话，这事情想要办不成都难。在座的各位你们都想想，我说的有道理吗？车副局长是关心则乱，所以瞻前顾后，缩手缩脚，他的心情我也理解。各位，机会就在眼前，你们难道不想借这个机会，让吴主任和车副局长欠你们一份大大的人情吗？"

任嵘最后一句话打动了屠黯，他的心思活泛起来。任嵘说的没错，之前光是车前子和二杨就将那些妖物杀得个人仰马翻，连还手的能力都没有。要说大妖万千山确实有点威胁，但他已经被车前子药倒，现在已经关在民调局了。

屠黯心里盘算了一下自己攻进去的时间，有杨枭替他打配合，差不多二十秒之内就能解决问题。进去之后，民调局的几位主任负责牵制住那些小妖，自己或者杨枭，随便分出一个来对付女妖万千姬，另一个去救人。这样一来，没有不成功的道理啊！

看出屠黯动了心思，杨书记在一旁也鼓了一把劲，说道："任局说的没错，正好也证明一下，我们民调局处理这样的事情还是有把握的。就算吴主任不在，也可以办到嘛！不管你们最后如何决定，局里都百分之一百地支持你们。"

这时候，屠黯转头看了一眼一脸懵懂的杨枭，说道："他们那边是什么情况？杨枭你一点都没有探出来吗？"

杨枭摇了摇头，说道：“我现在都不知道怎么回事，刚才回忆了一下，应该是被什么迷香迷晕了。那种迷香太霸道了，我一点知觉都没有。”

“我就说嘛，如果真有本事的话，干吗靠着迷药？”任嵘继续煽风点火，“说真的，我和杨书记也是老了，岁数大了，要是有你们这么大的本事，早就跳起来和你们抢这个功劳了。”

听任嵘变着法地推销强攻的主意，萧易峰感觉有些不妥。他咳嗽了一声，说道：“这件事太大了，我看还是等车局找到吴主任之后，请吴主任定夺吧。”

见萧易峰不上道，任嵘直接说道：“小萧，这个我就得批评你了，说起来民调局我职位最高，我才是局长，还有杨书记也在。车前子也只是副局长，吴主任是六室主任，都在我的领导之下。我现在以局领导的身份拍板了，就由屠黯来负责这次的强攻突袭、解救人质的行动。无论需要什么，局里全力支持。”

屠黯犹豫了一下，说道：“先不说强攻可不可行，我想先问问那个大妖。看看能不能从他嘴里问出来一些有用的信息。”

这时候，车前子已经到了民调局的地下三层。从孙胖子出事到现在，他下来找过好几次吴仁荻了，这次又找了一个多小时，还是跟前几次一样，一无所获。车前子犹豫了一下，直接去了地下四层。没想到的是，吴仁荻没找到，却在地下四层的房间里，看到了一件让他心惊肉跳的物件。

一张巨大的人皮晾在半空中，地下四层没有灯光，黑灯瞎火的，突然瞧见这么个玩意儿，车前子算是胆大的了，看到人皮的一瞬间，也控制不住哆嗦了一下。

待看清了只是一张大号的人皮，心理适应过来之后，车前子也不那么恐惧了。正当他打算绕过人皮，继续往前走的时候，突然感觉那张人皮哪里不对劲，抬头仔细看了一眼，心里突然一个激灵，这不就是照片里妖王百无求吗？

怎么回事？老吴和他起内讧了？自己爸爸下了黑手，把这个老伙计弄死了？车前子忍着恶心上前，仔细检查了人皮，果然，皮子内侧潮乎乎的，分明才剥下来不久！

没想到啊，老吴竟然下了这样的黑手。难怪刚才一直找不到他，不用问，人皮留下来了，老吴这会儿肯定是毁尸灭迹去了。

既然老吴毁尸灭迹去了，一时半会儿只怕是找不到他了。车前子将百无求的人皮扯了下来，摊在地上卷好之后，将这张巨大的人皮背在了身上。有这张人皮，也许能起到和人头一样的效果。

背着人皮出了地下四层，回到地下三层之后，再搭乘电梯回一层大厅。电梯门刚刚打开，便瞧见在电梯口焦急等待着的萧易峰。

萧易峰见到车前子，也是一脸的欣喜，他急忙说道："车局，出大事了。任局和杨书记撺掇屠黯他们去强攻小旅馆了，现在他们刚刚出发，我劝了好几次，没劝住。"

车前子听了，气得破口大骂道："成事不足败事有余的家伙！要是我妈少一根汗毛，这笔账都要算在任嵘身上。老萧你赶紧给他们打电话，把他们叫回来。"

"他们都关机了，就怕你找他们麻烦。"萧易峰苦笑了一声，突然看到了小道士背着的人皮，随后有些惊诧地问道，"车局你背着的是什么？怎么好像是妖皮？"

"好眼力！"车前子将人皮扔在地上，随后说道，"来不及细说了，我得赶紧过去。老萧，你说这人头和人皮，应该能算得上一回事吧？"

萧易峰眨了眨眼睛，说道："还是人头靠谱点。车局，你给我几分钟时间，我给你变一个妖王的人头出来。"

车前子看了一眼时间，说道："行吧，你手头快点。我现在去停车场，我在那里等着你。"

萧易峰说到做到，刚到五分钟，他就提着一个大包裹上了车前子的车。随后当着车前子的面，打开了包裹，露出里面一个龇牙咧嘴的人头来。车前子凑上去看了一眼，完全没看出什么破绽。

萧易峰亲自驾车，载着车前子去往万千姬所在的小旅馆。车前子坐在车后座上，还在来回查看包裹里的妖头，从模样到大小形状，从重量到血腥程度，都真实无比，找不到一丝破绽。

车前子越看越觉得逼真，对开车的萧易峰说道："老萧，就这么几分钟的工夫，你从哪弄来的这么一个大脑袋？好家伙！你不会偷偷摸摸真把妖王宰了，这个就是他的脑袋吧？"

"我哪有那本事，之前你和二杨在别墅里杀了不少妖物。他们的残尸都运到了局里，我从里面找了一颗大小差不多的头颅，塞进了妖皮里面，再抹了点妖血，也就差不多了。"萧易峰通过后视镜看了车前子一眼，继续说道，"你还是把它收起来吧，别吓到外面的人。"

车前子将妖头踩在了脚底下，对萧易峰说道："老萧，我还是不信，就几分钟时间，你是怎么做出来的？这本事你们吴主任也没有啊！"

见车前子非要打破砂锅问到底，萧易峰苦笑了一声，说道："说实话，孙局他们被抓走之后，我就打算做个假的。万一找不到百无求，或许能用假头应付一下。原本妖头早就找好了，就差妖皮对不上，正犯愁呢，你就把一整张妖皮送过来了。有了妖皮，我只要把假头塞进去就好了。"

"那就是老天爷的意思了。"车前子说到这里，突然想起了正事，先用手机拍了妖头的照片，接着给万千姬打过去了电话。这次没过多久，万千姬便接通了。小道士急忙说道："大姐！告诉你一个好消息，我找到你们的妖王百无求了！我和他大战了八百回合，最后终于打败了妖王，顺便把他的脑袋砍下来了。你等着，我现在就把照片给你发过去。"

说话的时候，车前子将照片传了过去。片刻之后，电话那边传来万千姬抽泣的声音，不停地念叨着："对不起，对不起！"

万千山兄妹俩是百无求养大的，万千姬的表现说明她也没有看出破绽，真以为照片上的妖头就是百无求的。车前子松了口气，随后他对万千姬说道："现在我让人把你哥哥送回去，大姐，该做的我都做到了。现在是不是轮到你了？先把我妈和孙德胜他们放了，听说你们妖山要变革，需要什么你就说话，我们民调局也想和你们新妖山结盟。"

万千姬抽泣了好一阵，才慢慢控制住了情绪。好像和旁边的人商量了一下，这才说道："那好，我现在就把孙德胜，还有你母亲之外的人放走。等我哥哥回来之后，我再放了她。"

"大姐，别啊，这样你就有点不厚道了。你们妖王的头我也砍下来了，你哥哥也送回去了，你这边等于什么都没做？这不是欺负人吗？"车前子思索了一会儿，继续说道，"这样，你先把我妈放了，她身体不好，别再在你们那落下什么病根。其他人可以等到你哥哥和人头到了，我们当面交换，只用你先放我妈妈一个人，这笔买卖你不吃亏啊。"

万千姬犹豫了一下，还是刚才的照片起了作用，照片上百无求的头颅毫无破绽，她确信妖王已经归了天。又和身边的同伴商量了一下，这才点头说道："那就遂你的心愿吧，我现在就把你母亲送走，还是送到上次放回杨枭的那个地方，你派人去接……"

万千姬的话还没说完，电话那边突然传出一声巨响，随后听到她尖厉的叫声："车前子你好卑鄙！"话音未落，又传过来一阵打斗的声音。当中还掺杂着屠黯的叫喊声："一个都不能放走！抓住她，女妖要血遁！"

民调局的人杀到了！眼看就要成功了，没想到最后还是功亏一篑，车前子气得朝前面的车座踢了一脚。开车的萧易峰听到了他们的对话，从后视镜里看了小道士一眼，安慰他道："你先别急，听起来像是屠黯得手了。"

萧易峰的话还没说完，电话里又传出了杨枭的声音："可惜了，就差了那么一点点。我都抓住她的衣服了，还是让这个女妖跑了。她的电话还通着，赶紧看看女妖在和谁通——屠黯，你看这是谁的电话号码？"

杨枭记得车前子的电话号码，不过强攻小旅馆的行动出了纰漏，他不敢和小道士说话，便装作不认识车前子的电话号码，将这个烫手的热山芋扔给了屠黯。

听到屠黯"喂"了一声，车前子深深地吸了口气，说道："老屠，我就问一句话，救出来我——那位何胜男女士了吗？她是不是被吓着了？没受伤吧？"

屠黯沉默了片刻，说道："你先有个思想准备……我不是那个意思，你母亲应该没事。只不过刚才我们攻进来的时候，女妖一直抓着你母亲的手……用血遁之法带着你母亲一起遁走了。你放心，她现在没有其他人质了，一定不敢对你母亲怎么样的。"

现在车前子肚子里都是骂人的话，这些话都堵到了嗓子眼里。气过了头，反而骂不出来脏话了。

见车前子沉默了起来，屠黯继续说道："你别着急，这些妖物我都留了活口，咱们还可以继续交换人质。你等一下，任嵘和杨书记到了，你和他们说，怎么说都行。"

这时，任嵘和杨书记也到了现场，听说女妖血遁带走了车前子的母亲之后，他们都不敢接车前子的电话，正月还没过完，谁也不想被车前子骂个狗血喷头。

不过该见面总还是要见到的，没过多久，车前子就和萧易峰赶到了小旅馆。见到了任嵘、杨书记和屠黯之后，小道士将手里的假人头扔在了地上。随后直接坐在了人头上，小道士也不说话，就斜着眼看着他们三个。看他的架势，只要他们三个一句话说得不对，他就能立马冲上去揍人。

五花大绑的万千山也被带到了小旅馆，当瞧见百无求的人头时，他一双眼睛都直了。"扑通"一声跪在了地上，膝行到了车前子近前，用头去撞车前子，泪流满面地嘶吼道："起来！你不能这么羞辱他！他是妖王，就算死了也是妖王！"

"你还知道他是妖王！早干什么去了！"车前子一巴掌打在万千山的脸上，说道，"要不是你们，他会是现在这个下场吗？不是你们最想百无求死吗？现在他死了，你心里又过不去了？"

车前子一边说着，一边站起来对万千山一顿拳打脚踢。旁边的屠黯、任嵘和杨书记谁也不敢上前劝，都低着头不说话。

就在这时候，车前子的手机又响了起来。打过来的是个陌生的号码，小道士勉强压住火气，接通了电话。刚一接通，手机里面就传来了万千姬歇斯底里的叫喊声："车前子！我现在就送何胜男……"

"等一下！你先听听你哥哥怎么说！"车前子急忙将手机递到了万千山嘴边，这时的万千山情绪很低落，嘴里仍一直念叨着百无求。见他已经不会说话了，小道士又把手机收了回来，说道："你哥哥还活着，百无求死了。刚才的事情是个误会，他们瞒着我干的——大姐，你消消气。你哥哥见到百无求的人头了，他现在情绪不对，咱们重新商量个办法，你好把你哥哥接回去。"

第二十八章　瞒天过海

听了车前子的解释，又听到了自己哥哥的声音，电话那边的万千姬情绪才算稳定了一些。她深深地吸了口气，说道："你把电话给我哥哥。"

车前子打开了免提，将手机放在了万千山身边。听到了万千山的声音，万千姬问道："哥，你没事吧？汝虎他们怎么样了？"

听到万千姬提到了她的同伴，屠黯急忙让人将那些妖物都抬了进来。这些妖物虽然都伤得不轻，不过屠黯没下死手，留了他们一条活命。

"都活着。"万千山擦了一把眼泪，对电话那边的万千姬说道，"百无求的头颅就在我面前，我们的目的达到了。你用何胜男换走汝虎他们，带他们回妖山吧——我造的孽，我自己来承担。以后的路你要自己走了，不要辜负我一片苦心。"

万千姬听出自己哥哥有了轻生的念头，急得大叫道："你胡说什么呢？你不回去，妖山怎么变革？万千山，你不要胡思乱想！"

没等万千姬说完，万千山已经挂断了电话。他抱着妖王的头颅，眼泪婆娑地自言自语道："我也是没有办法！要变革就要流血，就有牺牲，我知道我对不起你。你看我们兄妹无父无母可怜，就收养了我们，将我们带在身边，教我们妖法，拉扯我们长大。阿姬有了过分的念头，你也不和她一般见识……”

万千山独自絮絮叨叨的时候，郝文明走了进来，说道：“找到大圣他们了，不是我说，一个个睡得跟死猪一样。都中了迷香，怎么把他们唤醒？”

百无求已经死了，万千山不想和民调局闹得太僵，他擦了一把眼泪，指着对面的柜子说道：“里面红色的药瓶，让他们闻一下就好了。”

五六分钟之后，苏醒过来的孙胖子，在杨枭的搀扶下，摇摇晃晃地走进了房间。他已经知道发生了什么事情，见到众人，先苦笑了一声，说道：“哥们儿丢人了，让人家一锅端了。诶？这位就是大妖万千山吧——”

话刚说到一半，孙胖子突然瞧见了万千山抱着的百无求的大脑袋。一开始，他还以为自己眼花了，揉了揉眼睛，又仔细看了一眼。孙胖子眨巴眨巴眼睛，朝车前子招了招手，将小道士叫到了身边。随后压低了声音，指着人头向他问道：“谁干的？”

车前子指了指自己的鼻子，说道：“我！”

孙胖子这才松了口气，说道：“那没事了。”

说完，孙胖子扑到万千山身上，一把抢过了人头，随后号啕大哭道：“我的妖王爸爸诶！你怎么就死了？你说过要收我当干儿子的，还没等我叫你一声好听的，你就先走了啊！可心疼死我了，我的好爸爸诶……让我跟着你一起走吧！”

孙胖子哭得惊天动地，车前子赶紧叫人将他搀了出去。刚刚走出房间，见身边没了妖物之后，孙胖子将手里的妖头递给了杨枭，低声说道：“赶紧找个地方藏起来，这玩意儿不能再露出来了。”

杨枭接过了妖头，眨了眨眼睛，凑到孙胖子耳边低声问道：“假的？”

“多新鲜哪，不是我说，他们不知道这里面水有多深，老杨你还能不知道？”孙胖子冲杨枭做了个鬼脸，随后又看了一眼妖头，笑嘻嘻地说道，“好手艺啊！怎么看都看不出破绽，下次得让这人也做个我这个版本的，说不定什么时候就能用上。”

看孙胖子笑嘻嘻的样子，杨枭说道："妖头的事情一会儿再说。大圣，还有件麻烦事。车前子的母亲被女妖万千姬抓起来了，刚才你兄弟原本有机会把人救出来的，结果被任嵘和杨书记搅了。一会儿车前子要是没搂住火，要对任嵘和杨书记动手的话，你可得拉着点，别太过火了。"

"老盟娘！"孙胖子立刻反应过来出了什么事情，想到车前子可能做出来的反应，孙胖子没有丝毫犹豫，加快了脚步向旅馆外面走去。小道士这会儿正在火头上，自己可不能去触这个霉头，反正事情也不是他惹出来的。

房间里面，任嵘和杨书记也想找机会离开，却被车前子拦了下来。小道士一手一个，搂住了这两个人的脖子，说道："我是来接我妈的，结果却没有接到。两位领导你们说说，这股火我该撒到谁身上？在会议室的时候，我就差写在纸上了。一直在说不许擅自行动、不许强攻，你们偏不听。现在好了，人没救出来吧，我妈妈生死未卜，换作你们是我的话，会怎么对你们？"

"我要是你的话，也会明白我们是一片好心，一定会选择原谅自己领导的。"杨书记苦笑一声，继续说道，"事情变成这样，我们也没想到。不过强攻的计划是没错的，只是对困难估计得不够充分，就差了那么一点点。"

杨书记可怜巴巴地劝说车前子的时候，刚刚出了旅馆的孙胖子一溜小跑跑了回来。他一只手举着手机，直接递到了车前子耳边。另外一只手将任嵘和杨书记拉开，说道："都看我面子了——兄弟，咱爸爸的电话，你先接电话。"

好不容易才将任嵘和杨书记解救了出来，孙胖子直接将他们送到了门外，说道："不是我说，你们二位闹这出又是何苦呢？惹谁不好，哪怕是惹我，哥们儿指定不跟你们当真。我兄弟什么性子你们不知道？算了，你们先躲躲，这几天别回局里了，我找机会好好劝劝他。"

任嵘苦笑了一声，说道："我们也是好心办了坏事，想在他们父子面前露露脸，也让吴主任欠我们一个人情，没想到事情办砸了。德胜局长，得麻烦你周旋一下了。"

“都是自家兄弟，老任你这么客气干吗，生分了啊。”孙胖子安慰了他们几句，又说道，“要不这样，正好甘肃那边发生了一起小案件。借这个机会，你们二位也下下基层，去看看怎么回事。部里问起来，哥们儿我也有个说辞。二位不反对的话，现在就赶紧走吧，直接去机场就行，我订好票之后，把航班信息直接发到你们手机上。”

任嵘和杨书记对视了一眼，一齐点了头。他们也是没有办法，这个时候实在不敢面对车前子。于是听从了孙胖子的建议，一起去了机场。

送走了两位领导，孙胖子重新回到旅馆里面。正好碰上万千姬给车前子打来了电话：“你把人头给我哥哥，我哥哥确定人头无误，我们再交换人质。”

车前子皱了皱眉头，向孙胖子问道：“胖子，那个妖头你拿哪去了？赶紧拿过来。”

孙胖子眨巴眨巴眼睛，说道：“你早说啊，你爸爸听说这件事情了，刚刚给我打来了电话，问到底怎么回事。他让我把妖头赶紧送过去，他的话你哥哥我可不敢不听，我已经让人把妖头送回民调局了——兄弟，这次你爸爸真火了，要不你也出去躲躲吧。不是哥哥我说你，百无求可是你爸爸的好哥们儿，也算你叔叔辈的人物了，你怎么就下得去手，把他的脑袋都砍下来了。”

这时候，仍处于极度悲伤之中的万千山说话了，对自己的妹妹说道：“我确定过了，是他的头颅没错。”

这时，电话那边传来了无涯的声音：“妖王的头颅！见不到百无求的人头，你们也别想见到车前子的母亲。”

听到了无涯的声音，孙胖子凑了过去，对电话说道：“哥们儿听这声音怎么这么耳熟呢？是不是曹正身边的人参娃娃？你叫什么来着？算了，不管你叫什么了，哥们儿我就纳闷了，上辈子我怎么得罪你了，变着花样地找民调局的麻烦。哥们儿是拔了你的人参须子了？还是尿尿呛到你了？”

电话那边的无涯沉默了片刻，再说话的时候又增加了条件：“那好，现在不止是妖王的头颅，还要加上妖王的身体。先给万千山大妖检查一遍，确定都属于妖王无误之后，头颅和身子一起送过来。”

听到无涯的话，车前子上前，一把抢过手机，说道：“你这不是难为我吗？老子一刀砍下了妖王的大脑袋之后，他的身子我直接一把火烧了。用的是种子力量爆发出来形成的业火，烧得连把灰都没留下。是你们说只要脑袋的，现在你叫我怎么再把妖王的身体变回来？”

无涯直接问道：“砍掉脑袋就砍掉脑袋，为什么还要烧掉妖王的身子？”

车前子冲着电话吼道：“你懂不懂什么叫毁尸灭迹？那个傻大个和我爸爸、归不归和任叁他们都是一伙的！还是归老头的干儿子。我倒是想就在民调局后院挖个坑，再把他身子埋了了事。省事是省事，可是等归老头找上门来，再抓我一个人赃并获。他们逼我爸爸大义灭亲的时候，小王八羔子，你是不是替我去死？”

车前子这番话说得没毛病，加上不久前吴仁荻确实来过电话，问车前子地下四层的妖皮哪去了，车前子支支吾吾的。万千山看在眼里，还真以为吴仁荻发现百无求被杀了，正找车前子兴师问罪呢。这时候，他竟然替车前子说起好话来：“无涯，妖王的头颅我亲自验过的。他脑袋顶上有梅花胎记，这个事情只有我知道，他们决造不出假来。”

听了万千山的话，无涯又沉默了片刻，这才说道：“那好，只要妖王的头颅和万千山。让万千山复验一次人头，今晚十点，就在民调局大门口，我们交换人质！”

“民调局大门口交换！”听了无涯的话，孙胖子和车前子对视了一眼。他们都想到了同一件事情，竟然提出在民调局大门口交换人质，看来这个无涯是胸有成竹啊。十有八九，这小家伙还有底牌没有露出来。

“也别十点了，就定在一小时之后吧！”孙胖子从车前子手里拿过了手机，笑嘻嘻地说道，“你们拿走妖王的人头，回去建设你们新妖山去。我们接老盟娘回家，好好过我们的日子。不是我说，要是老盟娘被你们吓出了什么毛病，哥们儿能饶过你们，我们家老盟爹可饶不了你们。”

“今晚十点，不见不散。”无涯最后说了一句，说完便把电话给了万千姬。万千姬对万千山说道："哥哥，你可看准了。百无求真死了的话，我们的变革大计便算是成功了一半。回去之后，你继承妖王的位置，就可以按我们的设想建设妖山了。"

和万千姬设想的不一样，看到百无求头颅的时候，万千山已下定决心自杀赎罪了。只是现在牵扯上了吴仁荻的夫人（他自己这么以为的），为了顺利结束这次的事情，避免过分惹怒吴仁荻，连累到妖山上的同族，万千山这才打算忍到最后。只要顺顺利利完成交换人质，把何胜男放回去之后，他便可以安心地离开这个世界，去向自己的养父赔罪了。

想到这里，万千山轻轻地叹了口气，随后挂断了电话。

简单收拾了一番，民调局的大队人马驾车离开了小旅馆。孙胖子和车前子一辆车，车子启动之后，孙胖子便对小道士说道："兄弟，好手艺啊。百无求的人头你找谁弄出来的？这个哥哥我就得埋怨你几句了，手里有这么牛的资源，也不介绍哥哥我认识认识。"

车前子苦笑了一声，说道："胖子，要是我说人头是假的，可是妖皮却是真的，你能禁得住吗？给你透个底，妖皮是在你们吴主任的地下四层发现的。发现的时候妖皮潮乎乎的，像是才剥下来没多久。"

听了车前子的话，孙胖子的眼睛立刻瞪了起来。不过他马上又笑着摆了摆手，说道："不可能，说起来他们哥四个也是在一起混了几千年的。说翻脸就翻脸，还把皮剥了下来？这得多深仇大恨啊！再说了，吴主任哪有那么凶残？兄弟，你爸爸干不出来那种事吧？"

"问谁呢？你认识他的时间比我长多了。"车前子有些心虚地吸了口气，随后自言自语道，"应该不至于，不过谁知道呢？别瞎想，不至于不至于。"

车队回到民调局之后，孙胖子也没有难为万千山，带着他到了自己原来的办公室。请万千山坐下之后，又给他倒了一杯茶水，说道："你看我这里也没来过妖山的朋友，也没准备点你们喜欢吃的。听说你们妖族喜欢吃人，可惜了，我们的任局长和杨书记刚刚走了。要不然的话，指定请你开开荤。"

“我吃素。”说话的时候，万千山将茶水一饮而尽。接着将杯子里的茶叶也倒进了嘴里，嚼了几下，随后咽进了肚子里。

“那个谁，把我的好茶叶都给大妖泡上。人家好不容易来一次，得吃饱了。”孙胖子叫过来一名调查员，吩咐他去泡一大锅茶水，随后笑嘻嘻地对万千山说道，“说起来哥们儿对你们也不算外人，还上过一次妖山。不过那次大妖你好像不在，有点可惜，错过了。”

万千山淡淡地看了孙胖子一眼，说道：“孙先生，你还是找间牢房把我关起来吧。如果你心里不舒服，还可以让人狠狠拷打我。我知道我对不起百无求，你这样做的话，我心里也能好受一点。他死了，我心里很愧疚……”

“那怎么行，百无求是百无求，大妖是大妖。”孙胖子嘿嘿一笑，随后说道，“哥们儿还有件事情想打听一下，那个人参娃娃是怎么回事？我记得他是地府原左判曹正的智囊，你可是大妖，妖山与地府势不两立，你怎么会听他的话？”

“这个我不方便说。”万千山叹了口气，说道，“如果你不打算关我的话，麻烦你再把百无求的头颅取来吧，我验过之后，就不用再为这个操心了。”

万千山正说着的时候，车前子提了一个大包裹进来。他将包裹放在了万千山面前，说道：“赶紧看，老吴吵着要给百无求弄个衣冠冢。这次我算是折你们手上了，刚才他举着大宝剑要劈了我给他朋友报仇！回头你和你妹子说一声，这个大脑袋你们拿不走了，想要也行，自己去和老吴说。”

这个妖头万千山之前已经看过了数遍，这次也没有太仔细检查，只是又看了看脑袋顶上的印记，就再次确认这个脑袋确属于妖王百无求无疑。看着看着，万千山眼圈一红，又开始掉起了眼泪。

“你还好意思掉猫尿？没有你，他能死吗？”车前子没好气地瞪了万千山一眼，随后说道，“听说你们兄妹俩还是被百无求养大的，你说他要是知道自己是被你们兄妹害死的，会不会骂你们是白眼狼？早知道你们是这样忘恩负义的东西，还不如拿你们去喂狗呢。起码狗吃饱了，不会算计背叛主人。”

被车前子一顿臭骂，万千山也不反驳。他低着头，说道："你骂得对。我忘恩负义，我不是东西。他当年不该救我，没有我，他也不会落得如此下场。我求你件事，等到晚上交换回你母亲之后，你亲手杀了我吧，死在你手里，我心甘情愿，算是我给百无求赔罪了。"

第二十九章　妖气弥漫

看到万千山是真想以死赎罪，车前子反而不好意思继续恶心他了。而万千山因为强烈的内疚感，也没有仔细检查妖头，车前子又成功糊弄过去一次。

将万千山安置好之后，办公室的电话响了起来。孙胖子接起电话说道："我是孙德胜——来找车局的？姓陶的男人，来民调局报案，说他老婆被人掳走了？你没和他说，咱们这里叫作民俗事物调查研究局吗？失踪案让他去市局或者事发地派出所！行吧，直接带上来吧，带到我——车局的办公室来。"

挂了电话，孙胖子表情古怪地对车前子说道："兄弟，那个谁——陶方来报案了，说凌晨的时候，他老婆何胜男被人掳走了。你看怎么弄？"

"让他来！"小道士咬牙切齿地说了一句，随后说道，"我还说等事情完了再去找他算账。没想到他胆子还真肥，竟然自己送上门来了，那好极了，来了就别走了。不把他折腾得叫爸爸，我管他叫爸爸——呸呸呸！"

回民调局的路上，孙胖子已经和老郑通过了电话。知道了何胜男那边发生的事情，当下嘿嘿笑了一下，说道："兄弟，还是那句话，你的事情就是哥哥我的事情。要我做什么，你一句话的事儿。”

正说话的时候，一名调查员敲门进来，跟在调查员身后的正是昨天在天坛见过的陶方。陶方一脸的愁容，见到了车前子，他眼睛一亮，急忙上前说道：“车局长，我们昨天见过面的。我是陶方，我夫人何胜男的舅舅孔大龙是您的师父。”

“我们见过？我怎么不记得了？”车前子翻了翻白眼，说道，“先别套近乎，听说你——何胜男女士失踪了，你不去报警，来我这里干什么？还是说你和绑匪是一伙的，跑我这来打探消息了？那个谁，先把他铐上再说！”

原本陶方是想要报警的，为了不引起孔大龙的怀疑，报警之前他给孔大龙打了电话。孔大龙让他来民调局，说自己的徒弟是民调局的副局长，还在部里挂着职务，上面有人好说话，由他们出面，警方也会更重视一些。没想到这个车前子好像吃了枪药似的，不分青红皂白，还没说几句话，就冲他来了。

见到带他上来的调查员真亮出了手铐，陶方急忙说道：“我是来报案的，我是法国公民，你们不能这么对待一位外籍公民！”

“等一下，车局长开玩笑呢，小孙你裹什么乱！”孙胖子笑嘻嘻地走了过来，打发走了带陶方上来的调查员，将陶方带了进来，说道，“陶先生，车局长爱开玩笑，你别当真。不是我说，自己人他才这么开玩笑，这是没拿你当外人啊。”

说到这里，孙胖子将自己的名片（也是副局长）取了出来，递给了陶方，笑嘻嘻地说道：“我是车局长的同事，巧了，主要就是负责对外事务这一块的。有什么事情，你和我说就行。”

陶方原本就心虚，也不敢真和车前子理论。当下装作紧张的样子，将凌晨的事情说了出来：“今天早上六七点钟的时候，四五个人闯进了我们的房间。他们打晕了我，然后掳走了我的夫人。孔大龙叫我来找你们帮忙，说你们能量大，有办法。请你们务必帮这个忙，帮我把人救回来。”

“早上六七点钟发生的事情，直到现在你还不报警？不去市局或者派出所，偏偏跑到我们民调局来！”车前子冷哼了一声，继续说道，“你看我们这里像是处理这样刑事案件的地方吗？”

“我已经说过了，不是我要来的，是你师父孔大龙让我来的。按照我的本意，是准备去我们法国大使馆寻求帮助的。”仗着自己的法籍身份，陶方也没给车前子好脸。他提高了音量，继续说道：“说句不礼貌的话，我不太相信你们，谁知道这起绑架案会不会也和你们有关系？怎么那么巧，我们回国以后，就没见过生人。昨天见了你们之后，第二天早上我夫人就出事了！”

说到这里，陶方站了起来。轻蔑地看了车前子一眼，说道：“打扰了，我还是去大使馆寻求帮助吧。”

见陶方要走，孙胖子嘿嘿一笑，说道：“陶先生，不好意思啊！你夫人被绑架的事情，我们怀疑是你本人自导自演的——今天凌晨，你在法兰西银行的账户有三十三笔钱转进来，总额是惊人的一亿欧元！还真巧了，几个小时之后，何胜男女士就被绑架了。恐怕你得说明一下，这些转账是怎么来的。”

陶方没想到自己国外的银行账户会被查，他愣了一下，但仍然嘴硬地说道：“这是我的个人隐私，我不需要向任何人或者任何组织解释。”

说完，陶方头也不回地离开了办公室。车前子见了，想追上去将陶方抓回来，却被孙胖子笑嘻嘻地拦住，说道：“兄弟，不用急，哥哥我有办法——姓陶的账户里多了一亿欧元，我让那些钱变成他的催命符。”

说着，孙胖子掏出手机，当着车前子的面，给国外的林怀步打了过去。电话接通之后，孙胖子直接打开了免提，说道：“小矬子，大年初一忘记给你拜年了。这不还没出正月嘛，给你拜个晚年哈。”

电话那边传来林怀步的声音：“大圣，现在一接到你的电话，我心里就不自在。你们民调局玩得太大了，我真插不上手。”

“误会了不是，哥们儿我能有什么坏心思？就是一件小事而已。有个法籍华人，名字叫陶方。不是我们这个圈子里的，这小子心眼坏透了，刚收了别人一亿欧元，打算坑死哥们儿。他的银行账号我查到了，现在账上还有一亿零三百万欧元。”

“你早这么说，我不就明白了。”电话那头的林怀步松了口气，随后说道，“得罪你也就是得罪我了，这样，你把他银行账户信息发我，我找黑客把他账户里的钱都划走，分别存入欧盟国家情报部门监控的账户里。这样一来，你说的这个人，下半辈子只怕要在监狱里度过了。”

听完林怀步的计划，孙胖子冲车前子嘿嘿一笑，说道：“那就可以了，下次见面，小矬子，哥们儿我当面谢你啊。”

“谢谢就不用了，不过再有像上次那样的事情，大圣你能把我忘了，我就谢天谢地了。不说了，孩子醒了。”说着，那边已经挂了电话。

车前子虽然报了仇，不过心里仍隐隐觉得有些不妥，有些犹豫地对孙胖子说道：“胖子，其实揍他一顿出出气就行了，他们毕竟还有个孩子。”

孙胖子眨巴眨巴眼睛，对车前子说道：“兄弟，看过《红灯记》没有？里面有一句唱词儿——奶奶不是你的亲奶奶，爹也不是你亲爹！”

车前子愣了一下，他是个聪明人，立即从孙胖子的话里听出了一点门道：“胖子你什么意思？那个小女孩不是他的？你把话说清楚！”

首都机场，孔大龙将一个四五岁的小女孩交给了一个三十出头的女人。随后又掏出一张支票递了过去，说道：“这是一点心意，让你们骨肉分离，就算是一点补偿吧。”

女人有些不好意思，看了一眼支票上的数字，连忙说道：“太多了，这两年多亏了您的帮助，我先生的医药费才有了着落。也是您帮我看着孩子，要不我得医院、托儿所两头跑。”

孔大龙叹了口气，说道：“就当是你先生的帛金了，只可惜你这么拼命也没能把他拽回来。以后你们娘儿俩有的是花钱的地方，拿着吧，我给孩子的。”

女人擦了把眼泪，这才千恩万谢地接过了支票。这时候，小女孩拉了拉孔大龙的衣角，说道："爷爷，我以后还能去见何妈妈吗？"

"你何妈妈要去很远很远的地方，恐怕是没有机会再见了。"孔大龙深深地吸了口气，随后从怀里摸出一个小小的瓷瓶将瓷瓶打开，放在了小女孩鼻子底下，就见从瓷瓶里面冒出来一缕青烟，钻进了小女孩的鼻孔……

"她会慢慢忘记这段时间的事情，文文是个好孩子，以后就是你们母女俩相依为命了。"孔大龙说完之后，掏出来孙胖子的名片，递给了女人，随后说道，"我也要去一个很远的地方，以后你们母女要是遇到什么事情，就去找这个叫孙德胜的人。就说文文是我的孙女，他自然会全力帮助你的。"

这时候，女人乘坐的航班快到登机时间了。女人抱着小女孩，向孔大龙深深鞠了一躬，这才带着小女孩离开。

孔大龙目送这对母女过安检的时候，身后突然传来一阵不正常的笑声："哈哈哈！刚才我看了你外甥女的生死簿，原来是这个样子。哈哈哈，我的接班人，你真是好手段。我借民调局削弱妖山的力量，你就借我的力量办你的私事。你什么都算计好了，我竟然一点都没有察觉。由你来做我的接班人，我真是再满意不过了。"

不用回头，也知道是穿着精神病皮囊的阎君到了。孔大龙有些无奈地笑了一下，说道："陛下你也了不得，马上就要去转世轮回了，还要弄这些有的没的——小心我那外甥姑爷发起疯来，在你转世之前就杀进地府去。"

"这不是有你嘛。"阎君走过来搂住了小老头的脖子，傻笑了一声，继续说道，"再说了，这件事和我地府有什么关系。妖山下来的两路人马是无涯安排的，给陶方转账的公司也和地府一点关系都没有。吴勉总不能把这些事情硬算到地府头上吧？"

听了阎君的话，孔大龙苦笑了一声，说道："你这是在玩火，小心火烧得太旺，把你自己的地府也烧了。"

"所以说啊，我才要找一个可以灭火的接班人。"阎君再次笑了一下，说道，"不过我也折腾不动了，也应该去准备一下轮回转世的事情了。把地府交给你，我放心。"

孔大龙说道："到此为止吧，不要再招惹民调局的人了。事不过三，再来一次的话，吴勉真要翻脸了。"

"我是干不动了，不过等你继位之后，你招惹不招惹我就管不着了。"阎君嘿嘿一笑，正准备再和孔大龙说几句的时候，突然看到国际航班通道那边走出来了一行人。看到这些人，他一缩脖子，飞快地拉上孔大龙转身躲开，说道，"别看那边，无涯给吴勉找的麻烦到了。"

孔大龙没有回头，但还是通过身旁不远处的玻璃镜面瞧见一脸怒气的归不归带着小任叁一起，从国际航班通道走了出来。小老头顿时明白，这就是无涯使出来的离间计了。

正一肚子火气的归不归并没有注意到阎君和孔大龙，他和任叁领着随从直接去了停车场。看着他们的背影，小老头皱了皱眉，对阎君说道："那个无涯到底什么来头，怎么一副和吴勉不死不休的架势？"

"他是曹正几世之前救下来的人参娃娃，原本是想辅佐曹正成为地府之主的。现在他的恩人死了，这个小东西便把所有账都算在了吴勉头上。"说到这里，阎君傻笑了几声，擦了擦口水，说道，"你掌权之后，要想办法把这个小东西收为已用，他太有意思了。"

民调局里，车前子右眼皮突然没有规律地抽动了几下。他皱了皱眉头，对身边的孙胖子说道："怎么我都白头发了，右眼皮还跳，我还能有什么灾？"

"什么左眼跳财，右眼跳灾的，都是封建迷信。你这就是累的，又一天一宿没睡了，就算你是白头发也受不住。"孙胖子嘿嘿一笑，继续说道，"兄弟你把心放肚子里，有哥哥我和咱爸爸在呢。天塌下来都压不住你，也不用担心咱老盟娘，现在万千姬那个娘们儿不敢动她。咱老盟娘少了一根头发，哥哥我就卸了他哥哥一条大腿。"

说话的时候，孙胖子瞅了一眼墙上的钟表，继续说道："还有八九个小时呢。不是我说，兄弟你就在这眯一会儿。耽误不了事情。"

车前子确实累极了，不过现在他母亲生死未卜，小道士哪有心思睡觉。喝了一大口原本给万千山泡的浓茶，说道："等过了今晚，我再好好睡一觉吧。胖子，你说无涯那个死孩子为什么咬死了非得今晚十点不可？他还能有什么算计？"

"那谁知道，"孙胖子嘿嘿一笑说道，"等着看吧！"

与此同时，民调局地下四层的密室里，百无求终于蜕了第三层皮。第三层皮蜕完的瞬间，妖王独有的气息迅速扩散开来，充斥了整个民调局的各个角落。

民调局从上到下，各个科室的主任、调查员都心神不宁起来。有身体弱一些的调查员直接流出了鼻血，原本在民调局大门口溜达的尹白也蔫头耷脑的，趴在地上呜呜地叫个不停。

关押万千山的房间里，大妖万千山原本正盘坐在地上，反复吟诵着他们妖山的往生咒语。妖气袭来，他猛地跳了起来。眨巴眨巴眼睛，立刻明白了过来——妖王百无求并没有死！

想明白之后，万千山猛砸房门，喊叫道："开门！我要见孙德胜！我要重新验看妖王的首级！去把孙德胜叫来！"

万千山喊了大半天，门外终于有了动静。只不过出现的人不是孙胖子，而是之前被他迷晕过一次的杨枭。

老杨看了一眼万千山，他也不说话，从口袋里摸出一根小小的檀香，点燃之后，指引着青烟飘进了万千山的房间里面。随后他说道："你是在做梦……百无求已经死了，你心里自责，做了一个妖王没死的梦……他死了，死得透透的，他是被你害的。"

与此同时，孙胖子和车前子正通过监控视频盯着房间里面万千山的情况。车前子向正在擦鼻血的孙胖子问道："这就可以了？管用吗？"

孙胖子缓了口气，说道："先别管这个了，兄弟，咱们得赶紧查清楚刚才那股气息是从哪里传出来的。走，赶紧去！"

第三十章 兴师问罪

孙胖子领着车前子等人直奔民调局地下室，这块区域的妖气要比民调局其他地方浓得多。而且越往下，妖气便越浓烈。孙胖子等人只下到地下一层便下不去了，最后只能让车前子一个人继续往下看看到底什么情况。

车前子再一次回到了地下四层，只见地下四层的墙壁上出现了一个大窟窿。那冲天的妖气就是从这窟窿里面喷发出来的，车前子被妖气熏得眼泪直流。如果不是长生不老的身体，这样浓烈的妖气已经要了他的性命。

窟窿里面应该是一间密室，民调局地下四层车前子下来过好多次，原来以为就是一个一百多平方米的房间，直到这时候才发现，竟然还隐藏着这样一间密室。现在这间密室充斥着浓烈的黑色妖气，无法看清楚究竟有多大。车前子犹豫了一下，还是用手捂住了口鼻，直接进到了里面。

因为密室里妖气太浓烈的缘故，车前子什么都看不清。他一边摸索着，一边往里面走。隐隐约约之间，看到前面出现了一个高大的人影。这人足有两米高，好像正在思考什么事情，站在原地一动不动的。

车前子想问下对方是谁，没想到一张口，吸进了妖气之后便猛烈地咳嗽起来。咳嗽声惊动了面前的高大人影。他猛地一转身，朝车前子猛扑了过来。

见高大人影朝自己扑了过来，小道士顾不上咳嗽了，急忙驱动种子的力量，准备搓出电弧攻击高大人影。没想到他两根手指刚刚搭上，还没等搓出电弧，高大人影已经到了他面前。

车前子甚至都没看清高大人影是怎么出的手，只觉得眼前一黑，便什么都不知道了。

也不知道昏迷了多久，车前子终于睁开了眼睛。发觉自己还是身处地下四层的密室里，只不过这时密室内的妖气已经散光了。

车前子摇摇晃晃地从地上爬了起来，发现自己衣服胸口部位出现了一个大窟窿。身上倒是没什么外伤，不过衣裤上沾到了鲜血，也不知道是怎么造成的。

整间密室只有一张巨大的床榻，上面整齐地铺着一张妖皮，看起来很像他之前拿走的那张百无求的妖皮，只不过这张妖皮看上去要比之前他拿走的那张小一号。

难道这段时间百无求一直就在这里？早就被老吴弄来藏在这里的？车前子胡思乱想的同时，掏出手机看了一眼时间。

手机显示有一百多个未接电话，时间也到了晚上的九点四十五分，还有一刻钟就到交换人质的时间了。车前子没有时间在这继续查看了，转身跑出了暗室。随后用最快的速度向楼上跑去，两三分钟之后，他终于到了孙胖子的办公室。

见到车前子突然出现，孙胖子差一点哭出来。过来对着小道士的胸口就是一拳，说道："兄弟你死哪去了？一个下午加晚上，整个民调局的人什么都没干，局里局外到处找你——哥哥我给你打了一百多个电话，你一个都没接。哥哥我差点以为是无涯和万千姬捣的鬼，把你也给绑走了。"

"胖子，这件事我也说不清楚，以后有时间再聊吧。"看孙胖子又磨蹭了几分钟，车前子急忙开口说道，"怎么样，他们把我妈带来了吗？"

"还没，时间没到，他们不会贸然出现的。"孙胖子解释了一句之后，继续说道，“还有个消息，陶方，傍晚的时候被几个外国人抓走了。据说已经送进了英国大使馆，看来他有得罪受了……”

“都这时候了，谁还有空关心他的死活！”车前子看了一眼孙胖子身边的人，以屠黯、二杨为首，民调局几位主任都到齐了，看来对这次交换人质，孙胖子也做足了准备。整个民调局，除了出差的任嵘和杨书记，以及六室的吴仁荻和沈辣之外，各个部门的精兵强将全都到齐了。

除了民调局的人，被捆成粽子一样的大妖万千山也在办公室里面。看他的模样有些劳累，眉宇间的神情还有些疑惑，好像有什么事情想不通，但究竟是什么事情，他却怎么也想不起来。

这时候，站在窗边的萧易峰突然说道：“到了！门口来了一辆大巴车。”

与此同时，车前子的手机响了起来，电话显示是孙胖子落在万千姬那的电话号码。在孙胖子的授意下，车前子打开了免提，随后万千姬的声音传了出来：“我要听我哥哥说话。”

车前子急忙走到万千山身边，将手机放到他嘴边，说道：“说两句，说什么都行，让你妹妹听听。”

万千山苦笑了一声，说道：“妹妹，我梦到百无求了，梦到小时候他把我们带到王宫的情景，我还梦到他没死，说原谅我了。”

电话那头的万千姬沉默了片刻，随后说道：“你没事就好。车前子，你现在派人把人头送出来。我要再检查一遍，确认真是百无求的人头之后，我们就交换人质。”

“这么重要的东西，我哪敢让别人送！”车前子看了一眼不远处办公桌上的妖头，走过去直接将妖头拎了起来。随后走到了办公室窗前，打开窗户，急性子的车前子竟然直接从楼上跳了下去。

调动起身体内的种子力量，车前子稳稳地落到了地面上，随后大摇大摆地向那辆大巴车走去。走到跟前的时候，大巴车的车门打开，万千姬的声音从里面传了出来：“上来吧，再让我看看人头。”

车前子没有说话，提着妖头上了大巴车。上车之后，才发现大巴车被隔成了两部分。万千姬坐在一个座椅上，她身后是一道帷幔。万千姬看了一眼车前子手里的妖头，叹了口气，说道："把人头给我吧。"

车前子摇了摇头，说道："先让我看一眼何胜男女士，只要她没事，这人头自然就是你们的。"

万千姬还没说话，帷幔后面便响起了何胜男的声音："车前子谢谢你，我没事，我很好。"

听到自己母亲的声音，车前子没有犹豫，将手里的人头扔给了万千姬。

万千姬双手接住了妖头，却没有亲自查验。她小心翼翼地将妖头递进了身后的帷幔里面。片刻之后，帷幔里面传出一声惊呼。这声音不是无涯的，也不是何胜男发出来的，但听起来却十分耳熟。

车前子急忙说道："赶紧的，别耽误时间了。"

这时候，无涯的声音响了起来："可以了，看完了就赶紧把人头送出去吧。"

万千姬身后的帷幔打开，露出了里面坐着的一老一小两个人，正是大年三十晚上见过的归不归和小任叁。

这两人都一脸的怒容，归不归紧紧抱着百无求的妖头，盯着车前子说道："老人家我不和你说，你没这个本事。把你爸爸叫出来，让他给我解释清楚，这傻小子到底哪里得罪他了。"

车前子没想到无涯的后手会是这一老一小，他们不是和民调局一伙的吗？车前子的母亲何胜男就在他们身后，她脖子上戴着一只古怪的项圈，项圈内侧都是锋利的刀片。

这样的场面，小道士也不敢实话实说，他只能硬挺着说道："不用！我一人做事一人当。百无求的脑袋是我砍下来的，你们想给他报仇没问题！先把我妈放了，只要看到我妈进了民调局，你们给我一把刀，我自己把脑袋割下来给百无求抵命！"

车前子盘算好了，只要救下自己的母亲，他马上把真相说出来。这个妖头里面还有一个妖物的脑袋，伸手一掏，就什么都明白了。

小道士的话还没说完，无涯从何胜男身后露出了头。无涯看着车前子，开口说道："顺序错了！你应该先割下自己的脑袋，然后归老先生再放你母亲走。如果先放了你母亲，没有了人质，你来个翻脸不认账，有吴勉在，我们还能拿你怎么样？"

"孙子，你到底是人参精还是王八精？怎么咬住了就死不松口！"车前子见到这个无涯又来搅局，气得破口大骂。要不是担心自己母亲的安危，这个时候他已经冲上去揍他一顿出气了。

这时候，民调局那边又有人一溜小跑到了大巴车旁。敲了敲车门，探进来脑袋，笑嘻嘻地对车里面的人说道："不是我说，是老爷子您到了吗？还有我三叔！我刚刚从海关那边知道您二位回来了，都到民调局门口了，怎么不进来坐坐？正好，有人给我送来了几瓶五十年的茅台。三叔，都给您留着呢！"

"我们人参不稀罕，你把大傻子还给我们人参啊！"小任叁说着说着，突然"哇"地一声大哭了起来。

这时候，孙胖子也看到了何胜男脖子上满是刀刃的项圈，他冲车前子使了个眼色，随后一拍大腿，坐在了车门的台阶上，也跟着哭了起来。边哭边说："这怎么话说的？我的百无求爸爸诶！怎么都以为您死在我们民调局了啊？我们被人栽赃嫁祸了啊！送过来的时候，就是一个人头啊！妖物那边催得紧，我那傻兄弟就把屎盆子扣自己身上了。车前子你也是傻啊，这种事情能瞎承认吗？再说了，你有那个本事吗？那是谁，妖王！百无求！你爸爸都弄不死他，你能有那个本事吗？"

归不归听了，皱着眉头问道："胖子你好好说话，送过来的时候就是人头？有证据吗？"

"怎么没有证据？我们民调局的萧易峰萧副主任亲自接的快递——快递单上写着是寄给吴主任的。"孙胖子擦了一把眼泪，继续说道，"还有监控录像，因为里面不停有血水冒出来。我们萧副主任找不到吴主任，又担心里面的东西坏了，所以拆快递的时候，用手机录下了整个过程。"

说话的时候，孙胖子打开手机，调出了一段视频。视频里的人正是五室副主任萧易峰，正对拍摄视频的人说道："这是给吴主任看的，千万别漏了什么。开始了。"

说完，萧易峰打开了快递盒子。只看了一眼，萧易峰顿时脸色大变，直接将拍摄的手机抓了过来。随后画面一转，变成了盒子里面百无求的头颅。就听萧易峰对身边的调查员说道："赶紧去联系车局，孙局不在局里，这件事只能找车局了。"

播放完了这段视频，孙胖子又播放了第二段。这段视频是民调局的监控摄像头拍下的，有人将一个快递盒子放在了民调局大门口，萧易峰路过便带进了局里。这两段视频对应的时间，正是孙胖子他们被人迷晕的那段时间。

"当时萧副主任还奇怪呢，怎么凌晨就有人送快递！"孙胖子关上了手机，转头对车前子说道，"兄弟啊，知道你都是为了救哥哥我，才顶了这个雷。可是你也不想想，他们不就是想让你这么干——我的傻弟弟诶！哥哥我连累你了，对不起你啊。"

敢情在他昏迷的这段时间，孙胖子未雨绸缪，弄出来这两段视频。还是这个胖子想得长远，对可能出现的风险提前做了防范。

车前子心里盘算了一下，随后装出一副叛逆青年的模样。顺着孙胖子的话说道："我有什么办法？胖子你和二杨他们二三十号人都被他们抓起来了，后来他们还抓了我妈。偏巧那个时候有人送来了百无求的人头，你说我还能怎么办！我才不管谁杀死的百无求，有了人头，那就先把你们和我妈换回来再说咯！"

"这天底下有本事杀掉妖王的能有几人？"无涯见孙胖子和车前子两人一唱一和，还真引起了归不归和小任叁的怀疑，急忙打断了车前子的话，"百无求可是妖王，是顶尖的大人物，不是什么阿猫阿狗，除了吴勉，谁能轻易将他杀死？"

"徐福、广仁、上善老佛爷还有你们地府。"孙胖子掰着手指头，将有本事杀掉百无求的人都说了出来。见无涯想要反驳，他提高了嗓门继续解释道，“不是说徐福大方师有分身吗？够弄死妖王了吧？广仁虽然差点，可也是当作大方师的人物，手里也有几把神兵利器吧？趁百无求不注意的时候，一下把他的头砍下来，这种可能性也是有的吧？上善老佛爷就不用我多说了吧？一个嘴巴的事情……”

说到这里，孙胖子扭脸对沉默不语的归不归说道：“老爷子，这样，也别车前子了，我孙胖子留在这里当人质，你把人家何女士放回去吧！她是谁你心里有数，别真查明了和我们无关，您老人家犯不着因为这个得罪了吴主任。”

归不归看了孙胖子一眼，摇了摇头，说道：“小胖子，你还不够分量。这样，你让吴勉出来，亲口说一句这件事与他无关，我老人家一准儿信他。”

“老人家，您这就为难我了。”孙胖子苦笑了一声，继续说道，“您和吴主任搭伙两千多年，不是我说，您应该了解他啊！吴主任一向都由着自己性子来的。您让他过来解释，他真敢指着自己的鼻子说就是他干的——天底下就属他的话最不能当真了。”

说到这里，孙胖子叹了口气，继续说道：“这样，我把大妖万千山也叫过来。怎么说他都是罪魁祸首，你听听他怎么说。”

孙胖子刚说到这里，一辆出租车从远处开了过来，就停在了大巴车跟前。孔大龙笑呵呵地从出租车上下来，对孙胖子说道：“小胖子啊，身上带钱了吗？我出门有点着急，忘带零钱了。”

第三十一章　母子相认

看到孔大龙出现，大巴车里的人表情各异。女妖万千姬有些错愕，现在每增加一个人就增加一分不确定性。再这样折腾下去，不知道自己的哥哥还能不能救出来。

人参娃娃无涯的眉头皱了起来，这辆大巴车里的聪明人越来越多了，他的优势也越来越不明显。照这样下去，就怕要阴沟里翻船了。

听到了孔大龙的声音，归不归和孙胖子两人的眼睛都眯缝了起来。这一老一胖两只老狐狸都有各自的盘算，这时都在算计着孔大龙突然出现，如何利用才能对自己这方更有利。

小任叁泪眼婆娑地看了孔大龙一眼，随后继续抱着百无求的大脑袋痛哭着。车前子听到了小老头的声音之后，立刻冲下了大巴车扑了过去，一把搂住了自己的舅公师父，说道："老登儿，你死哪去了？又去见相好的了？我妈都被妖物绑架了，你还有心思在外面鬼混？"

这时候，何胜男的声音也从大巴车里传了出来："舅舅，是你来了吗？这是怎么回事？他们为什么要抓我？还有，你徒弟车前子怎么一直叫我妈妈？"

“没事儿，胜男你别怕，这就快结束了。”说话的时候，孔大龙朝车前子做了个鬼脸，随后说道，“之前在你爸爸面前的时候，我就说过不能再叫你老儿子了。结果还是没忍住，又厚着脸皮叫了你这么长时间。不过现在看来，真的不适合再叫你老儿子了。好孩子，这两天辛苦你了——你先帮我把出租车钱给了，一会儿我再和你细聊。”

孔大龙所说的出租车司机正伸长脖子向这边看，车前子也不问多少钱，掏出来两百块钱就递了过去。

就在这个时候，孔大龙慢悠悠地上了大巴车。他一手扶着孙胖子的肩膀，先冲女妖万千姬飞了个眼，随后转头对满脸疑惑的何胜男说道：“胜男啊，舅舅对不住你。有些事情早该告诉你了——好孩子你进来，我得给你们娘儿俩介绍一下。来，胜男，这是你二十年前生的儿子，说起来大名你还没给他起呢。这么多年，他一直用我给他起的道号——车前子。

“好孩子，这是你妈妈——何胜男。你妈妈不容易，因为一些特殊的原因，我给她伪造了一个三口之家。老公、孩子都是花钱租来的。现在陶方那个坏种得了报应，孩子也回到她正牌妈妈那里了。”

“你说什么？”车前子和何胜男异口同声地大喊了一声。两个人对视了一眼，何胜男满脸的惊讶，说道：“舅舅你在说什么？什么二十年前生的孩子？我生的孩子我自己怎么不知道？还有，你把陶方和陶冉冉怎么了？他们怎么又成了你花钱租来的了？”

这时候，无涯忍不住插嘴说道：“你们的家务事等回去以后再说，现在得先说清楚妖王到底死在谁手里。”

“我！妖王百无求是被我杀死的！”孔大龙指着自己的鼻子，随后继续说道，“我是下一任的地府之主，妖山、地府自古以来势不两立。我管阎君借了十万阴兵，在内蒙古设伏结果了他。然后割下了妖王的脑袋，送到了民调局。”

孔大龙的话还没说完，原本收了钱准备离开的出租车司机突然打开车门，快步向大巴车这边走过来。他一边走一边喊道：“孔大龙你够了！这事情不是你做的，也和地府无关！”

司机怒不可遏地走到了孔大龙身边，对大巴车里众人郑重说道：“妖王的死与地府、与我和孔大龙都没有关系，他这是想替车前子脱罪！”

“你？”孔大龙笑呵呵地看了司机一眼，说道，“怎么换了一身皮囊？这副皮囊可不如那个精神病的皮囊好——这副皮囊太暴躁了，我看更适合妖王才对。”

司机正是换了一副皮囊的阎君，他盯着孔大龙，说道：“你安安心心等着继承阎君的位子，不要再掺和其他的事情！”

这时候，孙胖子眨巴眨巴眼睛，说道：“今天到底什么日子？妖山、地府的重要人物都聚齐了。这样难得的场面是不是该庆祝一下，要不去我的民调局食堂凑合吃点喝点？我那还有几千万响过年没来得及放的鞭炮，一起乐呵乐呵！”

“孙德胜，你要庆祝什么？庆祝妖王身故吗？”无涯冷冷地说了一句，看到事情越来越乱，阎君把自己和孔大龙都择了出去，他心里开始不安起来。如果东窗事发，要阎君二选一的话，阎局指定会保孔大龙，把他这个人参娃娃推出来顶雷。既然如此，索性就搅得再乱一点，自己才好火中取栗，借机从这乱局之中脱身。

“都把嘴闭上！”车前子开了口，说话的同时，他浑身上下散发出一股种子的力量。这股力量带来的压力，让无涯闭上了嘴巴，轻易不敢再说话。

见没人敢多嘴了，小道士盯着孔大龙，继续说道：“老登儿你把刚才的话说清楚，姓陶的和那个小女孩都是假的？都是你花钱雇来的？你为什么要弄这一出？”

孔大龙没有直接回答车前子的话，他转头看了一眼自己的外甥女，对她说道：“因为你最后的愿望，是想要一个完整的家庭。舅舅我给不了你真的，就只能花钱给你弄出来一个假的。胜男啊，你别怕，马上就要结束了。”

“什么叫作最后的愿望？老登儿你在说什么呢？”听了孔大龙的话，车前子浑身上下的汗毛都竖了起来。他生平第一次感觉到一种发自内心的恐惧感，生怕眼前的小老头说出他心里隐约猜到，却完全无法承受的话来。

孔大龙仍然没有理会车前子，继续对一脸茫然的何胜男说道："当年你去了法国之后，没多久便生了一场大病。因为那次生病，你失去了一段重要的记忆，浑浑噩噩地过了许多年。这些年来，你一直想恢复那段记忆。那段时间发生的事情，虽然你一点也记不起来了，心里却总觉得那段记忆对你无比重要。"

孔大龙苦笑了一声，继续对何胜男说道："我一直劝你，事情都过去了，想不起来就算了，但你总不肯听。每当你尝试回想那段记忆的时候，立刻会感到头痛欲裂，严重的时候还会让你陷入昏迷。你不知道，我也没告诉你的是，你第一次因为这样做昏迷的时候，便伤到了魂魄。之后每回想一次，对你魂魄的伤害便加深一分，直到最后无可挽回为止。"

说到这里，孔大龙叹了口气，回头看了一眼已经红了眼圈的车前子，说道："就在前不久，你妈妈突然打电话给我，说她什么都想起来了。好孩子，那时你妈妈终于把你想起来了。她很想立刻飞到你身边，亲眼看看你，亲手抱抱你。但她已经做不到了——等我赶过去的时候，发现她已病入膏肓，魂魄也已被伤得千疮百孔了。

"我只能给你妈妈用了浊脑，让她重新忘掉刚刚恢复的记忆，用这个方法延续她几天的生命，再多做几天正常人。当你妈妈再醒过来的时候，她又不记得你和你爸爸了。不过她还有一些残存的记忆，隐约记得自己有一个孩子，还有一个丈夫。当时我问你妈妈有什么愿望，你妈妈说想感受一下一家三口的天伦之乐。我思来想去，最后决定花钱雇人来假扮她的孩子和丈夫。那个陶方是从当地中餐馆里找来的——这个混球没必要多说他！

"那个小女孩是当地一堆华裔夫妇的孩子，她父亲得了重病，需要一大笔医疗费。我找到了她妈妈，花钱把她雇了下来，给你妈妈凑成了一家三口。只可惜那小女孩的父亲最终还是没能康复，前几天也去世了。"

这时候，车前子全都明白了，他深深地吸了口气，对孔大龙说道："老登儿，你现在说这个，是什么意思？"

孔大龙沉默了片刻，没有理会车前子，只对脸色发白的何胜男说道："原本我是想让你们母子早一点相认的，记得天坛公园那次吗？我想着哪怕是一天也好，可是我不敢恢复你的记忆，如果你想起来的话，你的魂魄根本承受不住。可是我实在不忍心，就在旁边干看着，什么都不做。"

说到这里，孔大龙叹了口气，继续说道："现在这样也不错，刚才你不是听到他喊你妈妈了吗？看到你儿子有多在乎你了吧！"

小老头说话的时候，何胜男的呼吸开始变得急促了起来。她好像想起了什么，脑海里出现了一个男人的背影，却怎么也记不起来这个男人的相貌。

"不急，这不是着急的事儿。"孔大龙冲何胜男摇了摇头，继续说道，"能想起来就想，想不起来就算了，不要难为自己。"

"我想起来了，我是有一个孩子，不过是男孩。"何胜男脑海中突然浮现出一个画面，她抱着一个哇哇大哭的婴儿，跟着孔大龙来到了一栋大楼前。想起来了！这栋楼大门右侧还挂着一块牌匾，上面写着——民俗事物调查研究局。

"是，你生过一个男孩，就是他，我的徒弟车前子。"孔大龙两眼死死盯着何胜男，如果她再出现什么异常情况，小老头会毫不犹豫地再次切断这段记忆。

好在这次何胜男只是有些激动，魂魄并没有受损的迹象。她看着车前子，泪流满面，想过去拥抱他，却被无涯拦住。无涯冷冷地说道："你们有些喧宾夺主了吧？妖王究竟死在谁手里，这件事情还没弄清楚！我并不想妨碍你们母子团聚，只要找出杀害妖王的凶手，我立刻放了这位——夫人！"

"刚才我不是说了吗？妖王是我杀的！"孔大龙微微一笑，完全没理会恼怒的阎君，继续说道，"主谋是妖山大妖万千山，他知道我是下一任阎君，主动联络的我——谁想替百无求报仇？找我和万千山就行。"

听到孔大龙把自己哥哥牵扯了进来，万千姬不乐意了。瞧见归不归和任叁的神情不善，她急忙辩解道："你胡说！我哥哥什么时候联络过你？"

孔大龙呵呵一笑，说道："那你说说你们兄妹分成两队下妖山做什么来了？还派出妖物监视民调局，跟着又掳走了包括孙德胜在内的民调局二十多号人。现在又绑架了我外甥女、车前子的妈妈。还有无涯你这个小东西！”

说到这里，孔大龙顿了一下，将目光转到了归不归脸上。继续说道：“老人家，如果不知道我外甥女那一层特殊关系的话，谁会绑架她？还用她威胁车前子去杀百无求——说实话，刚刚我看到您和任叁少爷的时候，小老头我心里还想不明白。据我所知你们和他们可没有交情啊！怎么突然凑到一块了。”

这时候，归不归点了点头，说道：“你们说你们的，老人家我只想知道，那个傻小子百无求到底是怎么死的，究竟死在谁的手里！”

“你让无涯放了我妈，放了她我就告诉你！”车前子冲归不归喊了一嗓子之后，继续说道，“人头是我拿出来的，不管是谁干的，我都给你个交代。”

无涯还想再说点什么的时候，归不归突然转身，朝何胜男脖子上的项圈点了一下。就听一声脆响，项圈碎成了几截落到了地上。老家伙冲何胜男点了点头，说道：“回去吧，你的事情老人家我多少知道一点，抓紧时间母子团聚吧。”

见归不归没和自己打招呼便把何胜男放了。这样一来，握着的车前子的“七寸”就没有了，无涯心里也没了底气。这时候，万千姬突然大叫了一声，抢在车前子前面，一把抓住了何胜男的胳膊，随后将一柄匕首横在何胜男的脖子上，说道：“把我哥哥万千山放了！你们放了我哥哥，我就把这个女人放了！”万千姬这时候什么都顾不上了，挟持了何胜男威胁众人，歇斯底里地大声吼道，“快！你们是要逼我杀人吗？”

孙胖子掏出手机，给民调局的人打了电话。片刻之后，五花大绑的万千山由二杨和屠黯亲自押着，带到了大巴车旁边。

看到了自己的哥哥，万千姬再次大声喊道：“给我哥哥松绑！你们对他做了什么？他施展不了妖法！快，解掉我哥哥身上的禁制！”

看到孙胖子点头，屠黯从怀里取出一粒丹药，直接塞进了万千山的嘴巴里。丹药吃下去之后，万千山很快呕吐了起来，将吃到肚子里的那些茶叶一股脑儿地都吐了出来。随着最后一点茶叶残渣被吐了出来，万千山又重新恢复了妖力。

“你哥哥放出来了，妖力也恢复了。”车前子盯着万千姬，顿了一下，继续说道，“快放了我妈，你手里的家伙吓到她了！我妈要是破了一点皮，我剥了你们兄妹俩的皮！”

这时候，除了归不归和小任叁，其他人都已下了大巴车。万千姬走到万千山身边，确认自己的哥哥没什么大碍之后，突然将何胜男向车前子的方向推了一把。推开何胜男的同时，万千姬张嘴喷出一口血雾，随后拉着万千山一起向血雾中心扎了下去。

万千姬拉着万千山想借血遁逃走的时候，众人眼前人影一闪，接着就见血雾中心突然冒出来一双手，正好掐在了万千山和万千姬的脖子上，生生将他们从血雾中心拖了出来。

“百无求的事情还没说清楚！”动手的竟然是归不归，别看他老得不能再老的样子，动起手来，在场的人里面，就连术法最高的屠黯都没看清楚。

瞧见风向不对，人参娃娃无涯身子一沉，顺势就要往地下扎。这时候，被他坑过一次的小任叁突然从地下冒了出来。两只小手死死掐住无涯的脖子，两个人参娃娃顿时扭打在了一起。

这时候，和何胜男抱在一起的车前子突然感觉有点不对。他仔细一看，就见何胜男的脖子被划出了一道浅浅的口子，鲜血正从伤口里渗出来。见到这个，小道士当时就火了，转身向被归不归制住的万千姬吼道：“你敢弄伤我妈，还让她流血了，我要把你们兄妹俩碎尸万段！”

说着，也不管现在是什么样的局面，车前子直接冲万千姬那边扑了过去。

见车前子冲过来，归不归看在吴仁荻的面子上，做了个顺水人情。手一松，将万千山兄妹俩让给了车前子。

万千山和万千姬兄妹，车前子更恨刚伤了他母亲的万千姬，所以他第一个攻击的对象，就是万千姬。车前子挥舞着拳头冲了上去，眼看这一拳就要打在万千姬身上的时候，万千山身子一闪，替自己的妹妹受了这一拳。与此同时，他也挥出了一拳。车前子打中了万千山的同时，万千山也给了他一拳。

“嘭嘭！”两声，万千山和车前子各中了对方一拳。车前子向后退了几步，万千山却好像没事人一样，仍然站在原地，一脸铁青地盯着车前子。

小道士站稳之后，再次向万千山冲了上去，这一人一妖又对拼了一拳。

第三十二章　命中注定

车前子和万千山几乎同时打中了对方，和之前那次一样，小道士控制不住又向后退了几步，而万千山仍然稳稳地站在原地。

车前子再次站稳之后，还要上去和万千山拼命，却被赶过来的孔大龙一把拉住。小老头盯着好像什么事情都没发生一样的大妖万千山，说道："硬扛下来很辛苦吧？你真的打算死在车前子手里？以为这样就可以替自己犯下的错赎罪了？"

孔大龙这番话说完，万千山的脸色变得血红。这时，他再也压制不住胸口的血气翻涌。一张嘴，"哇！"的一声，喷出来一大口鲜血，随后身子晃了几晃，最后单膝跪到了地上。

车前子的性格，一向都是得势不饶人。见到万千山受了重伤，便想趁机过去直接结果了这个罪魁祸首。孔大龙看出了他的意图，急忙拦住了他，说道："有这个工夫，还是去看看你妈妈吧！她没有多少时间了。"

车前子愣了一下，回头看向自己母亲，就见何胜男由孙胖子搀扶着，正一脸关切地看向自己这边。刚才车前子和万千山打斗的时候，何胜男没敢出声，生怕车前子因为她分神，再在万千山手里吃了亏。

现在见车前子收手了，她才敢出声对车前子说道：“对不起！我才把你想起来，想起来我还有个儿子。对不起啊，我不是不要你，我怎么会把你忘了！这么多年，你是怎么过来的，妈妈对不起你，你不要记恨妈妈。”

这时候，见到万千山被车前子打成重伤，自己这边大势已去，万千姬一咬牙，飞快地向何胜男冲了过去，打算做最后一搏。只要再制住了何胜男，他们兄妹俩就还有翻身的机会。

见到万千姬向何胜男冲了过来，孙胖子没有任何犹豫，将自己的身体挡在了何胜男身前。“嘭！”的一声闷响，孙胖子被万千姬打飞了出去。

万千姬还想对何胜男出手的时候，背后响起了车前子咬牙切齿的声音：“以前我不打女人的！”这句话说出来的同时，小道士已经揪住了万千姬的头发，直接将万千姬抡了起来，随后重重地摔到了地上。

这时候的车前子已经杀红了眼，扭头看了一眼远处倒在地上一动不动的孙胖子。这时候杨枭已经到了孙胖子身边，查看了一番之后，向车前子做了个手势，示意孙胖子没什么大碍。

车前子这才重新回头看着地上的万千姬，双眼流露出浓浓的杀意。他慢悠悠地拔出短剑，盯着万千姬说道：“没人请你们来，既然来了，那就别走了！”

说话的时候，车前子手腕一翻，短剑如闪电一般，向万千姬的心口射了过去。短剑脱手的同时，车前子已经转过了身子，向何胜男走了过去。在他看来，万千姬这次必死无疑，已经是只死妖了。

车前子刚刚转身，他身后突然响起了一个破锣嗓子的声音：“小丫头，你咋了？谁欺负你了？和我说，我削他！怎么哭成这个样子了，还哭个没完了，娘们儿唧唧的，你还有点妖的样子吗？”

听到这个声音，车前子忍不住回头看去。就见一个两米多高的大个子站在万千姬身前，自己刚刚射出去的短剑竟然出现在了大个子手里。他攥着剑刃，完全不在乎自己的手掌已被划破，正在哗哗流血。

大个子是背对着车前子的，车前子看不到他的相貌。不过看他的背影，很像自己在地下四层密室里撞见的那个高大人影。

看到大个子出现，万千姬的眼泪更止不住了，哗哗地流了下来。她一把抱住了大个子的腿，哭着说道："你没死！没死就好，我和万千山都以为犯下了不能回头的大错！你还活着就好！我们错了，从一开始就错了。"

"错了就改嘛，有什么大不了的？"大个子瞪着眼睛看着万千姬，继续说道，"不过你是谁？还有我没死就好是什么意思？等等，我想起来一件事——老子是谁？这是什么地方？还有那边那个老东西，老子一看到他就觉得不顺眼，怎么又想揍他，又想管他叫爸爸？"

大个子说到这里的时候，脸上的表情开始扭曲起来。随后蹲在了地上，开始猛揪自己的头发。一边揪头发，一边对万千姬说道："我就看你顺眼，咱们俩是不是认识？你告诉我我是谁？我是不是你爸爸？"

"我是你爸爸！"归不归慢悠悠地走了过来，边走边对这个大个子说道，"傻小子，你把老人家我都忘了！你是我儿子百无求，咱们爷儿俩快二百年没见了。"

"你是我爸爸？我是你爷爷！"大个子一把揪住了归不归的衣领子，说道，"想占便宜是吧？老子撒泡尿给你照照，你哪一点随老子了？你也配！老子的爹那得是——"

"还真把我老人家忘了！"归不归苦笑了一声，随后对空气说道，"行了，你也不要躲起来看戏了。我老人家一早就知道这傻小子没死，不过怎么还傻了，连我都想不起来了。"

"你去问席应真。"白头发的吴仁荻突然出现在车前子身边，他看了归不归一眼，继续说道，"我替你看孩子，就是他亲爷爷也不过如此了。归不归，上次的人情还上了。"

"小白脸子，你又是谁？"大个子扭头看向吴仁荻，他松开了归不归的衣领，随后说道，"想起来了，刚才我醒来的时候，你就在床边看着我——我看你还挺顺眼的，你自己说，你是不是我儿子，我记得有句话叫作久病床前无孝子，你是不是我的孝顺儿子？"

听到这个大个子连带着占了自己的便宜，车前子不干了。要不是他妈妈就在身边，这时候他已经冲过去和大个子拼命了。小道士歪头看向吴仁荻，抬了抬下巴，故意拱火道："那个大个子问你话呢！"

吴仁荻翻了个白眼，朝大个子招了招手，说道："来，过来我告诉你。"

"过去就过去，当爸爸的还能怕儿子吗？"说着，大个子作势就准备去吴仁荻那边。

就在这时，一个穿着一件古怪僧袍的老和尚突然凭空出现在众人眼前。来人正是上善老佛爷，他指着自己身上的僧袍说道："都来看看佛爷我这件宝贝袈裟——傻大个子你醒了啊？过来瞧瞧，佛爷我用你的妖皮缝的。"

听到老和尚提到了自己的妖皮，大个子好像想起了什么。他拍了拍自己的脑袋，向老和尚那边走了过去，边走边说："老子记起来了，是老子蜕的皮。老子到底是谁？和尚，老子是你爸爸吗？"

老和尚愣了一下，他看了一眼一脸尴尬的归不归，说道："你教他这么说的？老东西，想占佛爷我的便宜？南无阿弥陀佛，佛祖恕罪，佛爷我多少年不杀人了。"

说话的时候，老和尚已经开始挽袖子了。归不归见了，苦着脸说道："禅师，看我的面子。"

"老东西，你那点面子早就着雪里蕻吃了。"老和尚没有理会归不归，冲大个子招了招手，说道，"大傻子你过来，佛爷给你看点好东西。"

"老子怕你？老子不敢过去，老子就是你和老尼姑生出来的孽种！"一边说着，大个子一边大摇大摆地朝老和尚走了过去。

大个子一边走一边骂街，气得老和尚一刻都忍不了了。等不及大个子自己走过来，他也迎着大个子走了过去。到了近前，大个子还在骂骂咧咧，老和尚已经窜了起来，跳起来给了他狠狠一个大嘴巴子。

"啪！"的一声脆响，大个子直挺挺地栽倒在地。

车前子原本以为他们两个怎么也得比划一阵子，大个子的本事绝对小不了，虽然没见他出手，但仅凭他能在电光火石间空手截住自己射向万千姬的短剑，就可见一斑。那可是车前子盛怒状态下，施加了种子力量甩出去的短剑。民调局里面除了吴仁荻之外，没有第二个人能接得住。

看着倒在地上一动不动的大个子，车前子指着他，向身边的吴仁荻问道："这个就是妖王百无求？"

吴仁荻就回了一个字："是。"

车前子有些无奈地看了万千山兄妹一眼，随后自言自语道："这么看，妖山闹革命也不是没有道理。"

趁众人围拢到百无求身边的时候，车前子走到何胜男身边，母子二人抱头痛哭起来。见到自己的外甥女哭得几乎晕厥，孔大龙走过来，拉开了他们，说道："好了，我知道你们还有很多话要说，就不要浪费时间了。"

何胜男擦了擦眼泪，拉着车前子的手，说道："我不知道该说什么好了。这些年辛苦你了，和我说说你的事情，我想听。"

小道士将自己小时候的事情简单地说了一遍，知道了车前子小时候的遭遇，何胜男又一个劲地抹眼泪。对孔大龙说道："舅舅，早知道你们过得那么清苦，我就不该用你的钱。你是把钱都给我花了，结果苦了你们自己。"

这对母子说话的时候，孔大龙便时不时看一眼手表。听到何胜男跟他说话，他回答道："起码这孩子有我在身边，冷了热了还有我这把老骨头照顾他。你就不一样了，你一个人在国外，俗话说穷家富路，身上多点钱总没坏处。"

说话的时候，孔大龙又看了一眼手表，好像在计算着什么。

他们这边说话的时候，归不归检查了百无求的身体。见他只是晕倒了，并没什么大碍，这才放下心来。这时，上善老佛爷凑到他身边，指着对面的何胜男说道："这就是给吴勉生孩子那女的？小混蛋车前子他妈？佛爷我还以为什么人呢！怎么又是个魂魄受伤的，吴勉这是什么命！"

"估计多少有点克妻命。"归不归跟着叹了口气，说道，"当年妞儿就是这样，现在轮到她了。好在她不像妞儿那么严重，轮回三五次也就缓过来了。看孔大龙的模样，她去轮回也就眼前的事情了。"

两人嘀嘀咕咕了一阵，同时将目光转向了吴仁荻。吴仁荻好像什么事情都没发生一样，他叫过来屠黯，正跟屠黯说着什么。屠黯一边听一边点头，时不时朝车前子那边看一眼。等到吴仁荻说完，屠黯转身回了民调局大院，随后驾车离开了民调局。

屠黯离开的时间不长，他重新回到民调局的时候，车前子还在跟何胜男叙话，正说到去年他初到民调局，第一次见到吴仁荻的情景。听车前子提到了吴仁荻，何胜男不由自主地转头看了一眼吴仁荻。

看到了白头发的吴仁荻，何胜男急忙转回了头，对孔大龙说道："我实在想不起来他了，他是我儿子的父亲，我却一点印象都没有了。这真是……"

"想不起来就想不起来吧。"孔大龙说话的时候，又看了一眼手表，随后说道，"还有什么话，你们母子俩痛痛快快地一次说完吧。"

这时候，通过杨枭的救治，刚刚被万千姬打晕的孙胖子也醒了。杨枭搀着他，一瘸一拐地向车前子那边走过去。走过去的路上，孙胖子瞧见了远处假扮出租车司机的阎君，接着又发现孔大龙频繁地看表，他立即明白了什么。对杨枭说道："老杨，咱们别过去了。就让他们娘儿俩好好聊一会儿吧！你搀着哥们儿去找吴主任聊聊。"

这时候，车前子看到了孙胖子，对他大声喊道："胖子，过来见见你的盟娘！都过来了你还往哪走，赶紧过来！"

随后，小道士又对何胜男说道："那个胖子是我最好的朋友，进了民调局这么长时间，就他最照顾我了。妈，让他安排你好好玩几天。然后我带着你去我们屯子待几天，我给你买一头猪，整一桌子杀猪菜。"

这时候，远处的阎君咳嗽了一声，随后向孔大龙指了指他手腕上的手表，示意到时间了。

"我知道时间到了。"孔大龙低下了头，沉默了片刻，对面前这对母子说道，"胜男啊，到时候了。你得跟着对面的阎君下去了。你别怕啊，你舅舅我过几天就是阎君了。到时候你想去哪投胎，舅舅我给你开绿灯。"

虽然孔大龙几次明示暗示何胜男的时间快到了，不过车前子以为怎么也得个三五天半个月的。怎么也没想到竟然这么快，就两三个小时都没有。

这一下，车前子有点蒙了。他一脸不可置信的表情，对孔大龙说道："老登儿，你别拿这个开玩笑。怎么就到时间了！凭什么就到时间了！你去和阎王说，咱们晚俩月下去！一个月也行……半个月、半个月不能再少了……这是我的底线了，三天、就三天！天王老子来了也得三天！"

孔大龙摇了摇头，说道："你这样是害了你妈妈，她原本就得了重病，寿终的时间就在今天。我也是借了她回光返照的机会，才让她恢复了对你的记忆。你拖着不让你妈妈走的话，那样会加重对她魂魄的损害的。"

听孔大龙这么一说，何胜男也感觉自己开始头疼了。她拍了拍自己的头，稍稍缓解了一些痛楚。随后抱着已经不知所措的车前子，说道："儿子，妈妈对不起你，刚刚和你相见就又要分开了。和你相认的这点时间比我之前所有的时间加一起都要有意义。如果有来世的话，你一定要找到我，要告诉我这一世的事情。"

母子俩相拥在一起的时候，吴仁荻悄无声息地走到了两人身边。察觉出身旁来了人，何胜男抬头看了吴仁荻一眼，想要说点什么，却不知道怎么开口。

这时候，吴仁荻开口说道："二十年前，给你添麻烦了。"

听到吴仁荻的声音，何胜男的身体颤抖了一下，这一瞬间，她脑海中浮现出了另外一个黑头发吴仁荻的模样。

第三十三章　清理门户

民调局大院里，小任叁从地下钻了出来。他手里拽着一根红色的绳子，绳子另外一端还在地底下。“老不死的，过来帮忙啊，我们人参逮到大鱼了。”

这时候，小任叁才发现民调局大院已经空无一人。刚刚还在这里的归不归、上善老佛爷、吴勉以及其他的人、妖都不见了，偌大的民调局大院里，只剩下一辆大巴车和出租车留在原地。

看到没人，小家伙有点慌了。他拽着手里的绳子，向民调局里面跑去。他一口气冲进了民调局一楼大厅才终于松了一口气。就见除了老家伙归不归以外，上善老佛爷、杨枭这些熟人都在，都留在这里等电梯。

见到小任叁进来，杨枭赶紧迎了过去，说道：“三叔，刚才老人家还说您哪去了，怕您在无涯手里吃了亏。”

说话的时候，杨枭帮着小任叁拽动绳子，将地底下五花大绑的无涯拽了出来。两个人参娃娃脸上都是青一块紫一块的，无涯还被打掉了一颗门牙——无涯真成了无牙了！他盯着小任叁说道：“上次你落在我手里，我可没这么虐待你！”

“上次要不是你小子，我们人参能被那些小鬼又打又骂的吗？”小任叁朝无涯啐了一口，随后说道，“现在服了没有？要是不服一会儿就把你炖了鸡汤。服了的话就老实交代，你小子到底什么来路？什么时候又出了你这么一个人参娃娃？我们人参还以为天底下只有一个曹石头做伴了。对了，曹石头是不是你爸爸？”

还没等无涯回答，归不归走了过来，对小任叁说道：“人参，一会儿庄重一点。别什么话都说，吴勉的老婆又走了！刚刚车前子才把他母亲的遗体送上楼。”

小任叁惊讶得张大了嘴巴，缓了口气之后，说道：“那我们人参是不是就不用叫大嫂了？在飞机上背的词也用不上了！老不死的，你说一会儿咱们是不是得哭两声意思意思？不过我们人参从来没见过她，一上来就哭，别人会不会笑话我们人参？”

这时候，电梯降了下来，归不归、上善老佛爷带着小任叁他们上了电梯。杨枭和杨军一起将无涯带到了五室，让萧易峰将这个人参娃娃悬空挂了起来，不让他接触到地面。

处理完了无涯的事情，二杨一齐赶往六室。屠黯从吴仁荻另外一处存放物品的仓库里面，运来了一副抱月玉棺，这时候，何胜男的遗体已经安置在了棺椁之中。抱月玉棺临时停放在六室，等孙胖子安排好之后，再商量下葬的事宜。

二杨赶到的时候，车前子已经换上了孝衣，正跪在玉棺前流泪。二杨面面相觑，走到了屠黯身边，杨枭低声说道：“老屠，吴夫人停在这里不合适吧？怎么说也得停在民宅，哪怕地下三四层也行。”

屠黯看了二杨一眼，低声回答道：“孙德胜主动揽过来的，说让吴夫人最后看一眼民调局。明天一早，民调局所有人都要过来吊唁，算考勤的。”

杨军探头向六室里面看了一眼，说道：“吴主任呢？他哪去了？”

“上来之后就没露面。”屠黯向六室里面的车前子看了一眼，这才继续说道，“刚才我听到了，车前子问了吴主任，问他到底想没想起来二十年之前的事情。吴主任什么都没说，只是摇了摇头。”

杨军冷哼了一声，说道："看不出来啊，吴勉平时正人君子似的，实际也就那么回事。光认儿子不认儿子妈，渣男中的战斗机……"

"闭嘴，吴主任来了！"杨枭抿嘴低声说了这一句，随后下意识地换了一副笑脸，迎着吴仁荻走了过去。刚走了几步，又想起六室里面的棺椁，感觉自己笑嘻嘻的样子好像有点不合适。当下又哭丧着脸，走到了吴仁荻身边，说道，"那什么，吴主任您节哀，有什么需要我们三个人去办的，您说一声。"

吴仁荻脸上没有一点哀伤的表情，他没有搭理杨枭，而是面无表情地走到了归不归、上善老佛爷身边。

老家伙冲吴仁荻点了点头，说道："孔大龙带着你女人的魂魄去了地府。阎君亲自作陪，你不用担心。"

"我女人？"吴仁荻沉默了片刻，对归不归说道，"你也早知道了？这次就是为了看戏来的？"

"还真不是，妖族那个小女孩给老人家我发了一张百无求的人头照片。"说话的时候，归不归将照片掏了出来，递给了吴仁荻，继续说道，"这是电脑打印的，看到这个的时候，老人家我就知道是假的，百无求那傻小子无论如何，也不会落一个这样的下场。他们摆明就是想挑拨离间，挑唆我们三个火拼一场。这样的招数太嫩了，老人家我一眼就看出来了。"

说到这里的时候，归不归看了一眼六室里面的车前子，对吴仁荻说道："现在魂魄已经下去了，停灵什么的也没有用了。一会儿你去劝劝车前子那孩子，散了吧。他母亲去投胎之前，下去再团聚一次。地府马上就是孔大龙做主了，这点事情小事一桩。"

吴仁荻沉默了片刻，也扭头看了一眼伤心不已的车前子，说道："随他吧，孩子心里舒服就好。"

这时候，民调局楼下突然传来一阵惊呼声。随后听到有人扯着嗓子喊道："这是哪儿？这不就是民调局吗？今天什么日子？老子我得去给孙小胖子帮忙去！老子是不是来晚了？老子受伤了？谁打的我？坏了！老家伙是不是又回去了——归不归！见你儿子一面能死啊？"

喊话的声音越来越近，很快就看到赤裸着身体，只有腰间围了条床单的百无求从楼下飞奔上来。这时候的百无求明显和之前不一样了，精神奕奕的样子，两眼之中闪着精光。冲上来之后，一眼便瞧见了归不归。他一拍大腿，冲过来抱住了老家伙，说道：“老家伙你终于想起你儿子来了！还以为老小子你又跑了，这谁死了？怎么还停着棺材——老和尚席应真！你怎么也在这里？怎么老子一看见你，嘴巴子就疼？”

见到了归不归和小任叁，百无求激动得不得了。完全无视了停在六室里面的棺椁，到了兴头上，他竟然高兴地跳起舞来。又蹦又跳的时候，动作大了一点，绑在腰间的床单掉到了地上。

“百无求你是想死吗？竟敢在我母亲的灵前……”看着光屁股的百无求，车前子气得浑身直打颤，冲过去就要跟百无求动手。

“这小王八蛋谁啊？有人管没人管？小子，你爹妈不管你，老子你祖宗来管管你！”百无求也动了气，也不管这是在民调局了。他完全忘了之前民调局大院发生的事情，大吼了一声，向车前子扑了过去。

就在这个时候，他的头发突然被人拽住，随后吴仁荻的声音在他身后响了起来：“别和我儿子一般见识。”

说着，吴仁荻又掐住了百无求脖子上的肥肉，随手轻轻一甩，将百无求扔到了身后的地上。

突然被人扔了出去，百无求大怒，从地上爬起来之后，大声怒骂道：“哪个孙子敢偷袭老——小爷叔是你啊！”话刚说到一半，百无求就瞧见了正冲他直翻白眼的吴仁荻。

趁这个机会，车前子冲到百无求身后，飞起一脚踢在了百无求的胯下。正在和吴仁荻说话的百无求没有一点防备，被车前子这一脚踢了个正着，

“小兔崽子！”百无求咒骂了一句，倒地之后身体弓了起来，蜷缩成一只大虾米的样子。身体一抽一抽的，顺着嘴角不停有白沫流出来。

见到百无求被打了，归不归的脸色沉了下来。他看了一眼也已经皱起眉头的吴仁荻，深深地吸了口气，说道：“这孩子得管！”

“这不是在替你管吗？”吴仁荻和归不归对视了一眼，继续说道，“自己的儿子，自己管。”

归不归被噎了一下，他又不敢得罪吴仁荻。当下叹了口气，走过去查看百无求的伤势，一边查看一边说道：“这是有多大的仇啊，再加点劲都踢碎了！傻小子，老人家我扶你起来走两步。你也是，人家妈刚过世，你光不出溜的算什么意思？行了，都是一家人，论起来你还得喊他一声小叔叔。”

“我喊他个六！”百无求夹着双腿，在归不归的搀扶下哆哆嗦嗦地站了起来。稍微缓过来一点之后，扭头狠狠瞪了车前子一眼，说道，“你等着我，等我缓过来的！”

见到百无求又要骂街，归不归和小任叁一起，赶紧将他搀到了远处另外一个房间。车前子还要追过去，吴仁荻说道：“可以了，你真想在灵前大闹一场吗？”

车前子深深地吸了口气，这才罢手，回到了灵前。看他依旧气鼓鼓的样子，吴仁荻耳边又响起了归不归刚刚说过的话：“这孩子得管！”

远处的房间里，百无求正在来回踱步。他毕竟是妖王，身体恢复得快。没一会儿，胯下火辣辣的疼痛便好多了。

归不归坐在沙发上，笑嘻嘻地看着仍在絮絮叨叨的百无求，说道：“行了，反正你在这里也待不了几天。不理那个小混蛋不就得了？看你小爷叔的面子。”

“老家伙，你说那条小疯狗真是他的种？老子看着不怎么像嘛！”百无求还对刚才那一脚耿耿于怀，他啐了一口，继续说道，“你看看那条疯狗，哪有一点你叔叔的样子。你叔叔咬人的时候，从来都不叫唤！”

归不归跳起来捂住了百无求的嘴巴，说道：“小祖宗，咱们爷们儿可是在人家的地盘上。你小点声，小心那个小混蛋听见了，过来再给你补一脚。”

百无求一瞪眼，说道：“他敢！刚才是老子没有防备。那小子再敢过来，老子把他的黄儿捏出来，给任老三泡酒喝。”

小任叁听了咯咯一笑，说道：“得了吧，你们几个的事情，别把我们人参牵扯进来。大侄子，不是我们人参说你，你敢把车前子的黄捏出来，他爸爸吴勉就敢血洗你的妖山。你们妖山上老老少少都排好队，等着吴勉捏他们的黄——哈哈哈哈，排排队，捏黄黄——哈哈哈哈，笑死我们人参了。”

“呸！他敢！老家伙，你叔叔不敢吧？”说到这里的时候，百无求突然想到了什么，继续对归不归说道，“等一下——老子怎么把妖山忘了！老家伙，我那干儿子和干闺女哪儿去了？不是让那条小疯狗咬死了吧？”

“他们俩是你妖山的人物，傻小子你不开口，谁敢动他们？他们俩都被关押起来了。”归不归微微一笑，说道，“傻小子，你说你还没有娶妻生子，收什么干儿子、干姑娘的？再看看你收的都是些什么东西！整个妖山最想你死的就是他们兄妹俩了。”

“那是老子我的家事，死在他们俩手上，老子乐意！”百无求说话的时候，便要出去找那兄妹俩。

归不归急忙拦住了他，说道：“傻小子，你这么光溜溜的，出去还要挨打。怎么也得穿上点吧。我都活了两千四百多岁了，怎么还有这操不完的心！”

说话的时候，归不归将身上的大衣脱了下来，勉强给百无求当成裤衩穿。随后老家伙又安排人给百无求定制衣服，现在来不及量体裁衣了，只能先做几件差不多的。等有时间了，再做几十套好的。

总算有遮体的衣物了，在归不归和小任叁的陪同下，百无求来到了楼下关押两个妖物的地方。

看守万千山兄妹的调查员知道这三个人是连孙胖子都要巴结的大人物，很客气地接待了他们。跟孙胖子请示之后，便让他们进了关押室。

见到情绪不振的万千山兄妹，百无求一屁股坐在了他们两个对面，说道：“听说你俩想弄死老子？现在老子主动送上门了。老家伙、任老三，你们谁给他们一把匕首。老子当年从死妖堆里把这俩白眼狼救出来，带回家当亲儿子、亲姑娘养活，结果呢？我亲儿子、亲姑娘居然要弄死老子！老子不服！凭什么！”

“因为你不死，妖山永远像一潭死水！”万千山抬起了头，看了百无求一眼，继续说道，“妖王，现在人世间什么样子你也看到了，比我们妖山强千倍万倍。我们妖山还要靠他们救济，才能勉强活下去——你不死，妖山永远是你这个妖王说了算，永远不会有发展的机会。”

“等一下，什么叫妖王不死，妖山就没有发展的机会？”归不归忍不住打断了万千山的话，他古怪地笑了一下，继续说道，“人世间也有发达的君主制国家啊，人家国王、女王都好好的，国家发展得也不错，没见像你说的那样啊！小子，你是不是对改革有什么误会？妖山要发展没错，妖王也可以改革啊，他一句话的事——从明天开始，我们妖山要发展工业、农业了啊。老人家我看在和你们妖王关系不错的份上，还能帮你们一把，要技术给技术，要资金给资金，还可以派人去妖山教导你们。”

万千山眨巴眨巴眼睛，他摇了摇头，说道：“不对，那个误闯妖山的人说了，妖山想要变革，必须从革新制度开始，只要还保留着封建制度，变革就不可能真正实现。人世间要是没有辛亥革命，现在仍然由皇帝统治，能发展得现在这么好吗？”

“误闯妖山的人！”归不归的眼睛眯缝了起来，他回头看了一眼小任叁，对万千山说道，“妖山成千上万年，一共有几个误闯进妖山的人？妖山是什么地方，是普通人能闯进去的吗？能闯进妖山的人，只能是修士，而且术法修为还不低。这样的人，竟然一门心思撺掇你们造反，你不觉得这个人值得怀疑吗？”

妖族里面，万千山算是有头脑的了。见识了人世间的繁华，他太想改变妖山了，对这个理想，他内心太过于执着了。正因为如此，他才会被那个所谓误闯妖山之人所迷惑。归不归这番话点醒了他，是啊，那个人一直装作不会术法的普通人，那这些年他是怎么做到自如出入妖山的？这个老家伙说的有道理，那个人确实值得怀疑！

见万千山脸上变颜变色，归不归知道他是想到什么了，不过现在已经晚了。叹了口气，老头子对百无求说道：“傻小子，不管有没有被人骗，他们俩的罪过都太大了，不死的话你没法服众。你下不去手的话，老人家我帮你。”

第三十四章　提前轮回

听到归不归要解决万千山兄妹俩，百无求一瞪眼，说道："老小子你敢！不管是不是老子亲生的，那也是我儿子、闺女。论起来得管你叫姥爷吧？"

"哈哈哈哈！老不死的你当姥爷了，我们人参现在才知道，大傻子你是个娘们儿！哈哈哈哈。"听了百无求的话，小任叁肚子都笑疼了，倒在地上捂着肚子直打滚。百无求被小任叁笑得直皱眉头，一脸莫名其妙的样子，不知道自己哪里说错了。

"傻小子，你的下一代，得管我老人家叫爷爷。你要是个女妖，你的孩子才能叫老人家我姥爷。"归不归苦笑了一声，看了一眼满脸死灰的两个妖物，对百无求说道，"傻儿子，你下不了手，还不让我老人家替你解决。那你想怎么办？"

"管他叫姥爷，还是叫爷爷的，不都是你吗？"百无求满不在乎地说了一句，看了一眼还在咯咯直笑的小任叁，最后将目光停在了万千山兄妹身上。他无所谓地笑了一下，说道："被你们说得，老子都有点心动了。我也想看看妖山通了煤气、自来水是什么样子，也想看到妖山修了公路，汽车在上面跑，天上飞大飞机——你们说说要不要再建几个电影院，把老子当年跟着吴勉他们斗完方士斗地府，回到妖山继续斗的英雄事迹都拍成电影，再拿到咱们妖山电影院里来回放映……”

没等百无求说完，归不归便打断了他的话：“傻儿子，你这是也想妖山变变了。只要你想，就可以办到，妖山需要什么，老人家我提供。保证十年之内，让你的妖山大变样。”

“老家伙，你高看我了。”百无求打了个哈哈，说道，“老子我自己都不信自己能干得了这事，这几年我也看透了，不管什么事情都得找懂行的来办。不是我替我儿子吹，整个妖山懂这些的，万千山他认第二，没有妖敢认第一。”

听了百无求的话，归不归沉默了片刻，说道：“你想清楚了？你养大的这两只白眼狼，这一段时间以来，一直都在想方设法杀你。为了杀掉你这个封建妖王，甚至还勾搭上了地府。你把妖山交给他们，保不齐什么时候，又要砍掉你这个封建妖王的头。”

百无求无所谓地耸了耸肩，对万千山说道：“我的儿，我把妖山交给你，日后有机会你还要杀我吗？”

万千山原本以为这次必死无疑了，没想到百无求竟然有了松口的意思。旁边的万千姬不停地向自己哥哥使眼色，示意他顺着百无求的话说。不管怎么样，先保住了小命再说别的。

没想到万千山犹豫了一下之后，盯着百无求说道：“不好说，那要看妖山的情况，如果变革成功了，还有妖想借你的名头作乱的话……”

没等万千山说完，百无求哈哈大笑了起来。笑声还没停，他突然出手，对着万千山就是一个嘴巴子。就在万千山以为这次真的性命不保的时候，百无求说道：“你小子行，是我百无求养大的。轴起来跟你爸爸我一模一样，心里想什么就说什么。起码不像你姥——你爷爷那样虚头巴脑的。行，妖山就交给你了，你也别高兴得太早。就给你两年时间，老子倒想看看，妖山在你手里，这两年能有什么变化。”

说到这里，百无求回头对归不归说道："老家伙，你孙子要什么，你就给什么。两年之后，妖山要是还不成样子的话，万千山，那你怎么办？"

万千山愣住了，他认真想了一下之后，说道："两年之内如果我不能让妖山有翻天覆地的变化的话，我自杀谢罪。"

"好，一言为定！"百无求看了万千山一眼，说道，"你回去还做代王，至于这个代王要不要改成别的名字，你自己说了算。这两年内，老子就不回去了，妖山由得你折腾。两年之后我回去查验，让妖山的妖族自己决定，是要老子这个妖王呢，还是要你这个代王。"

万千山还是有些不敢相信，他妹妹万千姬捅了捅他，万千山才回过神来，说道："您真要把妖山交给我？"

"呸！想什么好事呢？不是交给你，是让你管两年！"百无求说着，紧了紧自己的裤衩，继续说道，"两年之后，妖山变革成功了，老子再让你管两年，由你继续折腾。要还是老样子，那对不起了，小子你得言而有信，正正经经地死一次了。怎么样？干吗？"

"干！"万千山没有丝毫犹豫，点头说道，"您放心，我一定不会辜负您的。两年之后，妖山便是现在的人世间。"

"你别吹过头了，丫头你过来！"百无求说完，将万千姬叫到了身边，盯着她的眼睛看了一会儿，抬手也给了万千姬一个嘴巴子。

百无求下手没有留情，这一巴掌打得万千姬口鼻鲜血直流。即便如此，万千姬不敢还手，连伸手去擦都不敢。

百无求对万千山兄妹俩的反应很满意，说道："你和你哥哥一人一个嘴巴子，打你们俩没大没小。年纪轻轻的不学好，学上代妖王骨肉相残。你们俩毛都没长齐，就琢磨着弄死你们爸爸了。这次就这样了，下不为例啊！"

见百无求竟然这么轻飘飘地放过了兄妹俩，还把妖山交给了他们管理，小任叁看不下去了，他窜到了百无求的脖子上，说道："大侄子，这样的事情哪有下不为例的？古往今来，谋逆之罪都得株连九族！你倒好，还把妖山送给他们了——咱们都不是外人，你实话实说，是不是看上这个小丫头了，打算过段时间，事情淡了再把她娶过门？到时候干女儿就成老婆了，干儿子就是你大舅子。”

“呸！你当老子是你们人参啊，肉都烂在锅里了。”百无求冲小任叁啐了一口，随后说道，“妖山是老子的，老子爱给谁就给谁，老子乐意！”

归不归在一边看着，他笑了一下，对百无求说道：“傻儿子，不做妖王也好，跟爸爸去海外转转。不是和你吹，这几年你爸爸我可比富可敌国还要厉害，只要你高兴，爸爸给你买个小国家都不成问题，到时候咱们换个地方继续当国王！”

“算屎吧！老子就留在这里了。这些年妖王当腻了，神仙也得下凡看看。”百无求哈哈一笑，继续说道，“再说了，老子留在这里，离妖山也近。要是这小子不成器，把妖山弄得乱七八糟，老子还得回去给他擦屁股。”

说到这里，百无求的裤裆又开始隐隐作痛，他夹了夹双腿，恨恨地说道：“还有那条小疯狗，这么多年来，有人揍过老子，骂过还杀过老子，可是谁也没有朝老子裤裆里来一脚。这事儿没完，早晚我得找回来。”

与此同时，正在守灵的车前子突然不由自主地哆嗦了一下。

为了确保万千山回妖山之后，可以顺利接管妖山，百无求还给他拍了一段视频，大概意思是他要在人世闭关两年，这两年时间里，妖山上上下下一切事情，都交给了万千山兄妹打理。妖山上的妖族，都得听万千山这个代王的。

趁百无求拍摄视频的空当，小任叁对归不归说道：“老家伙，现在你不担心那个卦象了？不是说你们俩不能再相见吗？”

“卦象上说我老人家不能和妖王相见，这傻小子都把妖王让出去了，都不是妖王了，我老人家还担心什么！现在知道老人家我刚才为什么不拦着他了吧！”说话的时候，老家伙从衣兜里掏出几枚铜钱，顺手扔在了地上。归不归看着散落在地上的铜钱，冲小任叁一笑，说道，“卦象变了，这是郭子仪八十大寿的自卦，卦象寓意子孙满堂！还真在这傻小子身上应验了。这不，儿子、孙子孙女不都齐聚一堂了吗？”

百无求录好了视频之后，归不归迷晕了看守的调查员，又将之前屠黯抓住的十几个妖物一并放了出来。民调局的人正忙着吊唁何胜男，没人注意到归不归和百无求把妖物都给放了。老家伙安排好了车，直接将他们送回了妖山。

将妖物送走之后，归不归、小任叁带着百无求回到了民调局。这时候，给百无求定制的衣服也送过来了。百无求换上了素服，和归不归、小任叁一起，又回到了六室。

回来之后，归不归把孙胖子叫到了身边，对他说道："胖子，有件事和你说一下。老人家我先斩后奏……"

"楼下万千山兄妹俩，还有那几个妖物的事情吧？"孙胖子竟然猜到了归不归要说什么，他嘿嘿一笑，继续说道，"放走了是吧？放走就放走了。谁叫咱们是自己人呢？话说回来，他们留在民调局也麻烦，上面要是知道了民调局抓住了妖物，指不定怎么折腾呢。如果叫我把妖物交出去，给他们研究什么的，不是我说，到时候我更为难。现在这样挺好，一会儿我跟他们说一声，那十几个妖物自己跑了。"

归不归和孙胖子都是聪明人，两三句话说明白之后，事情就解决了。老家伙笑嘻嘻地说道："还是小胖子你懂事，那傻小子要有你十分之一的聪明劲，老人家我能省多少唾沫星子。对了，还有件事，我那傻儿子两年之内不回妖山了。我说让他跟着我们一起去海外吧，他还死活不去，说什么也要守在他小爷叔身边。你看这事怎么弄？"

"那再好不过了，这事交给我了。"孙胖子嘿嘿一笑，继续说道，"这样，我给他在民调局安排个差事，不用正经办公，天天守着吴主任就行。这可是天大的好消息，等局里的白事完了，我一定要摆上几桌，大家伙一起热闹热闹。"

孙胖子刚说到这，他的手机突然响了。当着归不归的面，孙胖子接通了电话，说道："不是说了吗，不管是谁，只要是来吊唁的，就让进来——他怎么来了？就他自己吗？那行吧，你小子做得对。"

挂了电话，孙胖子对归不归说道：“老人家，地府派人来吊唁了。你说他们什么意思？刚刚可是阎君和孔大龙一起把魂魄带下去的。不是我说，明知道没有魂魄了，还来吊什么唁？”

归不归眯缝起眼睛，微微一笑，说道：“小胖子你跟老人家我装什么傻？硬要老人家我来说，阎君骑虎难下了，八成是准备提前转世了。现在派人来通知一下，以后地府要姓孔了，是这个意思吧？”

归不归的话刚刚说完，不远处的电梯门打开。竟然是鸦从里面走了出来，见到了孙胖子，他赶忙走了过来，说道：“大圣你在这里就好，我说两句话就走。阎君陛下刚刚下了法旨，他决定提前轮回转世，今晚就要举行仪式，请你们民调局的人前去观礼。”

果然被老家伙猜中了，孙胖子嘿嘿一笑，看了一眼同样笑吟吟的归不归，对鸦说道：“不是我说，阎君陛下怎么这么快就要去轮回了？我这心里怪舍不得他的，尤其是陛下穿上神经病皮囊的时候，相处久了，真是越来越对胃口。”

“我也是刚刚知道的。”鸦跟着苦笑一声，说道，“现在地府都乱成一锅粥了，原本还差两个月的时间呢。下面才刚刚开始准备，谁能想到突然提前了，明天就要更换阎君了——我的话已经传到了，过去上炷香就走了。郝正义呢？哦，我看见他了。”

鸦说话的时候，已经去了郝正义那边。孙胖子和归不归都明白，肯定是阎君发话了，不许鸦说太多，当下也没有强求。

鸦把郝正义拉到一旁，小声说着话。虽然说话的声音极小，不过还是被车前子听到了。

小道士看到鸦鬼鬼祟祟的，于是将种子力量运转到耳朵里，偷听他们在说什么。正好听到鸦对郝正义说道：“和你说两句，我就回去了。晚上新阎君即位大典就要开始了，我得在场。从明天开始，地府阎君就是孔大龙陛下了。你去吴主任那，帮我说说好话，机会合适的时候，把我的职位往上升一升。”

车前子原本以为孔大龙办完他目前的事情就会回来。算起时间，他还得一段时间才用去地府报到，怎么突然就变了！

事关他的师父孔大龙，小道士不管三七二十一，站起来对鸦说道："我认得你，咱们以前见过。你刚才跟郝主任说什么？地府阎君换人了？换成孔大龙了，是吧？"

鸦没想到他那么小声，还是被车前子听到了。他有些为难，想说又不敢说，结结巴巴的。这时候，郝正义说道："鸦，说吧，他早晚也会知道的。"

鸦明白郝正义这么说是为了他好，这半大小子外号叫"疯狗"，从来都不讲道理的。自己遮遮掩掩的话，指定没好果子吃。当下，鸦便将地府就要更换阎君的事情，又给车前子说了一遍。最后说道："两位阎君陛下邀请民调局诸位，去地府观礼。今晚十二时，现任阎君再入轮回，新君孔大龙继位阎君。"

"这一个个的，说死就死、说走就走！把我当什么了？"车前子很不满意，他气鼓鼓地对鸦说道，"你回去和阎君说，把老——孔大龙放回来。过俩月到了正日子，到时候孔大龙一准儿按时报到，阎君再痛痛快快地去轮回。"

"这就为难我了，我一个小阴司，阎君陛下岂会听我的？"鸦苦笑了一声，继续说道，"要不你还是叫上吴勉、归不归几位一起，去地府走一趟吧。"

"叫你去说你就去，啰唆什么？"车前子的眼睛瞪了起来，就要发作的时候，孙胖子和归不归走了过来。

孙胖子对车前子说道："兄弟，哥哥我都知道了。咱们晚上去一趟吧。"

第三十五章　卸任阎君

车前子怎么也想不到，一天之内，两位他最亲的亲人都要离他而去。虽说孔大龙是去做阎君，不过也是要死一次的。虽然车前子早有心理准备，但事情这么突然，他还是接受不了。和他的亲生母亲何胜男比起来，他对孔大龙的感情要更深厚一些。

鸦还告诉了车前子一个消息，何胜男到了地府之后，孔大龙走了阎君的关系，很快便安排她去转世了。所有的手续一律从简，这样的速度在地府也是非常少见的。估计阎君就是用何胜男转世的事情作为要挟，孔大龙这才肯乖乖就范的。

既然人都已经转世了，那也没有必要继续守灵了。车前子找到杨枭，向他询问下地府的办法。老杨说道："小老弟，去地府说难也难，说简单也简单。当着阴司（鸦）的面抹下脖子，他立马就能带你下去。不过生人下地府就有点麻烦了，不过也不是没有办法，比方说找到阴司、鬼差专用的通道，趁他们不注意的时候下去。最后就是像你爸爸那样，自己开辟一条阴阳路出来。"

杨枭的话让车前子对吴仁荻又有了新的认识，小道士有些惊讶地说道：

“老吴还有这个本事？阴阳路他也能开出来？”

“小老弟，对吴主任，你不知道的事情多了。”杨枭本来想笑一下缓和气氛，不过看到车前子身上的孝衣，还是放弃了这个想法。继续说道：“咱们民调局每隔几年，就要将抓到的孤魂野鬼送回地府。送这些孤魂野鬼下去的阴阳路，一直都是吴主任开出来的，所以他老人家一直都是地府的眼中钉。不过现在好了，孔师父做了阎君之后，咱们民调局和地府的关系也要好转了。”

车前子没空听杨枭说吴仁荻以往的英雄事迹，他找了个由头，甩开了杨枭，在民调局上下找了一圈，还是没有找到吴仁荻。重新转回六室的时候，看到孙胖子还在跟鸦磨叽。车前子在孙胖子身边站了半天，孙胖子光顾着套鸦的话了，根本没空理他。小道士只好放弃了找孙胖子出主意的想法，继续去寻找自己的父亲吴仁荻。

最后车前子去了地下五层，终于在这里找到了吴仁荻，此时他正坐在一扇门前，依旧翻看着他那本《冥人志》。

“老爷子，你还有心思看这个呢？”见到了吴仁荻，车前子火急火燎地说道，“老登儿——我师父孔大龙今晚就要当阎王了，我想去……”

吴仁荻合上了《冥人志》，看了车前子一眼，似笑非笑地说道：“想去地府？对自己下不去狠手，想让我帮你？”

车前子摆了摆手，说道：“别闹啊，要是想用那个办法下去，我怎么也得拉上万千山兄妹俩垫背，没他俩，也闹不出来这么多麻烦事。我这不还得回来吗，你说你也两千来岁了，我不得给你养老送终吗？你说真到了那一天，打幡抱罐摔盆还不都得你儿子我吗？你还能指望别人？归不归？看他老成那个样子，指定能走在你前面。百无求那大傻子也不行，他傻兮兮的，别再把装你的小盒子弄丢了。小豆触子任叁？都没个人样，就更不行了。”

“还真是孝顺！换个人我现在已经送他下地府了。”吴仁荻努力压下了火气，看着车前子说道，“我上辈子造了什么孽，竟然生出来你这么个孝顺儿子——滚吧！”

车前子背靠在门上，对吴仁荻说道："老爷子你又不讲理了，我是来找你帮忙的。愿不愿意你给句话，什么叫滚吧！你帮我打开去地府的通道，我现在就滚！"

车前子刚说到这里，吴仁荻已经站了起来。亲手推开了身边的那扇门，门内竟然别有洞天。

门里面雾蒙蒙的一片，隐约能看到有人在走动。车前子还没明白过来，就被吴仁荻推了一把，直接将他推进了大门之内。

车前子回头刚想问吴仁荻这是什么地方，就见吴仁荻已经关上了门。门合上的一瞬间，吴仁荻对车前子说道："下次找人帮忙，好歹学几句正经人话。"

门关上之后，这扇门也化成了一道烟雾，消散在了空气中。车前子往回走了几步，再想找到那扇小门，却怎么也找不见了。他嘴里嘀咕着："你还好意思说我不会说话，你这辈子说的正经人话，也未必比我多！算了，不找了，他还能看着我死在地府？"

想通了之后，车前子开始观察起周围的景象来。这里到处都是雾蒙蒙的一片，隐约能看见附近的楼台瓦舍，一座座都古色古香的，就好像穿越到古代似的。四处走动的"人"穿戴和车前子差不多，偶尔能见到几个身穿黑衣的"人"来回走动，这身行头车前子认识，是地府里面的阴司、鬼差。

自己是活人的身份，大概不能被这些阴司、鬼差发现。车前子缩了缩脖子，正准备找个地方避避的时候，突然听到身后有人在喊他："那个穿孝服的，你站着别动！我还是第一次见到穿孝服下来的。别动啊，报上你的鬼籍。诶？我看你眼熟得很——你不是亡魂，你是民调局的人！"

鬼差说到一半的时候，看清了车前子的相貌，突然反应了过来，指着小道士，对身边的同伴说道："还愣着干什么！这是私闯地府的生人，还是民调局的细作！"

"细作个屁！哈哈哈哈。"这时候，一个年轻人从旁边的胡同里走了出来。他仰着有些病态的脸，对几个阴司、鬼差说道，"你们眼都瞎了？他是生人不假，还是民调局吴勉的儿子，是新老两位阎君请来的贵客！你们怎能对他无礼！”

“这还有一个生人！拿下拿下。”年轻人走近之后，鬼差立刻感觉到了他身上的生人气息，对同伴说道，“两个生人擅闯地府，咱们抓住他们，回去就能升阴司了。”

年轻人被气乐了，指着自己的鼻子说道：“瞎了你们的狗眼，我是阎君！我还没退位呢！”

他的话还没说完，就挨了鬼差一个嘴巴子：“我是你爸爸！阎君陛下能长成你这个倒霉样子？你以为我们没见过阎君陛下？实话告诉你，我兄长是陛下的近卫，托他的福，最近十年我就见过阎君陛下整整七次！”

年轻人还想争辩，却接连又挨了几个嘴巴子。打得他顺着嘴角流血，这才闭上了嘴，再也不提自己是阎君了。

打完了年轻人，鬼差指着车前子说道：“你是不是也想说你是我们阎君陛下？”

车前子咧嘴一笑，说道：“我是你爸爸！”

小道士说出这句话的同时，身子跳了起来，用力撞向面前的鬼差。车前子撞向鬼差之前，已经将身体里面的种子力量运转上了肩头。被他一撞，几个鬼差都远远地飞了出去。

几个鬼差倒地之后就没再爬起来，车前子还不打算罢手，还想过去再补上几脚。这时候，年轻人一把拉住了车前子，拽着他跑进了胡同里。年轻人一边拉着车前子跑，一边又像神经病一样哈哈大笑了起来。

年轻人正是那个套上了精神病皮囊的阎君，他拉着车前子冲进了胡同，三拐两拐之后，后面追赶的鬼差便不见了他们的踪影。

他们两个躲在一个小胡同里。车前子瞅了一眼跑得上气不接下气的阎君，说道：“听说你要提前下台了，怎么还有闲心在这里瞎溜达。不是为等我吧？”

“也是，也不是。”阎君缓过来这口气之后，冲车前子傻笑了一阵，说道，“说真心话，我是在等你爸爸。怎么说我也是地府之主，什么地方新开了阴阳路，是瞒不过我的。本来想和你爸爸解释解释最近发生的事情，没想到是小兄弟你来了。”

车前子皱了皱眉头，说道：“叫谁兄弟呢？你是阎王爷，这不差辈了吗？”

“从你爸爸那边论，我还高攀了。不过看在我是阎君的份上，拉拉平嘛！”阎君说着，又是一阵神经病式的傻笑。一边笑着一边搂着车前子的肩膀，说道：“兄弟，我这个阎君是一步一步爬上来的，当年你爸爸带着归不归他们打到地府的时候，我还是个小小的阴司。我也不怕丢人了，看到他们几位在地府横冲直撞，一片一片地杀阴司鬼差，我都吓得尿了裤子。就是那一回，归不归杀到了我面前，举手就能烟消云散了我，可能他看我这个小鬼可怜，放过了我。谁能想到，几百年后，我做了地府之主。”

“你是来显摆的吧？跟我说你的成长史！”车前子看了阎君一眼，继续说道，“说点正事吧，我们家老爷子让我过来问问，孔大龙怎么就提前继位了？上面还有一大堆事让他干呢！赶紧的，你继续当你的阎君，等他的正日子到了，再下来接你的班。”

“来不及了。”阎君冲车前子做了个鬼脸，傻笑了一声，继续说道，“我让鸦去通报的时候，已经卸任了阎君之位。我卸得很彻底，连术法一并都卸掉了。现在地府之主的位子是空着的，如果孔大龙不接任的话，地府就停摆了。地府可不是人世间，停摆了也无所谓，地府停摆一天，便有几万乃至十几万的魂魄无法归入地府。按照孔大龙生死簿上的寿数计算，会有四五百万的亡魂无法归入地府，到时真的会天下大乱。”

“卸掉阎君了？这么说你现在不是阎王爷了，难怪刚才那个小鬼差都能扇你嘴巴。”说话的时候，车前子将阎君搂着自己的手扒拉开，“别说那么多，赶紧带我去见我们家老登儿。你说你都不是阎王爷了，还披着这身皮干什么？上次开出租的那一身就不错，起码没毛病。”

“就是舍不得这身精神病的皮囊，做了二百年的阎君，最舍不得的竟然是这副精神病的皮囊！”阎君又傻笑了一声，指着远处的一座宫殿，说道，

“那里就是十方阎罗殿了，新君就在里面，就等着晚上十二点登基了。”

说话的时候，阎君撣了撣身上的尘土，带着车前子向宫殿方向走去。一边走一边絮絮叨叨：“兄弟，我打听一下，你们民调局都有谁来观礼？你爸爸得来吧？孙德胜请没请上善禅师？禅师口重，我得多给他准备点咸菜——新任阎君登基，广仁大方师也会到吧。”

“我都代表了！”车前子有些受不了阎君的碎碎念，对他说道，“别惦记他们了，巧了，今晚归不归娶媳妇，也是半夜十二点开席。他们都去闹新房了，就我一个人来你们这。”

“半夜十二点开席，归老先生娶的是我们这边的鬼新娘吗？”阎君哈哈一笑，继续边走边说，“兄弟，不管今晚谁来，我都要去轮回转世了。不过走之前，也想找个人诉诉苦。最近确实是，你们那边的事情多。大年三十晚上蔡疫（曹正）闹了一下，然后又是妖山！孙德胜、归不归以为这些事情都和我有关系，这可冤枉死我了。”

说到这里，阎君叹了口气，又搂住了车前子的肩膀，说道：“蔡疫骗取了我的信任，也架空了我。他倾尽地府的力量对民调局下手，就连我这个阎君也差点折在他手里。幸好最后你们挫败了他，如果你爸爸真死在蔡疫手里的话，第二个倒霉的就是我了。

“再说说妖山的事，真和地府一点关系都没有。孙德胜他们以为是我资助的那些妖物，拜托啊！地府和妖山向来势不两立。按理说，咱们才是一伙的。人死了变鬼，鬼再入轮回又变成了人——人世间和地府才是相辅相成的。妖山呢？他们吃人！我疯了，会去帮妖山的妖物？他们可是异族，非我族类，其心必异！”

不管阎君怎么说，车前子都好像没听到一样，一直走到了十方阎罗殿门前，阎君才停止了絮叨。这时，看守宫殿的鬼物见到他们走过来，远远地叫喊道：“这里是地府十方阎罗殿！哪来的孤魂野鬼，敢来十方阎罗殿撒野……”

话还没说完，这些守卫认出来了阎君。吓得他们纷纷跪下，守卫头目一边向阎君磕头，一边战战兢兢地说道："陛下，属下眼力不济，没认出陛下，罪该万死，罪该万死。"

"什么陛下不陛下的，我已经卸任了，哪能承受你们的跪拜！都起来吧，别叫陛下了，叫我老阎就好。今晚十二点之前，咱们就当哥们儿处，弟妹挺好的？上个月见她来给你送饭来着，弟妹挺白净啊！"阎君说到这里，又是一阵傻笑。

阎君这番话让守卫头目很是尴尬，面上仍毕恭毕敬的样子，心里却忍不住回想自己媳妇儿有没有和阎君单独接触过。去年的时候，他媳妇儿给他生了鬼子，相熟的鬼物见了都说不像他。听阎君这么一说，忽然觉得他的鬼子还真和阎君有点挂相。

阎君调侃的话说完便不再理会这些守卫，领着车前子大模大样地进了宫殿。这地方虽叫作十方阎罗殿，可是真进来的时候，并不觉得如何阴森可怖，和人世间的皇宫也没有什么区别。

阎君带着车前子穿过了十几座宫殿，最后来到一座红漆宫殿门前，说道："你师父就在这里面，还有几个小时，他就是下一任的阎君了。老实说，我一直以为归不归、孙德胜是一等一的聪明人，比他们还聪明的人，世间决不可能再有。后来认识了你师父，我发现自己错了。有你师父在，归不归和孙德胜都要靠边站。"

"老阎你回来了？听这动静不对啊！怎么着，真把我徒弟带来了？"就在这时候，宫殿里面传出了孔大龙的声音。

"可不是嘛，你的外甥姑爷没能来，把你的外甥孙子带来岂不是更好？"阎君笑了一下，拉着车前子一起进了这座红漆宫殿。

进来之后，就见孔大龙光溜溜地躺在一个热气腾腾的水池里。两个女鬼正在给他擦拭身体，旁边还有几个鬼物准备好了明黄色的君服和服饰，等着小老头洗完之后换上吉服。

见到了车前子，孔大龙冲他招了招手，说道："过来，我有话要对你说。"

第三十六章 新君继位

看了旁边没穿多少衣服的女鬼一眼，车前子说道："我就说你怎么不回去了，敢情心思都在这上面了。是，比屯子里的李老蒯强点！"

孔大龙哈哈大笑了一声，说道："要不我把阎君的位置给你，老阎，这样可以吧？"

阎君跟着傻笑了一下，说道："你马上就是阎君了，这样的事情，到时候都由你说了算。即便你要找吴勉来做阎君，又有谁敢有意见！"

阎君说完之后，朝几个女鬼摆了摆手。她们立即起身离开了宫殿，看来阎君虽说已经卸任，不过还是相当有威信的。

"你把她们都赶走做什么？我还想从她们里面，选一两个出来做君后呢。"孔大龙有些不满地看了一眼阎君，没人伺候之后，他也懒得继续泡澡了，赤条条地从池子里站了起来，直接用君服擦了擦身体。一边擦着身体，一边对阎君说道："让他们再拿一件君服吧，这件不合穿了。"

"那就凑合着穿吧！"阎君苦笑了一声，继续说道，"这身君服传了十三任阎君，只在继位大典上穿一次，然后就要封存起来的，直到下一次大典——君服不重要，过了十二点，你孔大龙阎君才是最重要的。"

这时候，车前子走到了孔大龙身边，对他说道："老登儿，你真要做阎王吗？不是说还有两个多月吗？我妈刚走，现在你又要走了。"

"你师父是做阎君，这可不是谁想做就能做的，蔡瘟蔡疫两兄弟费了多少心思想坐上这个位子，最后连魂魄都搭进去了，还是没能如愿。"阎君笑了一下，继续说道，"再说了，你师父做了阎君，地府你想来的时候随时都可以来。之前我给你的金牌你留着，有了它，地府随你自由出入。"

这时候，孔大龙走到了桌子前，拿起纸笔写了几个字。随后将纸条塞进了车前子手里，说道："你妈妈已经投胎了，纸条上是她投胎之后的信息。有事没事就去看看，她投胎的人家不错，不用你给花钱，有空去看一眼就成。"

见孔大龙写了小纸条，阎君微微愣了一下。一瞬间，他有点控制不住想要看看孔大龙写的是什么，不过犹豫了一下，还是打消了这个念头。地府马上就要易主了，一张纸条改变不了什么。

嘱咐完了车前子，孔大龙继续说道："本来我也想多陪你个把月的，没想到被阎君算计了，来了就走不成了。不过早走晚走都是走，早几天就早几天吧。我不在的时候，遇到事情你要和孙德胜商量着来，处理不了的事情就交给你爸爸。他是你爸爸，就得管你。"

听孔大龙开始交代后事了，阎君傻笑了一下，说道："新君，你在这里交代后事，我在旁边听着没什么吧？你登基之后，我也要去转世了。一碗孟婆汤喝下去，什么也都记不得了。"

"想留你就留下吧。"孔大龙看了阎君一眼，继续对车前子说道，"我不在的时候，你不能再像以前那样了。你要成长起来，不能一直依赖别人。从别人身上借力量，不是长久之计，哪怕那个人是你爸爸。他总有不在你身边的时候，就算给你储备了力量，也总有用完的时候。记得啊，爹有娘有，还是要自己有。"

"老登儿，你这是怎么了？你都是要做阎君的人了，怎么还啰唆起来了？"车前子看了一眼孔大龙，随后说道，"大不了就是死呗，我只要保住了魂魄就行。我死了就可以来地府找你，到时候你再给我弄个阴司做做……”

车前子的话还没说完，孔大龙突然板起了面孔，对着车前子就是一个嘴巴，打得车前子差点摔到地上。虽然最后勉强站住了，但还是耳鸣了很长时间。

车前子长这么大，这还是孔大龙第一次打他。之前不管小道士惹下了什么样的大祸，小老头最多骂几句，再做做样子，没真动过手。像现在这样直接下狠手抽嘴巴，还是第一次。

“我费尽了心思，把你养这么大，就是为了叫你死了再来投奔我的吗？”孔大龙说话的时候，抬起手来，还想再给车前子一个嘴巴。不过看到车前子的脸颊都肿了起来，心一软，还是放下了胳膊，“记住了，以后要靠自己了。我最后再说一遍，有事情多和孙德胜商量，被人欺负了就告诉你爸爸。”

车前子揉了揉肿起来的脸颊，说道：“行了，你也别生气了。我都记住了，有事就和孙胖子商量，挨揍了就找老吴去报仇。那我什么事情可以来找你呢？”

孔大龙脸上终于有了笑容，说道：“想我的时候，你就可以来找我。不管什么时候，我都是你师父。”

这时候，宫殿里面传来了一阵钟声。阎君听到之后，对孔大龙说道：“新君你要抓紧时间收拾了，外殿的文武百官都已到齐了。对了，你徒弟说不用等民调局的人了，他一个人代表……”

阎君的话还没说完，门外响起了鬼物汇报的声音：“陛下，民调局的人到殿外了。领头的是孙德胜，一共来了十几个人。要不要打发他们回去？地府没有这样的规矩。”

“现在就有这规矩了，快去把人都请进来。”阎君吩咐完鬼物之后，笑着对车前子说道，“兄弟你骗我了！我就说嘛，新君继位这么大的事情，民调局怎么可能不来人观礼。是不是吴勉、归不归老先生也到了？不行，我得亲自去接一下，不然就失礼了。”

说着，阎君一溜小跑出去迎接吴勉和归不归了。

等阎君走后，车前子才对孔大龙说道：“老登儿，是不是阎王爷威胁你不让你回去？你要是不想做阎王爷的话，咱们现在就走。去找你外甥姑爷，有他在，阎王爷不敢怎么样。要不然的话，咱们和他新账旧账一起算！”

孔大龙冲车前子笑了一下，随后有些心疼地摸了摸他肿起来的脸颊，说道：“刚才我失控了，好好说话就行，怎么还对你动手了！你长这么大，我还是第一次动手打你。刚才扇你嘴巴的时候，我心里也很难受。”

说到这里，孔大龙顿了一下，随后说道：“原本是阎君强行扣住我的，他得罪民调局、得罪你爸爸太深了。担心你爸爸因为怨恨他而迁怒于地府。他也是无可奈何，这才想提早退位的。把地府大权转交到我手上，他去转世，这样你爸爸也不好意思再和他一般见识了。看在你的面子上，也不会太难为我这个新阎君。”

车前子说道：“我就知道那个精神病没那么好心。那老登儿你怎么办？跟着我们回去吗？”

孔大龙笑了一下，说道：“不回去了，我有我的打算。”

孔大龙刚刚说到这里，殿门外响起一个苍老的声音：“新君，来了几位人世间的贵客，陛下正在招待他们，您要不要也过去一趟？”

这是地府右部判官南棠的声音，车前子正打算继续劝说孔大龙回去，被南棠这么一打岔，他有些不满地说道：“上一任阎君不是已经卸任了吗？老头你怎么还一口一个陛下的？老小子你是不是想要复辟？我早就觉得你不是好人，曹正是左判，你是右判，谁知道你们是不是一伙的。”

听到车前子这么说，门外的南棠急忙解释道：“误会，真是误会了。陛下是对前任阎君的尊称，也是地府的规矩。等新君登基之后，我等也要尊称陛下的。”

车前子还要胡搅蛮缠，孔大龙笑了一下，摆了摆手，对车前子说道：“我都没说什么，你小子不依不饶的干吗？等到我卸任阎君的时候，他们也要称呼我陛下的——老南棠啊，进来吧，都不是外人，有什么话进来说。”

南棠这才小心翼翼地进了宫殿，向孔大龙行礼之后，说道："新君，民调局的孙德胜、沈辣到了。还有几位鬼王、大阴司也都到了礼堂。按照流程您该出去见见他们的，之后再见面的时候就是君臣了。"

"老南棠啊，你做了多少年的右判了？"孔大龙没有回答南棠的话，反倒问起了南棠问题，"你也是地府的老人了，也是一步一步才坐上右判这个位子的。你说我继位之后，选你当继承人怎么样？"

南棠苦笑了一声，说道："我都忘了自己做了多少年的右判了，前后一共经历了四位阎君。不过我的资质有限，储君什么的我不敢想，只求继续在右判的位置上，继续辅佐新君。"

说到这里，南棠叹了口气，犹豫了一下，继续说道："中间也有过一位阎君，将我选作了储君。可是没过几年便换人了，我心里也明白，是我福薄，没有阎君的造化。所以，还是不要折腾了吧！"

"什么叫折腾！"孔大龙笑了一下，说道，"该说的我都说了，老南棠你有个准备就行。对了，我刚才听你说民调局只来了孙德胜和沈辣？没来其他人吗？"

"到现在还没来。"南棠说到这里，顿了一下，又继续说道，"陛下最担心的事情，就是吴勉下地府来兴师问罪。现在吴勉、归不归他们都没来，他总算可以放心了。就是因为忧心这件事情，否则陛下也不至于提前退位。"

"都没来啊，那我也别出去丢脸了，老南棠，辛苦你一趟，把孙德胜和沈辣带过来。正好有点事情，我想托付托付他们。"把南棠打发走之后，孔大龙招呼车前子，帮着他正经穿戴起来。穿上了吉服，孔大龙站在镜子前，说道："是这个意思了，这一身穿上还真有点阎君的意思了。小子，来，你先给我磕一个。本阎君受的第一个大礼，就便宜你了。"

见孔大龙铁了心要留在地府，车前子叹了口气。他走到孔大龙面前，跪在地上磕了个头，说道："咱们先说好了，这个头我是磕给我舅公、磕给我师父的，可不是磕给阎王爷的！正月还没过完，就当我给你拜个晚年了。老登儿，你晚年幸福啊！"

孔大龙笑呵呵地受了车前子的大礼，随后说道："说实话，什么阎君、地府之主之类的也就那么回事。要说有意思，还得是以前在屯子里，带着你相依为命的时候最有意思。那时候我叫你老儿子，没钱花的时候，我就去附近屯子里装神弄鬼，到了隔天，他们准得来找咱爷儿俩消灾解难。你还记不记得，隔壁屯子十八里铺老赵家养鸡场闹黄仙那次，就是我后半夜去的他们家。在他们养鸡场天棚上踩了几个狐狸脚印，又在他们家窗户外面演了一出狐狸嫁女的皮影戏码！"

"我当然记得，后来你演戏演砸了，人家养鸡场三十多号人，举着大棒子，追了你十里路，把你暴打了一顿。老板看你被打得太惨，给了你一只鸡——那是我第一次吃鸡肉。正宗的小鸡炖蘑菇，真香啊！我吃鸡腿，你吃鸡屁股，我怎么记得好像少了一个鸡腿呢？"

"我给了屯子里的田寡妇。"孔大龙哈哈一笑，说道，"你跟着我受苦了，没怎么上过学，连顿正经饱饭都没吃上。我手里但凡有点钱，都拿去给你妈了。原本我该好好照顾你的，可是我没做到。等到你十来岁，就是我跟着你生活了。"

说到这里，小老头叹了口气，说道："也是因为我，你从小被人欺负，才养成了现在的脾气。要是我早点把你送到你爸爸身边，你的性格也不会像现在这样暴躁。"

听孔大龙说起这个，车前子说道："我现在这样挺好，要是老登儿你真一早把我送到老吴身边，我跟着他就能学好？就他那小心眼子，净翻白眼了！十有八九我倚仗着他的势力，整天作威作福的。他又只会护犊子，我还不得把祸惹到天上去？"

孔大龙哈哈一笑，说道："我也是怕这个才让你受点苦的。不过话说回来，你爸爸真是护犊子！任谁都想不到看谁都像欠他钱似的，尖酸刻薄的吴勉，还有这样舐犊情深的一面。"

车前子跟了一句："主要是谁也没想到他会有儿子。听孙德胜说，那个叫广仁的大方师都嫉妒了，他徒弟火山天天满电线杆子给他找秘方。"

这句话说出来，孔大龙也是一阵大笑。笑到眼泪都流出来了，笑完之后，小老头突然收敛了笑容，拍了拍车前子的肩膀，说道："你还是改回吴姓吧，让你爸爸再给你起个名字。车前子总归是道号，听起来不怎么着调。"

"到时候再说吧！"两个人刚说到这里，宫殿外面响起了一阵脚步声，随后，南棠的声音响了起来："新君，民调局的孙德胜、沈辣到了，正在……"

没等南棠通报完，孙德胜已经大大咧咧地推门进来："爷们儿，听说今晚你就要登基阎君了。我代表民调局过来贺喜，我和辣子来打前站，吴主任、归老爷子他们晚点就到。兄弟，咱师父都是阎君了，哥儿几个是不是也得捞个什么官身？不是我说，兄弟你离得最近了，不得整个九千岁什么的？"

"呸，你说的那个是魏忠贤，大太监。"车前子冲孙胖子啐了一口，又对沈辣笑了一下，说道，"辣子，什么时候回来的？刚回来就折腾过来了！"

沈辣点了点头，说道："咱仨就别说客气话了，大圣说得对，你爸爸就是我们的爸爸，你师父也是我们的师父。"

车前子笑着说道："辣子，你跟着胖子学坏了。"

就在这时候，宫殿深处又响起了一阵钟声，随后，南棠进来说道："新君，登基仪式提早了，陛下催您过去。"

第三十七章　曲终人散

跟着南棠到了礼堂之中，此时，地府的大人物已经到齐了。之前曹正率领鬼物冲击民调局时，折损了几位鬼王和大阴司空出来的位子，就等着孔大龙继位之后，挑选出可靠的鬼物，加恩封赏了。

这些位子哪个鬼物不眼红？当下，这些鬼物见到了孔大龙，一个个都殷勤非常，甚至有些冷落一旁的阎君了。

穿着神经病皮囊的阎君也不在意，他病态地笑了一声，穿过了一众鬼物，到了孔大龙身边，搂着孔大龙的肩膀笑呵呵地说道："今天是你，也是地府的大日子。今晚开始，地府就易主了，你，孔大龙将正式成为地府之主！希望地府在你手里，能超过我在位的时候。好了，吉时已到，继位典礼开始……"

阎君的话还没说完，右判南棠苦笑了一声，凑过来说道："陛下，距吉时还有一刻钟。地府之主更替是大事，还是按着吉时的好。"

说话的时候，南棠还特意指了指对面的滴漏钟——一个巨大的灌满了金色液体的座钟，金色液体所在的刻度，显示出来此刻的时辰。

"我说吉时到了，那吉时就到了。"阎君怪笑了一声，轻轻给了南棠一个嘴巴，顺势将南棠推开，走到滴漏钟旁边。紧接着，他做出了一个令所有人匪夷所思的举动。

这个精神病阎君竟然爬到了滴漏钟上面，当着在场所有人（鬼物）的面，掀开了滴漏钟的盖子，随后解开了裤子，掏出那话儿对准了滴漏钟进水口，哗哗地尿了起来！

一众鬼物直看得目瞪口呆，只有孙胖子和孔大龙脸上现出了笑意。孙胖子笑得直拍巴掌，还冲着阎君吹了声口哨。

阎君这泡尿尿量挺足，竟然生生地将时间刻度抬高了一刻钟。这时候，他才满意地提上了裤子，从滴漏钟上跳了下来，笑嘻嘻地说道："怎么样？到吉时了吧？老南棠，赶紧的！"

见阎君疯癫得不成样子，南棠苦笑一声，扭头和孔大龙商量："新君，现在这么看的话，也算是到了吉时。您看？"

"听你们陛下的。"孔大龙笑了一下，说道，"开始吧，早一刻钟当上阎君，我还赚了。典礼开始吧！"

见孔大龙点了头，南棠这才宣布典礼正式开始。阎君更替是地府大事中的大事，仪式冗长烦琐。车前子看了一个多小时，便有些不耐烦了。他溜溜达达地找了张椅子坐下，看着台上的南棠向自己的师父讲述阎君至高无上的权力和责任。

车前子越听越觉得无聊，对孙胖子说道："胖子，敢情阎君还有这么多责任和义务！什么要稳定人世阴阳平衡，还要确保生死簿不可轻易更改。生死簿那玩意儿连阎君都不能想改就改吗？"

周围的鬼物都知道车前子是新任阎君的外甥孙子兼徒弟，没等孙胖子回答，旁边一位大阴司便凑了过来解释道："这位小哥，你这话说得可就有点外行了。生死簿可不是说改就能改的。有道是牵一发而动全身，你想想啊，一本生死簿改了，和这本生死簿有关联的其他生死簿是不是也要改上一改？关联的生死簿改了，那和这些关联生死簿发生关联的生死簿要不要修改？别看只是改高改低寿命，改贵改贱命格，都是不得了的事情。"

车前子眨巴眨巴眼睛，细细品了品这位大阴司的话，觉得确实颇有道理，看起来是自己想简单了。他冲大阴司点了点头，说道：“看你眼生得很啊，曹正围攻民调局的时候好像没见过你，怎么称呼？”

大阴司笑着说道：“我是南府大阴司孙枭龙，原本就与原左部判官曹正不是一路人……”说话的时候，同时掏出了一张烫金的名帖，双手恭恭敬敬地递给了车前子。

小道士收下名帖的时候，台上终于宣布礼成。从这一刻开始，地府阎君易主，之后两百年地府姓孔了！

谁也没想到，地府正式易主，最高兴的“人”竟然是前任阎君。就好像刚刚继位阎君的是他一样，到处逢“人”就拥抱，手舞足蹈的，兴奋到了极点。

按照流程，接下来就是前任阎君去轮回了。为了表示隆重，就在礼堂的后面，专门搭建了一座奈何桥。桥头放着一杯孟婆汤，前任阎君过去喝了汤，走过奈何桥就可以去轮回了。

就在这个时候，宫殿外面有鬼物进来报告，说有一个自称是吴勉的白发男人正在闯宫。白发男人气势汹汹的样子，好像是来兴师问罪的。

听到吴勉闯宫，前任阎君急忙走到孔大龙身边，说道：“现在你是阎君陛下了，和吴勉又是亲戚，你可以解决的。我先去轮回了，有缘下辈子见。”

说着，前任阎君三步两步走到了奈何桥前，刚刚端起汤碗，宫殿大门口，已经出现了一位白头发的男人。

见到来人正是吴仁荻，前任阎君哈哈一笑，指着孔大龙说道：“今日地府已经易主，不好意思，有事请找阎君陛下。”

说完，他脱掉了那身精神病的皮囊，随后一口干了手里的孟婆汤。这碗汤一下肚，前任阎君的眼神便开始迷离起来。他有些恍惚地看着面前这些“人”，张了张嘴巴，却没有发出任何声音，他竟然连怎么说话都忘了！

这时候，前任阎君提前吩咐好的大阴司孙枭龙急忙走了过去，引领着前任阎君过了奈何桥。前任阎君通过奈何桥的一瞬间，魂魄就消失得无影无踪，真的轮回去了。

前任阎君轮回去了，留下礼堂里的这些鬼物大气都不敢喘一下——罪魁祸首已经溜了，谁知道这个白头发男人会不会迁怒于自己。听说之前冲击民调局就是前任阎君主使的，还有，今天凌晨吴勉新夫人的死，也和前任阎君有着莫大的关联，他现在就是来报仇的。

没想到的是，白发男人出现之后，车前子的脸色便难看了起来。前任阎君轮回之后，他瞪着眼睛对“吴仁荻”说道：“你谁啊？来占老子便宜的吗？以为弄个白头发，就能假扮……”

“吴仁荻”完全没有理会车前子，转身对正笑吟吟看着他的孔大龙说道：“如果不是你搬出大方师，我死也不会假扮成他！”

说话的时候，“吴仁荻”脸上的皮肤开始抽动起来，片刻的工夫，除了白头发之外，相貌、身高和胖瘦都发生了变化。这个人竟然是大方师广仁！

在场所有“人”都惊讶得张大了嘴巴，不知道到底发生了什么事情。

这时候，新任阎君孔大龙冲广仁一拱手，笑呵呵地说道：“都是徐福大方师他老人家安排好的，日后定会向大方师解释的。我这边还有点俗务，您稍等我一下。”

跟广仁说完之后，孔大龙朝目瞪口呆的右判南棠招了招手，说道：“典礼还没完！老南棠你过来，我现在要将阎君之位禅让给你。今后二百年，你就是地府之主了！”

此言一出，礼堂之中一片惊呼！

南棠简直不敢相信自己的耳朵，他指着自己的鼻子，说道：“我？你要把阎君大位传给我？不对，仪式已经结束了，想要传位，你要等到二百年之后！”

“你错了，仪式还没有结束，还不到十二点。”孔大龙冲南棠狡黠地笑了一下，随后说道，“现在还有十五分钟！”

南棠愣了一下，回头去看那滴漏钟，可惜这大钟已经被前任阎君污染，不能再用来计量时间了。

这时候，大阴司孙枭龙掏出来怀表，凑到了南棠身旁，说道：“确实还有十五分钟，这怀表是我的珍藏，时间不会错的。”

南棠还是不敢答应，他对孔大龙说道：“陛下，您不要玩笑了。地府阎君大事非同小可，不是随随便便就可以变更的。最多您十二点之后，许我一个储君的名分。除此之外，我南棠不敢再有奢求。”

孔大龙摇了摇头，说道：“老南棠你还是不明白，我不是阎君——我接受阎君的印信了吗？刚才都是你在台上说话，我答应一句了吗？自始至终，我都不是阎君。”

刚才南棠主持典礼的时候，前任阎君担心吴勉找上门，不停地催促南棠，孔大龙应没应声，南棠真说不清楚。

南棠从来没有经历过这样的事情，更没想到有人主动让出阎君大位。面对孔大龙的步步紧逼，他只能不停地劝孔大龙，劝他继续履行阎君之职。

时间一分一秒地过去，孔大龙有些着急了。他突然放弃劝说南棠，爬到了桌子上，对在场的地府大佬们说道：“有谁想接任阎君大位的吗？先到先得——还有五分钟，只要你们谁敢举手，阎君之位就是他的了。”

孔大龙这句话一说出来，下面这些鬼物立刻炸了锅，无数只手举了起来，朝孔大龙大声喊道：“我！我愿意做阎君，给老人家您分忧。”

“我！说起来我还是前任阎君的亲戚，我有阎君的血统，应该是我！”

“大龙啊，我是你三舅妈她姥姥的亲二叔家老六媳妇的爷爷。说起来咱们也算是亲戚，刚才我没敢认你，但你不能胳膊肘往外拐。既然你嫌当阎君累，那你把阎君大位传给我吧！”

看到几乎所有鬼物都举了手，孔大龙笑嘻嘻地看了南棠一眼，说道：“怎么样？老南棠你还推三推四的话，阎君大位就便宜我们家远房亲戚了。那个谁，你姓什么来着？”

说话的时候，孔大龙一把抢过孙枭龙的怀表，看他的样子，是想要在十二点之前，随随便便将阎君大位传出去，这样他也算是交了差。

看到周围的鬼物都红了眼睛，无奈之下，南棠只能答应下来，说道：

“明白了，既然陛下您禅让大位决心已定，我再推托的话就真的是不识抬举了。好，南棠愿意接任阎君之位，多谢孔大龙先生禅让！”

见南棠最后还是接了阎君大位，在场的鬼物先是沉默了片刻，随后一齐去向新阎君道喜。这时候，宫殿外面响起了钟声，正好到了午夜十二点。钟声一停，这一天便算过去了。

新任阎君已定，生米煮成了熟饭，众鬼物便不再搭理孔大龙和民调局这些人了。他们一拥而上都去向新任阎君道喜，这时候，车前子笑呵呵地走到孔大龙身边，说道：“我就知道你舍不得我。你跟着我们回去，我花俩钱给你整个后老伴。再给你淘换点补药，兴许你还能给我添个小师弟玩玩。你现在还不到七十，外面八十岁生儿子的有的是。”

“小子，你还不明白吗？我不做阎君，可也回不去了。”孔大龙在车前子脸颊上轻轻拍了一下，看着有些发愣的车前子，继续说道，“你来之前，我已经舍弃了皮囊。现在只是暂借了这副皮囊，过了十二点，理论上我已经是孤魂野鬼了。”

“老登儿，你别也来这一套啊！”车前子的声音有些发颤，他是孔大龙从小养大的，对小老头的感情，要远远超过他的亲生父母。听到孔大龙话里有话，车前子控制不住地惊恐起来。

“老儿子，反正我也要走了，再叫你一声老儿子吧！”孔大龙笑嘻嘻地走到车前子身边，一把搂住了车前子，继续说道，“这一切都在我的算计之中，我算计了孙德胜，算计了归不归，也算计了你爸爸吴勉，最后还算计了阎君！不过我没有算计你，前几天看到你开始准备给我养老的时候，我就在想啊，你小子要是我亲生的儿子该多好，我羡慕你爹妈啊！你是个好孩子，可惜被我耽误了。你要是生在正常家庭，起码能多上几天学，不像跟着我，连你的学费都交不起……”

“老登儿，你说这个是什么意思？你也要去投胎吗？”车前子明白了过来，他紧紧地抓住了孔大龙，惊慌失措地说道，“你别扔下我！这样，我同你回去，咱们回屯子里。我继续养活你，你去找李寡妇、李老蒯吧，我不拦着你了。”

“好儿子，天底下哪有一辈子陪着孩子的爹妈，更何况我和你还隔着一辈。”孔大龙笑着给小道士擦了擦眼泪，随后说道，“都说你是疯狗，可是最近净看你哭了。这有什么好哭的？我又不是魂飞魄散了，转世轮回嘛，除了你们长生不老的人，谁都要经历一次的。”

说到这里，孔大龙看了一眼旁边正冷眼旁观的广仁。小老头凑到车前子耳边，低声继续说道：“老儿子，我前几世都是方士。聪明也好，忠心也好，都被徐福大方师拿捏得死死的，这一次我不想再受他控制了，欺负人不能这样一辈子接着一辈子地欺负。我要走自己的路了，只是放心不下你。好在你有个好爸爸，他不会让你吃亏的。我的老儿子啊，我看不到你娶妻生子了，你别怪我。”

说话的时候，孔大龙身上的衣服突然裂开，他的魂魄从身后钻了出来。拍了拍车前子的脸颊，魂魄立即转身走开，三两步便到了那座为前任阎君特制的奈何桥前。回头看了车前子最后一眼，随后，头也不回地过了奈何桥。

这时候，众鬼物才反应过来。孔大龙转世之前，并没有喝孟婆汤！

看着孔大龙的身影消失在奈何桥的尽头，孙胖子叹了口气，走到了车前子身边，说道：“兄弟，咱们回去吧。下来的时候吴主任吩咐过的，一定要把你带回去的。”